로크미디어가
유혹하는
재미있는 세상

두개의 심장을 가진자

두 개의 심장을 가진 자 4

2017년 9월 26일 초판 1쇄 인쇄
2017년 9월 29일 초판 1쇄 발행

지은이 덕민
발행인 이종주

기획 팀 이기헌 왕소현 박경무
책임 편집 김홍식

발행처 (주)로크미디어
출판등록 2003년 3월 24일
주소 서울시 마포구 성암로 330 DMC첨단산업센터 3층 314호
Tel (02)3273-5135 Fax (02)3273-5134
홈페이지 rokmedia.com E-mail rokmedia@empas.com

ⓒ 덕민, 2017

값 8,000원

ISBN 979-11-294-0696-5 (4권)
ISBN 979-11-294-0612-5 04810 (세트)

두 개의 심장을 가진 자

덕민 현대 판타지 장편소설

④

ROK
MEDIA
로크미디어

CONTENTS

우연히 조우한 과거

쾅. 쾅. 쾅.

우르르.

지축이 흔들리며 대지가 울었다.

한 걸음 한 걸음을 내딛는 덕치의 발걸음이 지진의 진앙지가 됐다.

"이게 무슨 소리지?"

가승희와 상욱은 오붓하게 포도주를 음미하던 중이었다.

상욱이 벌떡 일어났다. 그러곤 거실을 가로질러 베란다 커튼을 걷었다.

촤르륵.

"저건 또 뭐야?"

상욱이 미간을 접었다.

무슨 괴기 영화도 아니고, 승복에 회색 가사를 걸친 중이 걸음을 뗄 때마다 땅이 흔들렸다.

달빛에 언뜻 비친 얼굴은 또 어찌나 흉악스러운지, 얼굴 자체만으로도 무기가 될 만한 인상이었다.

쿵.

덕치는 마지막을 크게 딛고 멈춰 섰다.

신기하게도 이런 진동을 주는 발걸음에도 먼지만 피어오를 뿐 땅바닥은 멀쩡했다.

"나와라, 요괴야!"

덕치의 목소리가 얼마나 컸던지 창문이 깨질 듯 흔들렸다.

상욱은 황당하기만 했다.

'왜 주변에서 이런 괴상한 일만 일어나는 거야.'

그는 고개를 흔들었다.

"상욱 씨, 무서워요."

가승희가 상욱의 옆으로 와 팔짱을 꼈다. 요즘 상욱에게 일어난 괴사의 주범인 그녀가 가증을 떨었다.

"나오지 말고 있어."

상욱이 가승희의 팔을 떼고 별장 밖으로 나섰다.

"누구십니까?"

현관문을 열고 나간 상욱이 덕치 앞을 가로막고 물었다.

"어? 네놈은 누구냐?"

두 개의
심장을
가진 자

덕치의 얼굴에 의혹이 들어섰다. 요괴가 나와야 할 타임에 사내놈이 나섰으니, 그의 입장에서는 상욱에 대한 궁금증이 생겼다.

물론 덕치의 이런 맘에 동조하고픈 마음이 눈곱만큼도 없는 상욱이었다.

"남의 집에 찾아왔으면 집주인이 누구인지 묻기 전에 자신이 누구이고 왜 찾아왔는지 말해야 하는 것 아닙니까? 야간 건조물주거침입과 퇴거불응죄는 알고나 있습니까?"

상욱의 물음에 덕치는 입을 다물고 고개를 좌우로 흔들었다.

"그럼 정중히 사과하고 이 집에서 나가십시오."

"음, 미안하긴 한디 내가 입장이 참 거시기 한디."

"거시기라니요?"

"요괴를 때려잡아야 하거든."

덕치가 사과를 했지만 결국 대화는 원점으로 돌아왔다.

"휴—우."

상욱은 한숨을 내쉬었다.

그는 이런 사람을 많이 봤다. 물불, 앞뒤 가리지 않고 자기 일이 정의인 자들.

"내가 보니 네가 요괴에 단단히 홀렸구나. 참회의 길이 멀고 힘들지만 친히 그 길을 열어 줄 테니 잠시 비켜서 있거라."

덕치는 가사의 팔소매를 걷어붙였다.

"불가."

상욱이 옆을 통과하려는 덕치를 막았다.

"기어코 쓴맛을 봐야 세상 험한 것을 알겠는가? 쯔쯔쯔."

혼잣말처럼 중얼거리며 덕치가 오른 주먹으로 상욱의 배를 때렸다.

탁.

상대가 내공을 사용하지 않자 상욱도 크라브마가의 손 기술을 썼다. 빠르게 왼손으로 덕치 오른손을 쳐 내며, 오른손은 덕치 왼손 소매의 솔기를 훑쳐 잡고 당겼다.

"억!"

일시에 앞으로 당겨진 덕치가 상욱 쪽으로 쭉 빨려 들었다.

당황한 덕치가 내공을 끌어 올려 상욱의 손을 털어 내고 내디딘 오른발을 축으로 빙글 돌며 상욱의 하체를 쓸어 갔다.

상욱은 굳이 덕치를 쓰러트릴 의도가 없어 한걸음에 2미터를 물러났다.

"군부 사람이군. 어느 쪽이냐?"

바로 선 덕치가 상욱을 훑어보더니 물었다.

"난 군부 사람이 아니오."

상욱의 말에 덕치의 고개가 비틀어졌다.

짧은 머리, 강인한 육체, 크라브마가라는 군부 무술. 이 세 가지가 상욱이 군부의 인물이라고 말하고 있다.

그런데 부정이라…….

이 순간 요괴는 덕치의 머리에서 Ctrl + Alt + Del 됐다.

"뭐, 싸우다 보면 알겠지."

덕치는 세상 중심의 축인 수미다라니의 내공을 끌어 올렸다.

"조심해야 할 것이다."

그는 경고와 함께 기습적으로 진각을 밟았다.

쿵.

매미가 수액을 빨기 위해 주둥이를 내밀듯 쭉 미끄러지며 오른 주먹을 쳐 냈는데 그 주먹이 세 개로 늘어났다.

무릎에서 가슴과 머리로 이어지는 연환격이 상욱의 발을 잡아 이동을 제한했고, 가슴을 향한 강력한 타격이 뻔히 보였으나 상욱의 움직임을 쫓아와 그가 공격을 막지 않을 수 없게 했다.

일견하기에 덕치는 질탐보에 이은 천수관음여래수의 네 번째 초식 제관堤貫까지 펼쳐 깔끔하게 상욱을 제압해 나갔다.

"흥."

상욱은 기습 공격에 코웃음을 날렸다. 그러곤 그 역시 제자리에서 오른손만으로 단수장권18세 단착단회로 덕치의 주먹을 쳐 내고 돌려 밀쳐 냈다.

받은 게 있으면 돌려줘야 하는 법.

단착단회의 초식에 천둔갑의 내공이 더해져 권기를 만들

었다. 이 중이 내공을 작게나마 끌어 올려 기습 공격을 한 것에 대한 복수였다.

"좋다."

하지만 덕치는 상욱의 기습을 기습으로 여기지 않았다. 젊은 상대가 호기롭게 권기까지 끌어 올리자 호승심이 치솟았다.

수미다라니의 내공과 27수의 근신공방 천수관음권千手觀音卷, 운신법 간선보看蟬步를 상욱을 상대할 패로 꺼내 들었다.

한편 원종은 덕치가 금강퇴로 대지를 눌러 파사현정의 기운을 사방에 펼쳐 놓자 흐뭇해졌다.

그는 사손 덕치에게 이 한 수 금강축사술金剛逐邪術을 가르친 적이 없었다.

더구나 덕치의 스승이자 그의 제자 법광은 학승에 가까워 더더욱 금강퇴에 이런 운신법이 있는지 몰랐다.

그럼에도 덕치는 본능적으로 요괴를 압박하고 있었다.

그래서 쿵쿵 울리는 대지를 느끼며 원종은 느긋하게 걸었다.

얼마 후 내력이 충돌하고 싸움이 시작되자 덕치가 요괴와 크게 붙었거니 했다.

그런데 별장이 가까워지자 웬걸, 덕치가 절정 이상의 내공을 쓰는 젊은이와 대거리질을 하고 있지 않는가.

누누이 요괴를 잡는 일을 중시하라는 뜻을 전했건만 말썽이나 일으키고 있었다.

'저 젊은이는 또 어디서 왔지?'

원종은 일말의 의문도 같이 했다.

어찌 됐건 그는 요괴의 기운부터 확인했다. 그 기운이 여전히 별장 안에 존재하자, 이제 이 젊은이의 정체를 파악하려고 싸움을 지켜봤다.

역시 싸움 구경과 불구경이 구경 중 첫째와 둘째라 했던가.

하지만 덕치와 젊은이의 싸움이 합을 맞추니 연극같이 변해 버렸다. 말 그대로 싸움이 비무가 되어 버렸다.

권기와 장기가 오가더니 장풍이 터져 나와 겉보기에는 흥흥하기 그지없었지만, 3푼의 힘이 빠져 태권도 약속 대련만도 못했다.

멀리서 이 모습을 지켜보던 원종은 고개를 흔들었다.

'넋 빠진 놈.'

요괴를 잡으러 왔는데 괴상한 인간이 튀어나왔다. 그러면 빨리 제압하지는 못할망정 무공에 빠져 손 속이나 비교하고 있다니, 어처구니가 없었다.

따로 생각해 보니 오히려 잘된 일이었다.

덕치가 괴인을 잡고 있는 동안 그가 별장을 돌아 요괴를 처치하면 목적은 이루는 셈이다. 그렇게 생각한 원종은 빠르게 별장 뒤로 이동했다.

　같은 시간, 가승희는 별장 발코니에서 밖을 살폈다.

　흉악스럽게 생긴 중이 나타나 요괴 운운하니 가슴이 철렁 내려앉았다. 온전하게 각성하지 않은 상욱이 그녀의 정체를 알면 내치지는 않을까 전전긍긍했다.

　그나마 상욱이 남자답게 나서서 중을 막아 주어 일말 안심이 됐다.

　하지만 상욱과 중이 싸움을 벌여 살벌한 기운이 오가자 또다시 정체를 드러내야 하는지 망설여졌다.

　그러나 주인은 주인이었다. 그녀가 상대해도 만만치 않을 중을 상욱은 능수능란하게 막았다.

　동양의 술수는 언제 저렇게 올려놨는지.

　일말 주인에 대한 자긍심이 들었다. 그래서 그녀는 결정했다. 여기를 벗어나는 것이 상욱을 도와주는 일이라고. 나중에 상욱을 만나면 변명으로 지금 상황을 얼버무릴 계획까지 머릿속으로 정리를 마쳤다.

　결정을 한 그녀는 발코니에서 실내로 들어오려다 툭 멈췄다.

　고개를 돌려 보니 어둠 속 멀리서 그녀가 결코 잊을 수 없는 아픔을 준 늙은 중이 보였다, 아니 기운을 느꼈다.

　그 중이 갑자기 별장을 끼고 빠르게 뛰어오지 않는가.

가승희는 주먹을 꽉 쥐었다. 그리고 비명을 질렀다.

"꺄아악!"

상욱은 가승희의 비명에 3푼의 내공을 더 끌어올렸다.

팡-.

왼손을 돌려 덕치의 주먹을 걷어 낸 상욱은 오른손으로 덕치의 심장 부위를 길게 찔렀다.

단수장권18세 단회장투의 초식에 덕치는 오른손을 같이 낼 수밖에 없었다.

두 사람의 주먹이 부딪쳐 기파가 일어났고 덕치는 두 걸음이나 밀려 났다.

상욱은 덕치를 놔두고 별장 쪽으로 몇 걸음 떼지 않아 원종을 발견했다.

"멈추시오!"

상욱은 호통을 치며 원종 앞을 막아 갔다.

원종은 원종대로 바빴다. 요괴가 건물을 빠져나와 뒤쪽 숲속으로 들어가 버렸기에 온통 신경이 그쪽에 가 있었다.

그는 다가오는 상욱에게 파리 쫓듯 오른손을 휘저었다. 그러자 그 손끝에 맺힌 황금빛 권기에 막강한 위력이 담겼다.

손은 손가락 두 번째 마디를 접은 반관수半貫手요, 손목은 뱀 대가리처럼 곧으면서도 휘어져 유연했다. 천수관음권 중 일곱 번째 수법 번천翻天이었다.

끝이 휘어져 맴돈 권기는 다른 곳이 아닌 상욱의 다리를 노렸다.

상욱은 구변속보 비응천리로 속도를 더 올려 앞으로 빠르게 나가 피해 나갔다.

그러나 원종의 권기는 해머로 변해 방향을 바꿔 가슴으로 치솟았다.

"이익."

쾅.

결국 상욱은 걸음을 멈추고 단타장투의 초식으로 원종의 권기를 맞받아치며 꿰뚫어 냈다.

그 충돌의 여파로 상욱과 원종은 각각 한 걸음 물러났다.

"어린놈이 대단하구나."

원종이 놀란 음색으로 말했다.

번천. 이 한 수는 허투루 한 공격이 아니었다. 젊은 놈에게 타격을 줘 주저앉히고, 덕치로 하여금 젊은 놈의 발을 묶게 하려는 수였다. 그러고 난 뒤 요괴를 잡으러 가려 했던 것인데, 그의 의도가 여지없이 꺾였다.

덕치와 싸움에서 상욱이 양보하고 있었던 모양이었다.

"놀다가 어디 가는 겨?"

한발 늦게 도착한 덕치도 원종의 의중을 알고 상욱을 잡았다. 그걸 몸으로 말했다. 훌쩍 뛰어오던 탄력으로 땅을 딛고 오른발로 공중에서 회축(돌려차기)을 찼다.

팡.

큰 동작에 상욱이 반격하려는데 덕치의 왼발이 상욱의 머리를 노렸다. 상욱이 한 걸음 양보하자 후속타가 이어졌다.

상체를 움츠린 덕치가 회전을 하며 양발을 교차해 여덟 번이나 발길질을 했다.

더 물러났다가는 원종과 협공을 받을 처지에 놓이자 상욱은 손을 들어 방어할 수밖에 없었다.

상체를 돌려 우측으로 중심축을 이동하는 구변속보 번신추절翻身追折에 이어 단수장권18세 단회장회의 초식으로 공격했다.

상욱의 양팔은 여치를 노리는 사마귀가 앞발을 쭉 뻗어 움켜쥐는 모양으로 덕치의 발을 피해 상체와 뒷덜미를 움켜잡았다.

"어-어?"

찌-이익.

당황스러운 목소리와 함께 가사가 너덜너덜 찢겨 반나체가 된 덕치가 땅바닥을 뒹굴었다.

그 잠깐 사이 원종은 별장을 향해 몸을 돌리고 있었다.

"끼오옥!"

상욱은 분노의 기합을 토했다. 그는 늙은 중이 계속해서 승희를 노리고 있다는 것을 본능적으로 느끼고 있었다.

이 포효는 포식자로부터 암컷을 지키려는 수컷의 본능이었다. 더불어 주변을 잠재울 만큼 기혈을 들끓게 하는 기성氣

聲이기도 했다. 그뿐만 아니라 상욱의 양손은 회갈색 강기에 휩싸여 있었다.

덕치는 수미다라니의 내공을 12성까지 끌어올리고 빠르게 뒤로 물러나며 욕설을 내뱉었다.

"니기미, 사조—오."

원종이 이 젊은 놈을 내버려 두고 별장으로 향하자 젊은 놈이 딴사람으로 변했다. 필시 별장을 벗어나는 요괴와 관계가 있어 보였다. 그러니 기세와 기운이 확 바뀌지.

그런데 문제는 요괴가 아니라 젊은 놈이다. 끈적이고 음습한 기운과 함께 젊은 놈의 양손에 혼원강기가 뭉쳤다.

회갈색 강기에서 스파크가 튀었고 짧은 머리카락이 위로 솟구쳤다. 이 상황이 그의 입에서 욕설이 나오게 만들었는데, 욕하는 대상이 적으로 서 있는 상욱인지, 강기를 쓰는 적을 맡긴 원종인지 구분이 안 됐다.

덕치가 아주 오래전에 딱 한 번 봤던 강기. 그것은 화경의 징표이자 그의 오랜 목표 중 하나였다.

그가 사미계를 받고 얼마 되지 않아 우연히 본, 사조가 금강천수여래무金剛千手如來舞를 펼치며 발산한 강기는 덕치에게 선망 그 자체였다.

이 강기를 젊은 놈이 펼치니 환장할 노릇이었다.

그래도 마냥 꼬리를 내리진 않았다. 27수 천수여래권과 발길질 14금강퇴와 보신법 간선보를 하나로 한 금강천수여래무의 일품여래개세一品如來蓋世를 펼쳤다.

신체의 무게가 하체로 쏠리고 상체는 허허로운 기세로 폭풍우와 같은 혼원강기를 흘려 냈다. 또한 중지가 튀어나온 뫼주먹을 쥔 양손은 어깨를 중심으로 반원을 그리며 나가고 물러나며 권기를 장풍처럼 날렸다.

그래도 회갈색 혼원강기를 완전히 걷어 내지 못한 덕치는 양손을 크게 맞받아쳐 그 반동을 이용해 몸을 띄웠다.

쿵. 쿵. 쿵.

여력을 해소하기 위해 이렇게까지 했어도 덕치는 땅에 발을 딛기 무섭게 몇 걸음을 더 물러났다.

별장으로 향하던 원종은 기성을 듣고 멈칫하더니 이내 돌아섰다.

그러나 기성이 문제가 아니었다. 마기와는 다른 끈적이고 음습한 기운에 이어 덕치의 고함이 그의 몸과 마음을 돌아서게 했다.

그리고 회갈색 혼원강기를 양손에 두른 젊은이가 덕치를 몰아치는 모습에 선섬월보蟬閃越步를 극으로 펼쳤다.

그 빠르기에 원종의 몸이 길게 늘어져 상욱의 뒤에 섰다. 대단한 이형환위였다.

상욱은 화가 치솟았지만 흉측하게 생긴 중을 죽이려는 목적이 아니라 손 속에 여지를 두었다.

아나나 다를까, 이 중은 대단한 수법으로 물러났다. 더불어 다시 늙은 중의 발걸음까지 잡았으니 원하는 바를 다 얻었다.

돌아서서 원종을 바라봤다.

"네 이놈!"

원종은 상욱에게 손을 쓰려다 호통부터 질렀다.

"도대체 왜 이러는 겁니까?"

상욱이 분노와 짜증이 가득찬 목소리로 물었다.

"이익, 너는 지금 저 집에서 도망친 요괴의 정체를 모른단 말이냐?"

원종은 원종대로 이 젊은이가 답답하기만 했다.

"승희가 무공이 제법이라는 사실을 오늘 알았지만, 요괴라는 말은 인정할 수 없소."

상욱이 곧장 반박했다.

"덕치는 요괴를 쫓아라. 이자는 내가 제압하마."

원종은 상욱을 말로 설득하기를 포기했다. 말하는 동안에 요괴의 행방을 놓칠 것이다.

막으려는 자와 가려는 자의 싸움이 시작됐다.

상욱은 정색을 했다.

덕치를 상대하면서는 약간이라도 여유가 있었다. 하지만

늙은 중은 그를 막겠다는 의지를 보였을 뿐인데 눈앞에 철벽
이 떡 솟아오른 느낌이었다. 그렇다고 물러날 수도 없었다.
아니, 기필코 늙은 중을 뚫고 흥상의 중을 막아야 했다.

그에 반해 원종은 여유가 있었다.

눈앞의 젊은이의 내공이 음습한 면이 있고 강기를 끌어낼
화경에 도달했지만, 그에게는 상욱이 갖지 못한 이점이 있
었다.

예전 일기통천록으로 화경에 오른 고평환과의 두 차례 싸
움을 통해 단수장권18세의 장단점을 꿰뚫어 봤다.

그는 양다리를 정丁 자로 벌린 상욱의 자세만으로 구변속
보 횡련농답橫連籠踏과 단투장타의 공격을 예상했다.

역시나 상욱은 무릎을 굽히고 오른발을 늙은 중의 왼발 뒤
축에 쑥 집어넣어 갔다. 그리고 오른손은 손등에서 손끝으로
이어진 회갈색 플라즈마로 늙은 중의 시야를 가리고, 왼손은
묵직하면서도 빠르게 가슴과 복부를 때렸다.

'제법?'

원종의 눈살이 구겨졌다.

구변속보 횡련농답은 그의 발을 밟아 움직이지 못하게 하
거나 피하게 만들어 공격하는 보법이다. 고평환도 상대를 통
제하는 이 응용 수법을 나이 50을 넘어서야 펼쳤다.

단수장권18세도 역시 시야를 가리는 한 수까지 더해진 응
용 수법이다.

초식이 갖는 투로를 넘었다는 뜻.

그는 짐짓 젊은이의 오른발에 왼발이 걸리고 시야가 막혀 허둥지둥한 모양으로 양손을 휘저었다.

그러나 들려진 원종의 왼발은 송곳처럼 젊은이의 왼발을 내려찍었고, 양손은 팔꿈치를 축으로 앞으로 휘두르며 한 수 한 수를 정권과 손등 그리고 주먹의 날까지 안에서 바깥까지 반원을 그리며 털어 냈다.

이 한 수, 금강퇴 槌錐와 천수관음권 양수공공兩手空空은 고평환도 제법 애를 먹었던 초식이었다.

주먹을 주먹으로 막으며 손등으로 튕겨 만든 허점을 주먹의 날로 파고들었다.

당연히 주먹과 주먹이 부딪쳤다.

퍼―버버벙.

충돌 여파와 함께 반보를 물러선 원종은 일시간 놀라 상욱과 시선을 맞추었다.

상상도 못 한 일이다. 충돌 여파에 밀리다니, 이해가 되지 않았지만 현실이었다.

강한 폭발력을 장착한, 일견 혼원강기는 강기가 아니라 기의 덩어리였다.

"무식한……."

원종이 저 정도 기를 가졌다면 현경이나 그에 가까운 경지에 올랐을 것이다. 그의 입장에서 보면 다행스러운 일이었다.

더불어 기고만장한 젊은 놈의 기를 눌러 놓을 필요성도 느꼈다.

잠깐 물러나며 한 이 생각을 행동으로 옮겼다.

그는 오른발을 굴렀다.

쾅-.

이품빙탄극세二品氷炭極勢.

육안으로 그림자를 좇기 어려운 원종의 금강천수여래무의 두 번째 초식이 펼쳐졌다.

원종은 나무 사이를 비행하는 매미처럼 불규칙한 간목선 비間木蟬飛로 상욱과 거리를 좁혔다.

그리고 왼쪽 어깨를 비틀어 상욱의 가슴 중앙을 때렸다. 천수관음권 세 번째 수 충견.

그와 동시에 그의 오른발이 상욱의 턱 끝을 향했다. 상욱과 그의 거리는 30센티미터도 되지 않았다.

금강퇴 중 여덟 번째 초식인 구비당九秘撞은 강기剛氣까지 동반한 철저한 암수로 변했다.

상욱은 공간지각 인지능력을 극한까지 끌어올리고, 천둔갑 내공과 자마트라의 기를 수투갑에 밀어 넣고는 단수장권 18세의 초식을 정신없이 펼쳤다.

팡. 팡. 팡.

"크윽."

충돌과 함께 신음을 토한 상욱은 5미터나 밀려 났다.

이렇게 극한으로 몰리자 상욱은 초조해졌다.

이 싸움을 잘 이끌어야 가승희를 쫓아간 흉측한 중으로부터 그의 여자를 지킬 수 있고, 그 역시 온전할 수 있었다.

그는 무리를 해서라도 늙은 중을 쓰러트리기로 결심했다.

쟁천에서 밥을 먹었다 하는 인사가 들었다면 헛웃음을 터트릴 허무맹랑한 발상이었다.

아니, 오존五尊 중 일인인 원종과 이렇게까지 손을 나눴다는 것 자체가 신기한 일이었다.

어쨌건 그의 생각은 행동으로 이어졌다.

"끼오오옥!"

어쨌든 상욱은 모험을 택했다. 내공을 극으로 끌어올려 기성의 기합을 토했다.

꽉 쥔 양 주먹에 자마트라의 기운을 집중했다. 오로지 공격 초식인 단투장투 초식으로 원종의 상체를 막무가내로 공격했다.

물론 상욱에게는 믿는 한 수가 있었다.

자마트라의 기운과 섞여 혼원강기처럼 보이는 천둔갑의 내공을 분리해 전신을 휘감아 두었다.

원종은 허점을 보이고 들어오는 상욱을 보며 미간을 찌푸렸다. 그는 상욱의 심리를 읽었다.

육참골단肉斬骨斷.

젊은이가 내 살이 찢겨 나가도 적의 뼈를 끊어 놓겠다는 수법을 들고 나왔다.

'그나마 다행인가?'

짧은 순간 든 생각이었다.

젊은이가 요괴와 요괴를 쫓아간 덕치를 마음에 두지 않았다면, 젊은이는 막대한 내공을 바탕으로 끈덕지게 그를 잡고 늘어졌을 일이다.

그렇게 되면 그 역시 살초를 꺼내 들 수밖에 없었다.

그가 처음 보는 사람을 죽이는 개백정은 아니었기에 싸움에서 어떻게 작용될지 모를 일이었다.

그리고 이런 육참골단의 수법을 들고 나오는 마구니를 숱하게 상대했던 원종이라 나름 대응 수법이 있었다.

그는 달려오는 상욱을 간선보의 절정 보법 일선찰나—蟬刹那로 맞이했다.

길게 이어지는 잔상을 남기며 빠르게 상욱과 부딪칠 듯하더니 그대로 솟구쳤다.

상욱은 그동안 원종이 손을 나누며 피하지 않았었기에 회피할 거라고는 생각지 못했다.

그래서 그는 순간 원종의 종적을 놓쳐 버렸다.

목표를 잃은 상욱의 양손은 허공만을 갈랐다.

방심의 결과는 심각했다.

퍽—.

허공으로 뜬 원종은 왼발로 상욱의 얼굴을 때렸다. 그리고 상욱을 넘어서며 오른발 뒤축에 강기를 심어 상욱의 뒤통수를 걷어찼다.

펑—.

"크윽."

짧은 비명과 함께 상욱이 앞으로 천천히 고꾸라졌다.

원종은 땅에 발을 딛기 무섭게 뒤돌아섰다. 그리고 상욱의 등 뒤에서 날개와 같은 엷은 호신강기가 희미해지는 것을 봤다.

그런데 그것을 본 그의 두 눈이 다급함으로 물들었다.

"천둔갑天遁鉀?"

원종은 급히 상욱에게 달려가 안아 들고 흔들었다.

"아, 안 된다. 무진아, 무진아. 일어나 봐라."

그러더니 반쯤 미쳐 안절부절했다.

원종은 불과 몇 초 전이 후회스러웠다.

왼발로 상욱의 얼굴을 걷어찼을 때 깜짝 놀랐다. 젊은 놈이 제대된 성취는 아니지만 호신강기라니, 육참골단이 괜한 수가 아니었다.

그는 분노가 치밀어 후속타에 수미다라니의 큰 내공을 실어 뇌호혈腦戶穴을 오른발로 걷어찼다.

그는 오른뺨을 맞고 왼뺨을 내주는 성인군자가 아니었다. 호되게 빚을 갚아 주었다.

그런데 상욱을 넘으며 그가 본 머리에서부터 등까지 이르는 호신강기의 발출은 꿈에서도 잊지 못할 특징을 가진 수법이었다.

어암서원 훈몽제의 박경덕 어르신이 무진에게 심어 놓은 마지막 진신眞身인 천둔갑이 틀림없었다.

이 아이를 찾아 헤매기 얼마였던가?

그의 인생에 있어 가장 큰 회한의 원인이었던 이 아이를 제 손으로 다치게 하다니.

"어-흐흥!"

속이 미어지는 울화는 불문의 사자후獅子吼가 되어 원종의 입에서 토해졌다.

"동건 사제를 닮았거늘…… 미욱하구나, 미욱해."

뜻 모를 소리를 중얼거린 원종은 급히 달려오는 덕치를 보았다. 사자후를 터트렸으니 오지 않을 수 없었을 것이다.

─차를 가져와라. 부사의암不思議庵으로 간다.

원종은 육신통의 일종인 백리전성百里轉聲을 덕치에게 보냈다. 그의 마음은 벌써 상욱을 살필 화엄정사에 가 있었다.

상욱은 지금 꿈을 꾸고 있었다.

꿈속에서 꿈을 꾸기도 하고, 무진이었다가 다른 사람이 되기도 했다. 지금 그는 수많은 기억의 잔재에 파묻혔다.

'난…… 누구인가?'

기축년(1889년) 정월.

그해 겨울 전주부全州府 남문 밖 반석리는 유달리 추웠다. 이곳은 관노와 사령들 거주지로 약 500호 촌락을 이루었다.

이들에게 혹한의 시련이 다가왔다. '전주의 이서吏胥는 재물을 탐하는 늑대들(富豪脫狼)로 일국 으뜸이라, 호서충청도의 사대부, 관서의 기생, 전주의 아전을 조선의 3대폐大弊다.'라고 하였을 정도였다.

이 이서인 아전과 관노의 다툼이 불거져 심각한 기운이 들불처럼 번졌다.

내막은 이랬다. 본시 태인 박씨였던 양반가 중년인 경덕이 관노가 된 데는 남다른 사연이 있었다. 그는 1886년 천주교도 남종도가 참수당할 당시 이국 문물에 눈을 돌렸다. 깨인 그 유생 정신이 병이었다.

그해 야소 집회 참석자는 발고돼 굴비 엮이듯 관아에 끌려가 물고를 당하고, 역모로 엮여 노비로 전락했다. 그나마 경덕은 가문의 비호와 인덕이 있어 외거노비로 반석리에서 쪽방 한 칸을 얻어 썼다.

그런 그라 항상 어깨가 처질 만도 하건만, 이 나이 60을 바라보는 유생 아닌 노비는 웃음 헤픈 바보였다. 항상 기꺼운 마음으로 사람을 대했고 진심으로 다가갔다.

이즘 전라관찰사는 이도제로, 반상 361도 수담(바둑)에 눈이 돌아가 사람을 청했다. 하지만 남 집 호박에 말뚝 받는 심보라 향사鄕士들이 그를 데면데면 대했다.

그러다 발에 차인 자가 박경덕이었다. 양반 출신이라 한량질 하며 건너로 배운 바둑이 여덟, 아홉 수를 보는지라, 국수에는 못 미쳐도 전주 근동에서는 잘 두는 자도 경덕에게 서너 수를 접었다.

전라감영에 노비가 영감과 떡하니 양반 다리를 하고 신선놀음을 하는 모양이 다른 사람 눈에 고울 리 없었다.

정월 초닷새, 결국 사달이 벌어졌다.

아전의 어린 아들인 더벅머리 총각이 제 아비의 취중 불만을 품고 있다 경덕에게 시비를 걸었다. 어린놈은 상놈이 인사를 않는다는 구실로 경덕의 빰을 때렸다.

감영이 시끄러워졌다. 때린 자는 당당했고 맞은 자는 억울했다.

평소 동무같이 살갑게 굴던 관찰사 이도제지만 막상 일이 불거지자 나 몰라라 했다. 아전이나 관노나 그놈이 저놈인 그에게 아랫것들의 난동은 성가셨을 것이다.

요행으로 이웃 박말남이 괄괄해 경덕을 수삼일 치료했다. 그는 경덕이 쾌차하자 더벅머리 총각을 찾아 사과를 요청하였으나 오히려 매 돌림질만 당했다. 이웃이 쌍으로 매질을 당하자 관노들이 들고일어났다. 싸움이 크게 벌어졌다.

재물에 눈먼 늑대라 칭해지는 아전과, 수모와 댓거리의 대상에 불과한 관노의 다툼이 요상한 방향으로 흘렀다.

장독杖毒에 앓던 박말남이 이틀 후 죽어 버렸다.

이달 열흘에 관노들이 자시에 횃불에 낫과 괭이를 들었다. 삭풍을 맞으며 남문 밖 풍남리에 갔을 때는 아전들은 집을 비우고 내뺀 지 오래였다. 휑한 마루장만 보고 관노들이 돌아섰다.

이들 중 박말남과 언니, 형님 하던 이가 더벅머리 총각 이한종의 집에 불을 놓았다.

일이 커지자 감영은 곤혹했다. 아전들은 도망간 관군을 끌어다 쓰니 가재가 게 편이라 관노들만 족쳤다.

종래에는 관노 삼백이 뿔뿔이 흩어져 정읍 쌍치, 김제 금구로 숨어들었다.

그로부터 10년.

고부군수 조병갑의 수탈로 일어난 민중 봉기로 전라감사 김문현이 파직당하고 아전들의 세가 주춤해졌다.

이로부터 몇 해.

국모가 시해당한 을미사변과 고종 황제가 궁을 비운 아관파천이 일어나 외세가 득세하자 아전들이 갈리고 전주부도 크게 바뀌었다.

하지만 이도 밖에서 본 세상일 따름이었다. 이서인 아전의 행패는 여전하기만 했다.

노인 박경덕이 백발이 되어 전주에 돌아온 것은 그해 늦은 봄이었다.

태조 영정을 모신 경기전慶基展에 습기가 차 기와를 교체하던 박말남의 아들, 도편수 기출은 뜻밖의 방문을 받았다. 경덕이 그와 아내 물원댁을 데리고 사라진 때도 그해 늦은 봄이었다.

그리고 그해 여름을 전후로 아전 몇이 시름시름 앓다 죽은 일은 미혹한 세상 일로 치부됐다.

1988년 2월. 전주 서서학동.

북서쪽 곤지산 쪽에 황혼이 내려앉을 무렵, 고덕산과 남고산 온화한 숲에 학들이 내려앉았다. 앞쪽 전주천은 노을을 반사해 한벽당과 오목대를 고즈넉이 비쳤다.

원래 학鶴이 깃든 동네 명칭처럼, 멀리서 본 정경은 수려했지만 서민의 삶은 고단한 곳이었다.

여기에 옛 명칭은 반석리ㅘ石里로, 밭농사가 아닌 논농사를 짓는 농투성이에게는 죄악 같은 장소였다. 땅을 개간하면 흙반, 돌이 반이라 반석이란 말이 따랐다.

토질만큼 논도 나오지 않았다.

이런 이유로 시내와 가까우면서도 땅값이 쌌다. 당연 전주에 고단한 삶을 사는 사람들의 보금자리가 가장 많은 곳이기도 했다.

이제 여덟 살 난 박무진의 집도 그중 하나였다.

어린 무진에게 집은 아늑함보다 경외의 장소였다. 사방이 붉은 칠인 벽과 천장에 매달린 칼 그리고 점치며 제사를 지내는 '당소'라는 제단 위로 무서운 할아버지, 할머니 상이 전부였다.

이 좁은 방을 나서면 옆으로 큰 솥과 작은 솥이 걸린 아궁이와 반대편 찬장이 놓인 부엌이었다.

그 앞은 시멘트로 바른 우물 겸 설거지를 하는 좁은 마당이 있었다. 이 마당 한구석에 높은 대나무가 세워져 있었다.

그 끝을 볼라치면 무진은 고개를 뒤로 젖혀야 했다.

오방색 천과 풍선이 매달려 바람에 펄럭이곤 했다. 나중에 훌쩍이던 콧물을 제 혼자 치울 때쯤, 이것이 만신萬神과 접신하기 위해 세운 소줏대라는 걸 알았다.

그렇다. 무진의 어머니는 무당이었다. 전주 최씨에 이름은 여진. 이웃들은 그녀를 당골巫堂댁이라 불렀다.

물론 무진도 성씨 없는 아이는 아니다. 엄연히 '박'이라는 성이 있다. 하지만 아버지는 이 시대상인 근엄한 가장으로서 경제를 책임지는 모범을 보이지 않았다.

어린 무진 기억에도 얼굴도 가물거릴 정도로 뜸하게 들렀다. 아버지의 방문은 대체로 늦은 저녁이 많았다. 졸린 눈의 무진을 바라보고 머리 몇 번 쓰다듬어 주곤 했다.

자고 일어나 아버지 품에 안길 거란 생각으로 꿈나라에 빠졌지만, 다음 날 아침 무진은 휑하니 빈 방에서 울음을 터트리곤 했다.

엄한 당골댁은 무진을 그대로 두었다. 몇 번 훌쩍이다 보면 눈물이 말라 버리는 게 아이다.

그러면 그녀가 울음을 그친 무진을 품에 품고 눈물을 보였다. 차마 아들 앞에서 눈물을 비치진 못하고, 무진의 등을 두드릴 뿐이었다.

아버지 이름도 어미 당골댁을 통해 동東 자 건建 자라 들은 무진이다. 그래서 올 정월로 여덟 살인 이 아이는 다소 의기소침하고 말이 없었다.

당골은 무당을 지칭하는 말이다. 귀신을 섬겨 길화흉복을 점치고 굿을 업으로 삼는 이를 지칭한다.

본시 무당이란 직업이 환대받는 직업도 아니다. 그래서 신기가 왔을 때 섭리를 온전히 받아들이고 그 길을 걷는 무당, 박수는 드물다.

사회 시선도 냉소적이고 실제로도 냉대한다. 그러다가도 사람들은 아이러니하게도 위기가 닥쳤을 때는 무속적으로라도 도움이 되어 주길 바란다.

어쨌건, 대부분은 신을 거부하다가 신열을 못 이기고 무당의 길을 걷게 된다.

당골댁 역시 이 범주를 벗어나지 못했다.

신열 과정은 경제적 고난, 가정불화 같은 어려움을 줬다. 그러나 그녀는 남다른 면이 있었다.

신령님이 주신 고통에 의미를 부여했다. 낮고 힘든 사람을 생각해 이 길을 올곧게 걸으라는 소명으로 받아들였다. 그래서인지 그녀는 욕심 없는 삶을 살았다.

신의 돈은 바람과 같다. 굿값은 무당을 위하지 않는다. 비는 자의 소원을 들어줄 조상님을 위한 치성이라 여겼다.

손님들에게 딱 치성을 드릴 만큼만 돈을 받았다.

그나마 남는 돈은 이웃이 어렵다면 오지랖 넓게 베풀었다.

빈한은 동무처럼 따랐다. 굿판 음식이 무진의 삼시 세끼이곤 했다.

몇 평 되지 않는 점당占堂에 찾아오는 손님을 위해 그녀의 삶은 고단했다. 새벽같이 일어나 몸과 마음을 정갈히 하고, 정화수를 올려 치성을 드렸다. 하루가 끝나면 자기반성을 마다 않았다. 그리고 꿈자리에 들어서도 다른 이들을 위해 꿈을 꿔 줬다.

당골댁은 새벽닭이 울기 전에 일어났다. 그녀는 옆에서 자고 있던 무진의 볼을 쓰다듬고 밤새 걷어찬 이불을 올려 덮었다.

며칠 있으면 국민학교에 입학한다.

여느 아이처럼 학원 한 번 가지 않고 자랐다. 어미 일 때문에 말수 적고, 소극적인 걸 빼면 참 기특했다. 물만 주면 절로 크는 콩나물 같은 아이였다.

어둠 속에서도 한낮처럼 움직였다. 제단을 겸한 점당이 작기도 했거니와 집기 하나하나를 언제나 제자리에 두는 탓이었다.

팟-.

취이이익.

성냥불이 당겨지고 유황 냄새가 잠시, 불이 큰 촛대와 작은 촛대를 오가며 점당을 밝혔다.

촛불에 당골댁 얼굴이 비쳤다. 30대 중반 혹은 40대 초반, 오관은 반듯하고 눈매는 서글서글했다. 또한 도드라진 광대와 하관은 갸름하다. 전형적인 동안 미인이었다.

무당답지 않은 친근한 차림에 접신의 풍파와 인간사, 고력을 이겨 내 기품이 가득했다.

자리를 털고 일어났다. 아들을 보는 한없이 편안한 눈길은 어느새 단호한 카리스마로 들어찼다.

어제 굿을 한 만큼 손에 대한 치성이 빠질 수 없다. 몸과 마음을 정갈히 했다. 정화수를 대접에 정갈하게 담았다.

날이 밝았다.

당골댁은 아침을 먹고 부산하게 움직였다. 언니 무당 김은자가 새벽부터 재비(악공樂工)와 함께 들이닥쳤다.

수삼일 전부터 김은자는 네댓 번 당골댁을 찾았지만 만나지 못했다. 산오구굿(노인이 죽을 날을 가늠해 조상을 청해 과오를 씻고 해원하는 굿)이 들어왔는데 혼자 치를 일이 아니었다.

자매처럼 한 어미 무당에게 내림을 받은 은자는 큰 굿판에 당골댁을 끼고돌았다.

예정에 없던 굿이라 바쁘기 그지없었다.

"이년아, 집을 비우면 어디 오간다고 연락이라도 해야지!"

은자가 점당 안으로 들어와 당골댁의 무복巫服과 칼을 챙기는데 말이 걸쭉했다.

"애한테 말해 놓지 그랬우."

"썩을 년, 무진이한테 굿거리 얘기만 해도 지랄이 염병질을 치는 년이."

"에효, 애 앞에서 육두문자는……."

"시끄러 이년아, 빨리 서둘러. 10시까정 평화동 양지뜸까지 갈라면 택시라도 타야 혀."

"누군데 그러우?"

"김한수라고, 서울서 사업하다 고향 내려온 사람여. 타지 돌다 팔십객이라 귀천할 날이 낼모레 글피단게."

"알겠소, 산오구굿할 물건 단단히 챙겼소?"

당골댁이 허리를 폈다.

"아가, 이리 온나."

은자가 점당 안 한쪽에 서 있는 무진을 불렀다.

"네, 이모."

"받거라잉. 네 어미는 쪼까 늦을 것인 게. 맛난 것 사 묵고 있어라이."

천 원짜리 지폐 한 장이 무진 손에 쥐였다. 무진이 엄마를 보자 당골댁이 고개를 살짝 끄덕였다.

"고맙습니다."

무진은 배꼽 손으로 허리를 숙였다.

"하이구미 귀여운 것."

탁. 탁닥.

은자가 무진 엉덩이를 토닥이다 볼에 뽀뽀까지 했다.

"무진아, 엄마가 좀 늦을 수 있다. 점심은 아래 짜장면집에서 먹고, 저녁 넘으면 찬장에서 전 꺼내 먹어. 알았지?"

"네."

어미 말에 무진은 고개를 숙이고 시무룩하게 대답했다. 그게 할 수 있는 전부였다.

"짠하구마인."

"객쩍은 소리예요. 다 큰 총각이에요. 갑시다."

은자 말에 당골댁이 핀잔을 줬다. 마음이야 아프고 심란해 발길이 떨어지지 않지만 이래야 꿋꿋이 커 갈 아이다.

무진은 짐을 한 짐 이고 떠나는 엄마 뒤를 한동안 봤다.

"헤에, 뭐, 울지 않아. 한두 번도 아니잖아."

혼자 중얼거린다.

여섯 살까지는 당골댁이 굿을 나서면 옆집 감나무집 내외가 그를 돌봐 줬다. 이태 전 그들이 삼천동으로 이사 가며 그걸로 끝이었다.

어미 당골댁이 다른 이웃에 맡겨 봤지만, 무진이 누구와 말을 하는 것처럼 혼자 중얼거리자 한 집, 두 집 꺼렸다. 그러다 이제는 귀신들린 아이라는 소문까지 돌면서 돌봐 주는 이웃이 없어졌다.

각설하고, 집에 홀로 남은 무진은 점당 한 켠에 차려진 제단 쪽으로 갔다.

그 위에 한 폭의 족자가 걸려 있었다. 소나무 한 그루와 사당이 그려져 있는데 원근법은 무시된 채 사실적으로만 묘사돼 있었다.

감묘여재도感墓如在圖.

조상을 모시는 사당이 없는 가문에서 시제를 모실 때 사용하는 그림이다.

그 앞에 선 무진이 퉁명이 말했다.

"할아버지, 암도 없어."

"……"

벽에 대고 하는 말이 통할 리 없다.

"아 씨, 나 그냥 놀러 나간다?"

무진이 문 쪽으로 나갔다.

"아이고, 이놈아, 할애비가 의관은 정제해야 하지 않느냐?"

빽 하고 노인 목소리가 점당에 울렸다.

"칫, 귀신은 먹지도 입지도 않는다며."

"예끼 놈, 그게 할애비한테 할 말이냐?"

뿌연 기체가 감묘여재도에서 나왔다.

귀신은 상투를 틀고 망건을 쓴 모진 상이지만 쥐 수염에 웃음을 한가득 머금었다. 친근감이 절로 들었다.

두루마리를 여미고 몇 가닥 없는 쥐 수염을 쓰다듬는데 참 해학적이다.

"헤헤, 일성 장군 때문에 일부러 늦장 부렸죠."

"이놈아, 내 누누이 말했거늘. 내 도력이 네 어미가 모시는 장군신령 나부랭이와 비교할 수 없다고. 다만 접신한 어미 체면을 봐서 주인 대접을 해 주는 것이라고."

"알았어요, 알았어. 이기지도 못할 거면서."

무진은 뒷말을 작게 흘렸다.

"뭐셔?"

왈칵 성을 내는 영감을 보며 무진은 딴청을 부렸다. 감묘여재도 제단 앞의 사탕을 집어 들었다.

희고 둥근 사탕에는 오방색 줄무늬가 그려져 있었다. 그런데 점집에는 없는 유독 검은색 사탕 하나가 그 사이에 끼어 있었다.

"조상 모시기를 묘동에 삐비처럼 여길 놈 보소. 내 지양供養이 네놈 잔치냐?"

"사탕 하나 갖고 그래요. 으드득."

무진은 재빨리 사탕을 입에 넣고 씹었다.

"참 말세로세, 쯔쯔쯧."

귀신 영감이 혀를 찼다. 그러거나 말거나 무진이는 손 빠르게 사탕을 하나 더 들어 입으로 가져갔다. 검은색 사탕이었다.

무진의 행실이 제 어미와 있을 때와는 전혀 딴판으로 바뀌었다.

기실 무진이 조상신을 본 지 벌써 3년이 지났다. 신열이 내렸지만 당골댁은 무진이 볼거리를 앓는 줄 알았다.

되게 아프고 난 무진은 유독 이 조상신과 친절해졌다. 그렇다고 제대로 된 신열은 아니었다. 신발이 강한 장군신령 이상 되어야 희미하게 느낄 정도였고, 무진의 눈에는 오직 귀신 영감만 보였다.

당연한 결과인지도 몰랐다.

어미인 당골댁이 무당이다. 접신하는 소줏대를 끼고, 조상이 든다는 감묘여재도에 매일 치성을 올렸다. 하물며 잡신도 아닌 장군신령을 모셨다.

이렇듯 어린 무진에게 점당은 놀이터고 집이다. 그만큼 접신할 기회도 많았다. 그리고 수시로 귀신과 젯밥을 나눠 먹으니 안 보이는 것이 이상할 일이었다.

여기에 조상신인 귀신 영감은 몇 가지 이유로 귀천을 못했는데, 무진이 그중 한 이유였다.

어쨌건 둘의 만남은 귀신 영감의 꼬임(?)으로 비밀을 유지하고 있었다.

"그건 그렇고, 구해 놓으란 것은 워쨌냐?"

자손을 보는 자애로움이 사라지고 근엄해졌다.

"엄마가 이상하게 물어봤단 말이에요."

무진은 앉은뱅이책상에 놓인 책을 들었다. 제목은 논어였다.

"됐다. 그냥 옥편 찾아가며 본다고 그래라."

"오늘도 공부하는 거예요? 그러지 말고 옛날 애기부터 해 줘요. 아님 도술입네, 법력이네 하시는데 그것을 알려 줘요."

"쯔쯔쯔, 네놈은 도학과는 인연이 없어. 사기邪氣가 가마솥에 곰국처럼 끓어서 내 짝 나기 십상이다. 차라리 절간에 땡초와 어울릴 만하지."

"곰국? 아 그런 것 몰라요 몰라. 그럼 사서삼경 같은 걸 왜 공부해?"

"이놈, 결국 공부하기 싫어 꾀를 내는 거로구나."

"귀신 할아버지, 저얼대 아니거든요."

"요런 깜찍한 놈을 봤나. 귀신을 속이려고 하네."

"헤헤헤, 귀신이 귀신이래."

"뗵! 이야기 하나 해 줄 테니 논어는 오늘부터 공부해야 한다."

"네에."

무진이 막둥이처럼 대답한다.

"녀석, 오늘 이야기는 식언食言이다. 은나라 탕湯 임금은 하나라 걸왕桀王 폭정에 군사를 일으켰다. 탕 임금이 영지에서 백성에게 맹세를 했다. 그대들은 날 도와 하늘의 벌을 이루도록 하라. 공을 세운 자에게 큰 상을 내릴 것이니 내 말을 의심치 말라. 나는 내가 한 말을 다시 삼키지 않는다. 탈불식언脫不食言이라 했다."

"에이, 그게 뭔 말이에요?"

"이놈아 한번 뱉은 말을 먹지 않는다 했다. 서경과 춘추좌씨전에 식언이란 말이 여러 번 나오는데, 말을 먹지 않는다, 거짓말을 하지 않는다는 게 이 말이야."

"지금 제가 싫은 공부를 좋다고 했다고 말해서 거짓말했다 이거죠."

"어린놈이 영악해서는……. 잘 들어라. 천자문을 떼고 훈몽요결을 익히고 소학을 책거리 했으니 내친걸음에 주역까지는 아니더라도 중용中庸까지는 떼어야 한다. 사서 중 논어는 공자님과 제자분들 말씀을 기록한 것이다. 그 편이 가장 적고 이해하기 쉬워 입문서이기도 하다."

"에이, 그래도 한문 몇 자, 문장 몇 개 알았다고 해도 여덟 살 먹은 애한테는 무리예요."

"식언할 셈이냐?"

"누가 식언이래요."

"허, 애는 앤데 애늙은이로세. 이놈아, 따라서 해. 子曰 學而時習之, 不亦說乎. 有朋自遠方來, 不亦樂乎. 人不知而不慍, 不亦君子乎. 공자께서 말하기를 배우고 틈나는 대로 익히면, 또한 기쁘지 아니한가. 벗이 있어 멀리서 찾아오면 또한 즐겁지 아니하겠는가. 남이 나를 알아주지 아니하여도 노여워하지 아니하면, 또한 군자가 아니겠는가. 뭐 해, 따라서 하지 않고."

"子曰, 學而時習之(자왈, 학이지습지)……."

귀신 영감 박경덕은 무진을 지그시 내려다봤다.

아이 집안의 저주가 몰려 세상을 뒤엎고 큰 난리를 낼 놈이었다.

바꿔 생각하면 그의 업장이 이 아이에게로 전해진 거라, 꼭 바꿔 놓아야 했다.

귀신이 뭔 한숨이겠느냐만 저 건너갈 길이 가까운 객이라 혼백이 무겁기만 했다.

그날 밤.

무진은 꿈을 꾸고 있다.

그가 서 있는 장소는 자주 갔던 곳이다. 작년 땡볕에 또래들과 멱 감다 오한 들면 달달한 엿 한 조각 사러 갔던 싸전다리였다. 그 맞은편으로 초록바위는 옛날 천교도들이 참수당한 곳이다.

'어디? 초록바위!'

고개를 둘러봐도 초록바위다. 아스팔트 도로도 건물도 없지만 뚝방길 지형이 말해 주고 있다. 요즘 복개 공사가 한창인 동서학동 공수내 계곡과 똑같았다.

그런데 꿈에서 다른 사람 눈으로 세상을 바라보고 있었다. 아니, 다른 사람이다.

주변은 온통 책에서 본 옛날 사람들이었다. 상투를 튼 사람들과 흰 무명 저고리를 입은 아낙들이 뚝방에 모여 아래를 내려다보고 있다.

"저이가 천주쟁이여."

"암만 봐도 유생인디? 뭐 역적질도 아닌디 양반 목을 친다야?"

"이 사람이 워디서 입방정질여, 경칠라고."

무진 앞에서 사내 둘이 말을 섞는다.

의지와 다르게 고개가 돌아갔다. 그 옆에서 열댓 살이나 되었을까? 더벅머리 아이들 다섯이 주인을 향해 꼬리를 흔드는 개처럼 바라봤다.

"한종아, 여기 있을겨?"

다섯 중 덩치 큰 아이가 하천 부지를 바라보았다. 거기로 내려가자는 뜻이다.

무진이 꾸는 꿈의 주인은 이한종이다. 그가 잠시 앞 하천 부지를 살폈다. 아침나절 형방인 아비가 형장에 가지 말라 했다. 일단 아버지는 없다.

"쫄았냐?"

덩치 큰 아이 차돌이가 도발했다.

"새끼."

이한종은 욕을 툭 뱉고는 하천부지 아래로 걸음을 옮겼다.

'안 돼.'

무진은 위화감에 외쳤지만 헛된 공명이다.

꿈 안에서 이한종은 곧 하천부지에 도착했다. 어른들 틈을 비집었다. 나무로 경계선을 만든 형장까지 갔다. 막 형이 집행되고 있었다.

"역적 남종도는 고개를 들어 어명을 받들라!"

완산 부사직 판관 여을도 목소리가 쩌렁쩌렁 울렸다.

남종도는 힘겹게 고개를 들었다. 검게 타 버린 얼굴이었다. 달포 동안 고문을 당했으니 살아 있는 것이 이상했다. 하지만 눈빛만은 형형했다.

"역적이라니 억울할 뿐이오. 세상을 바로 세우고 참된 학문을 갈고닦는 게 어찌 역모란 말이오."

"허ー. 아직도 요망한 입놀림이구나."

여을도는 화를 내려다 아랫입술을 깨물었다. 종4품 관리인 그는 전주부 관찰사 직속으로 녹록지 않은 품계다.

눈앞에 있는 이는 오라가 지어진 생원(과거시험 중 지방에서 실시한 소시에 합격한 자)에 불과한 자다. 게다가 곧 참해질 자를 상대로 공맹을 따질 이유가 없었다.

"어명을 받들어라."

그의 입은 단호했다.

하지만 남종도 그에 못하지 않았다. 고개를 쳐든 그는 부끄러움이 없었다.

여을도가 그런 남종도를 일별하고 교지를 읊었다.

"생원 남종도는 국조이신 목조의 터에서 동량이자 초석이었다…… 생원을 폐하고 그의 가문 삼족을 반상의 직위에서 물리고 천민으로 격하하노라. 이는 천주학으로 패당을 지은 무리에 지위고하를 막론하노라……. 하물며 위로는 임금께 충성하고 백성을 교화해야 할 위치임에도 삿되게 사교에 빠졌다. 만민이 평등하다 백성을 기망하고, 극악한 패거리를 지었으니 이는 열조와 임금을 부정함이다. 고로 사사함이 마땅하다. 백성들은 남종도의 죽임을 보고 그 경종을 보이도록 하노라."

긴 어지가 끝났다.

"나으리, 목을 치리까?"

병사 하나가 서둘렀다. 여름 땡볕에 무명옷이라 등이 땀에

두 개의
심장을
가진 자

추적인 모양이다.

"천민 남종도의 목을 베라!"

여을도도 여기 나올 직책이 아니라 짜증이 부쩍 일어난 터라 고함을 쳤다.

망나니가 덩실덩실 꾸물꾸물 걸음짓을 한다. 대감도가 남종도 목에 닿았다 떨어지길 세 번.

스-윽.

칼이 떨어졌다.

툭.

남종도 머리가 잡초 위로 떨어지고 핏줄기가 허공으로 비산했다.

"아아악!"

앞에 있던 나이 어린 더벅머리의 이한종이 경기를 일으켰다. 제법 멀찍이 떨어진 놈이 핏물을 온통 뒤집어썼다.

"푸푸푸."

입으로도 들어갔는지 허둥거림이 보통을 넘었다.

무진은 역한 피비린내에 빙의된 몸을 흔들었다. 몸이 제것이 아니라 답답했다.

그사이 세상이 변했다. 하늘이 노했는가? 세상이 붉게 물들었다. 해가 얕게 깔리고 잠시 후 먹구름이 새까맣게 몰려왔다.

대낮에 땅거미가 깔리자 애어른 없이 두려움에 떨었다.

우르릉. 쾅쾅.

이내 천둥과 번개가 쳤다.

"어이쿠."

망나니가 놀라 넘어졌다.

가까이 있다 피를 뒤집어쓴 이한종은 놀라 허둥지둥했다. 깜냥에 동리에서 주먹질깨나 하고 말썽을 피우고 다녀도 애는 애다.

오금이 저리고 오한이 들더니 헛구역질을 연방 해 댔다. 잘린 머리가 그 앞까지 굴러와 있는데, 부릅뜬 눈이 저를 쳐다보고 있는 듯했다.

무진도 놀라 어쩔 바 몰랐다.

"애야, 애야, 무진아."

멀리서 들려오는 소리에 하늘이 하얗게 변했다. 그러다 밝아졌다.

"괜찮니?"

무진이 눈을 뜨자 당골댁이 물었다.

붉은 천장에 걸린 칼을 본 무진은 꿈에 본 망나니 칼과 겹쳐 경기를 일으켰다.

"애가 왜 이러니?"

걱정 어린 당골댁 목소리에 무진은 정신이 온전히 돌아왔다.

"엄마?"

두 개의
심장을
가진 자

놀란 눈이 동그랗게 뜨였다 제자리를 찾았다. 엄마를 보니 마음이 진정됐다.

"나쁜 꿈이라도 꿨니?"

"별, 별일 아니에요."

식은땀을 훔치고는 자리끼를 찾아 한 모금 들이켰다.

대수롭지 않게 말했지만 꿈속에서 목이 잘린 사내의 눈이 앞에 있었다. 애써 의식하지 않으려 했지만 머리엔 온통 죽은 남종도의 눈만 보였다.

무진은 저도 모르게 당골댁 품에 꼭 안겼다.

"애가?"

평소 같지 않은 행동에 애를 밀어 내려던 당골댁은 아들을 안고 토닥였다.

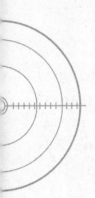

골이 깊은 과거지사

겨울이 다 지나가진 않았지만, 아침부터 모종 가위당(註:넓은터)에 나가 구슬치기를 하던 무진이 제 엄마에게 딱 달라붙었다.

당골댁도 평상시 점사占辭 때는 무진을 밖으로 내모는데, 아이가 칭얼거려 당집 문을 걸어 잠갔다.

그녀는 무진을 보며 심장이 덜컥 내려앉았다.

'신열일까? 아님 악몽을 꾸고 마음 앓이를 하는가.'

갈피를 못 잡았다.

그녀가 무당이라 아들이 박수(남자 무당)라면…… 끔찍했다. 지성으로 받드는 일성장군신령을 모시고 물어보기조차 두려웠다.

그런 모자를 보며 경덕은 안쓰러움을 감추지 못했다. 혼백만 남은 귀신이라 무당 앞으로 나설 수도 없었다. 감묘여재도가 집이라 무진을 기웃거릴 뿐이었다.

이 늙은 귀신은 무진이 왜 그러는지 대충 감이 왔다.

하지만 이 이유를 당골댁과 무진에게 말해 줄 사람은 무진 아비 동건이다. 그래서 더 애가 탔다.

그리고 지금만큼 구천을 떠돌지 않으려 감묘여재도 지박령이 된 일을 후회한 적이 없었다.

엄마 품에서 칭얼대던 무진은 한나절이 지나서 다시 꿈을 꾸었다.

꿈은 이야기처럼 이어졌다. 이한종에게 빙의된 것도 마찬가지였다.

더벅머리 이한종은 집에 돌아온 후 심하게 앓았다. 처음에는 오한이 들어 몸을 떨더니 헛것이 보았다.

이 아이 어미 전칠녀는 애 아비를 닦달해 의원을 부르고 약을 지었다. 소용없었다.

나중에는 상태가 더 심해져 헛소리를 내는데 알 수 없는 말을 지껄였다. 그 말을 무진이 비몽사몽 따라 했다.

그로부터 사흘이 지났다. 보다 못한 어미 전칠녀가 무당을 부르고 굿을 했지만, 이 역시 소용없었다.

오히려 굿을 하던 늙은 무당이 눈을 까뒤집고 입에 거품을 물었다. 그 순간 사경을 헤매던 이한종은 무서운 존재로부터 벗어나려 무던히 애썼다.

악몽 중에 사악한 존재가 괴롭혔다.

검은 안개를 몰고 다니는 존재는 흉측했다. 아궁이 숯 검댕이 같은 얼굴색에, 도드라진 이마에서 뿔이 나 관자놀이까지 말려 귀밑까지 삐져나왔다.

새빨간 동공은 옆으로 째졌고, 코는 삵의 납작한 코요, 가는 입에 교어(상어)가 울고 갈 이빨의 뾰족함이란.

검은 장포를 둘러 쓴 괴기스러운 얼굴이 수시로 나타나 심장을 주저앉혔다.

이뿐만 아니었다. 낭떠러지에서 떨어져 어둠만 있는 무저갱으로 빨려드는 아찔함, 남종도처럼 목이 잘려 나가는 섬뜩한 고통이 수시로 교차했다.

빙의된 무진은 이한종보다 더한 고통을 겪고 있었다.

며칠에 걸친 이한종의 혼몽을 짧은 순간에 공유했다. 정신적 충격이 심각했다.

현실에서는 몸이 불덩이였다.

"안 되겠어. 병원에 가야지."

당골댁은 주섬주섬 옷을 챙겼다. 제 아들이 아프니 맘이 미어졌다. 하늘이 두 쪽 나도 미동하지 않을 인사가 허둥댔다.

"아들, 무진아, 정신 챙겨 보거라."

일단 그녀는 무진 등을 쓸며 안았다. 그러다 남편의 당부가 떠올랐다. 행여 애가 온몸이 끓고 헛소리를 하면 곧바로 연락하라 했었다.

다시 무진을 이불 위로 누이고 전화 수화기를 들었다.

탁. 차르르. 탁. 차르르.

전화 다이얼 회전이 오늘따라 느리기만 했다.

따르릉. 따르릉.

마음만큼 상대편에서 전화를 받지 않았다.

―여보세요. 훈몽제입니다.

당찬 젊은 사내 목소리다.

"여기 전주 서학동인데요."

―아. 숙모님. 저 동환입니다. 그동안 잘 계셨죠.

"네. 도련님, 제가 좀 급합니다. 도강道講 님 부탁드려요."

―예? 네. 알겠습니다.

정동환은 수화기를 내려놓고 고개를 갸웃거렸다. 그가 알던 숙모가 아니다. 몇 번 얼굴을 보고 많은 말을 섞지 않았지만, 보살 같은 여자였다.

그런 분이 당혹스러운 목소리였다. 절로 발걸음이 빨라졌다.

덩텅텅텅. 텅―.

긴 대청마루를 가로질렀다. 별채로 이어진 7미터 넓이 마당을 한걸음에 건너뛰었다.

삐이익. 털컥.

두 개의
심장을
가진 자

예고 없이 문고리를 잡아당겼다.

"사숙, 사숙."

5평 남짓한 도량道場에 중년인 둘이 청정을 유지하고 있었다.

둘 다 복색이 똑같았다.

흰 도포에 검은 관을 쓰고 말총으로 만든 총채를 오른손에 잡은 채로 왼팔에 걸치고 눈을 감고 있었다.

그중 나이 든 중년인이 눈을 떴다.

머리와 수염에 흰 가닥이 간간이 눈에 띄지만, 얼굴만으로는 나이를 가늠키 어려웠다. 정광이 번뜩이고 낮은 질책이 이어졌다.

"이놈, 정동환. 청정을 유지하고 걸음을 가볍게 하라고 한 지 며칠이나 지났다고."

"아이고, 그게 아니거든요, 스승님. 전주 서학동 숙모님께서 전화가 왔는데 목소리가 어찌나 다급한지⋯⋯."

동환 말에 스승인 송토松鵝 오기남이 옆으로 고개를 돌렸다.

기골이 장대한 사내가 눈을 감고 있다. 넓은 이마와 바른 입매에 호남형에다 범접하기 어려운 기운이 서려 있었다.

"사제?"

오기남 말에 사내가 눈을 떴다. 정광이 형형했다.

중년 사내 박동건은 무표정하게 자리에서 일어났다.

"우려했던 일인가 봅니다, 사형."

기남에게 고개를 숙이고 방문을 열고 나섰다. 행보가 유려했다. 급한 걸음은 아닌데 몇 걸음만에 마루 끝이었다. 수화기를 들었다.

"날세."

―…….

전화기 너머로 집사람 목소리가 숨넘어가기 직전이었다. 빠른 말로 아들이 이상하다고 말했다.

"응, 응, 알았네. 내 서둘러 감세."

―…….

통화는 길지 않았다.

"우려했던 일인가?"

전화를 끊은 동건 옆에 기남이 다가섰다. 둘은 아이가 아픈 이유를 알고 있었다.

"전주 가는 길에 김제에 들러야겠습니다."

"꼭 그래야겠는가? 스승님도 계시는데."

다소 원망 섞인 눈빛의 오기남이다. 다른 사람도 아닌 사제가 다른 문파의 힘을 빌리는 것이 마땅치가 않았다.

"사형, 스승님의 연치 백수白壽십니다. 노구를 이끄시기도 힘드시는데……. 함구해 주십시오."

"그럼 나라도 따라나서야겠네."

"스승님이 이상하게 여기실 일입니다. 지금 나서야겠습니

두개의
심장을
가진자

다.”

동건은 도량으로 돌아가 짐을 챙겼다. 의지를 보인 셈이다.

기남과 동환은 지켜볼 따름이었다.

당골댁은 전화를 끊고 무진을 바라봤다.

열을 내리기 위해 풀어 헤친 상의가 축축했다. 남편 동건의 당부가 있었지만 이대로 앉아 있을 수 없었다.

‘구병재굿(병을 낫게 하는 굿)이라도 해야지. 원.’

곧바로 재비 김씨 일행을 부르고 치성드릴 음식을 언니 무당 김은자에게 장만하게끔 시켰다.

반나절 후.

당골댁은 활옷(무녀복巫女服)을 챙겼다. 그 위에 홍색 호구치마에 양 소매가 붉은 구군복을 걸쳤다. 다시 소매가 넓고 길며 허리에 주름 잡힌 남철릭을 입었다.

오른 손목에 워낭 같은 종을 차고 붉고 푸른 깃발을 들었다.

남을 위해서 수백 번도 더한 구병제였지만 아들 무진에게 치를 줄이야.

깃발 끝이 떨리고 머릿속이 하얗다.

“동상, 내가 하리.”

은자가 당골댁 손을 잡았다.

"아니에요. 김 씨, 시작합시다."

손을 털고 재비를 재촉했다.

땅-. 칭, 삐리리릭. 덩더덩덕.

무가巫歌 선율 덩덕궁이가 진오리 장단을 탔다.

당골댁은 가볍게 널을 뛰다 깃발을 흔들었다. 접신을 준비
했다.

굿은 한동안 계속되었다.

하지만 당골댁은 당황하고 있었다.

몸을 쓰고 접신하려 읊조리면 버선코가 뒤로 돌아가도 마
중 나왔던 일성장군이다. 그 신이, 뭇 천신과 일원성신日月星
辰, 칠성七星, 삼불제석三佛帝釋를 제외한, 무속인이 몸으로
받을 수 있는 제일신神인 일성장군이 그녀를 꺼렸다.

깃발을 올리고 내려 장군신의 마음을 들었다 났다. 이 정
도면 만사여휴萬事如休 덩실덩실 달려와야 건만, 모닥불에 거
지 살찐 듯 올랑 말랑이다.

당골댁 머리에 땀이 한소끔이다. 땀 열기로 흰 연기가 올
랐다.

"휘-이익. 세-애액."

벅찬 숨을 내쉬며 종래에는 입을 오므려 휘파람을 불었다.
거친 심박만큼 신체 리듬이 들락날락했다. 따르는 휘파람은
신과의 공명이다. 분명 억지 접신이다.

이쯤 되자 재비들 사이에서 은자가 일어났다.

억지로 접신을 하면 신들이 짜증을 내기 마련이다. 이런 일이 계속되면 나중에는 신이 무당을 버린다.

더불어 신이 접신을 거부하면 그만한 이유가 있는 법. 말려야 한다.

그녀가 무거운 엉덩이 털고 일어나 한걸음 내딛는데 당골댁이 우뚝 섰다.

몸을 한차례 부르르 떨더니 두 눈에 흰자위만 남았다. 온전히 접신을 한 것이다.

은자가 물러나 공손이 무릎을 접었다.

당골댁은 앞에 선 일성장군신령을 보았다.

여느 때와 다르지 않았다. 사각 상투관을 쓰고 두 눈이 부리부리한 장군신은 마치 관운장을 연상케 했다. 오른손에 벽력도霹靂刀를, 왼손에는 북鼓을 들었다.

"삼가 일성장군신령을 뵈옵니다. 미천한 년이 때를 썼사옵니다. 용서-하십시-오."

그녀는 진오리장단에 맞춰 말했다. 그러곤 굽실거린다.

─세속에 급이 있다. 네년 일은 하늘이 금했다. 하나 정情이 있어 내 나왔다. 하나 이 일은 관여치 못하겠다.

신령의 목소리가 머릿속에서 쩌렁쩌렁 울렸다.

"어찌하옵니까? 미천한 년의 자식 일입니다. 일성장군신령께서 굽어살펴 주시옵소서."

─내 네년 일을 거들면 네년은 나중에 나를 모시지 못한다.

그래도 하리?

"······이년이 죽기를 바라십니까?"

잠시 말이 없던 당골댁이 무릎을 꿇었다.

―모진 년이로세.

승낙이었다. 그리고 당골댁이 고개를 돌렸다. 일성장군의 눈이다. 감묘여재도를 힐끗 봤다. 경덕을 의식함이다.

그러나 이내 고개가 제자리로 왔다.

삐―이리리. 챙.

굿거리를 이어 가는 장단이 다시 크게 울렸다. 재비 김씨가 신의 흥을 돋우었다.

"핫―."

한 발에 당골댁 몸이 천장 가까이 솟았다. 온전히 일성장 군신령과 접신을 한 것이다.

그녀는 누운 무진을 향해 깃발을 두 차례 쓸더니 상체에는 빨간색, 하체에는 파란색 깃발을 올려놨다.

"오―오오옴. 옴 호오옴."

세상에 완벽함을 발하는 짧은 진언 옴을 토하며 당골댁, 아니 일성장군신령이 무진 앞에 앉았다.

옴이란 단어가 들숨과 날숨의 벽이 없이 두성頭聲으로 계속 이어졌다.

이때 당골댁은 혼백이 몸에서 빠져나왔다. 일성장군신령과 한 몸이 되어 무진의 그림자 향기를 따라갔다. 무진의 정신세계로.

일성장군신령에 업힌 당골댁은 천국과 지옥 사이로 난 연옥을 지나 죽은 자들의 도시 명도冥都까지 가 봤지만, 지금 이 길은 너무나 생소했다.

오직 회갈색 암울한 통로만이 있었다. 마치 포식자 창자 같았다.

악한 감정과 등골을 헤집는 소름이 가득한 이 통로는 억겁에 쌓인 원념 그 자체였다.

일성장군신령이 저어할 정도였다.

그 끝이 무진의 심상이었다. 지하 공동 같은 장소에 검은 안개가 문어발 같은 촉수로 변해 무진을 감싸고 있었다.

당골댁은 악념 자체인 것들이 자식을 발라 대니 절로 놀랐다.

"아아악!"

비명을 질렀다. 감정이 이어진 일성장군은 분노했다.

-이 잡것들.

어느 마귀 종자도 이렇듯 직접적으로 인간의 혼백을 억압하지 못하는 법이다. 이건 천지의 인과율이다. 접신한 당골댁을 떠나 천지혼령으로서의 분노였다.

무진의 악몽은 한참 진행된 이후였다.

이한종은 이미 벨제뷰트에게 오염되어 가는 중이었다.

혼몽을 넘어 사경을 헤매던 이한종에게 그 요괴한 존재가 모습을 드러냈다.

"크크크."

이한종을 바라보며 딴엔 미소를 짓건만, 벌어진 입에서 침이 흘러내렸다.

그 섬뜩함이 무진에게까지 파고들었다. 이한종을 통해 무진을 탐하는 눈빛이었다.

무진은 온몸을 떨었다. 어린애 심상이 오죽할까. 육식동물을 앞에 둔 초식동물 같았다. 눈치를 보며 가련함을 드러냈다. 생존 본능이었다. 그럼에도 마음 한 켠에는 수치심이 가득 찼다.

요괴한 존재는 알 수 없는 말을 이한종에게 전했다. 그럼에도 빙의된 무진은 처음 듣는, 없는 언어인데도 그 뜻이 이해됐다.

벨제뷰트란다. 이 마귀가 이한종과 계약을 원했다.

'안 돼.'

무진은 이한종을 향해 강하게 거부를 외쳤다. 그러나 돌아오는 답은 이한종이 벨제뷰트 마귀에게 영혼을 파는 계약이었다.

기실 이한종은 남종도가 형장의 이슬로 사라질 때 벨제뷰트 마귀에 씌었다.

천주교가 들어왔는데 어찌 벨제뷰트가 들어오지 않을까.

불교의 파순, 힌두교 히라냐야카시푸처럼 이름만 바꾼, 세상 어디에나 존재하는 악마, 마귀였다.

무릇 종교가 특색을 갖추면 보이는 마귀도 달라진다.

어쨌건, 이한종은 이 벨제뷰트에게 굴복하자 펄펄 끓던 열이 내렸다. 이 더벅머리가 언제 앓았냐는 듯 생생하게 자리를 털었다.

하지만 사람이 달라졌다. 어울리던 동무를 멀리했다. 그리고 어른 일에 참견했다.

형방인 아비 이창재가 아들 이한종이 하는 꼴이 같잖아 나무랐다.

여느 날 같으면 주눅이 들었을 이한종이 고개를 빳빳이 들고 말대꾸를 했다. 기가 막혔다.

한데 말조리가 짱짱하니 이치에 틀리지 않았다.

한번은 이런 일이 있었다.

남노송동에서 계집종이 겁탈을 당했는데 포졸 열 남짓이 허탕이었다. 그 동리에 나갔는데 포졸들 옆에서 아들놈이 이러니저러니 입방아질이 곱지 않았다.

그래서 꾸짖었다. 그런데 아들놈이 대꾸가 가관이라, 계집종을 겁탈한 놈처럼 세세하게 일을 꿰고 있었다. 그 뒤를 거꾸로 따라가 보니 범인이 나왔다.

동리 물왕멀의 천석꾼 윤생원의 첫째였다.

완산의 이서가 조선의 3대폐라지만 양반을 엎고 뒤가 무탈할 일은 아니다.

형방 뒤로 종5품 종사관이 있으나 웃전만 모르면 그뿐.

이창재는 윤생원 눈땡이를 쪽 빨아 주머니를 채웠다. 겁탈당한 계집종년에게는 엽전 몇 푼 던져 주고 일을 마무리 지어 버렸다.

그날부터 이한종은 아비 이창재를 청청한 소나무처럼 놔두고, 제 놈은 새실삼(기생수)이 되었다. 아비를 끼고 패악이 만행했다.

원래 욕심만 많고 머리는 돌덩이인 이한종에게는 없는 능력이었다. 개잡놈이 반쯤 죽었다 깨어나 생긴 이 힘은 벨제뷰트와의 계약으로 얻은 것이었다.

이한종이 벨제뷰트에게 얻은 힘은 일견 대단치 않았다. 사람의 행동에서 그 생각이 짐작됐고, 의지로 사람들을 조종할 수 있는 정도였다.

그러다 그 능력으로 어찌어찌 윤생원의 첫째가 범인이라는 것을 알고는 그 힘을 더 탐하고 갈구했다.

이한종은 시간이 지날수록 사악해지고 음침해졌다. 그 힘을 비틀어 타인 감정을 지배하고 간섭해야 만족했다.

무진은 꿈속에서 이 많은 것을 제 일처럼 감응했다.

이한종이 어찌 마음에 드는 여자를 능욕하고, 재물을 빼앗으며 적을 뭉개는지 지켜봤다. 무진은 악한 것이 무엇인지 알아갔다.

두 개의
심장을
가진 자

이한종의 꿈속 시간은 빨랐다.

악업의 시간 2년이 흐르는 물처럼 지나갔다. 그때까지 이한종은 더벅머리 총각이었지만 그 패악질만큼은 묵은 두엄처럼 고약했다.

그러다 일이 터졌다.

이 상투도 틀지 않은 놈이 평소 늙은 관노 박경덕을 꼴사나워하더니 시비를 걸었다.

아비 이창재가 형방으로 있으며 관찰사와 노비가 수담을 나눈다고 언짢아한 것을 마음에 두었다.

그러다 기회가 왔다. 지나는 길에 노비 놈이 인사를 하지 않는다고 뺨 몇 대를 부쳤다. 가관이었다. 위로도 아래로도 사람이 없었다.

몇 날이 그냥 지났다.

그런데 꼴에 늙은 관노 이웃이란 놈이 찾아와 따졌다. 그 놈, 박말남를 실컷 뭇매 주었는데 뒈져 버렸다.

일이 꼬였음인가? 관노들 하는 꼴새가 수상해 사람을 풀었다.

며칠 지나지 않아 관노들이 괭이와 낫을 들고 쳐들어온단다. 집을 비우고 열흘 지나 돌아오니 잿더미로 변해 있었다.

아비인 이창재에게 호된 꾸지람을 들었다.

하지만 그로써 한 가지를 깨달았다. 인간 하나를 지배하는 것은 작은 일이고, 백, 천을 넘어 그 이상을 지배해야 진정한 힘을 갖는 일임을.

간계를 꾸미고 선동하여 세상을 비튼다고 생각하니 머리에서 불꽃놀이가 일어났다. 그날로 가출했다. 미래는 그의 것이었다.

무진의 꿈, 악몽은 그렇게 흘렀다.

한편 감묘여재도의 늙은 귀신 박경덕은 곶감에 놀란 호랑이가 된 기분이었다.

무진이 꿈꾸는 악몽을 살짝 들여다봤는데 악연이 맞물려 있었다. 하지만 지박령인 그가 기껏 할 수 있는 일이라고는 창노하고 펄쩍 뛸 뿐이었다. 게다가 아직 때가 아니었다.

경덕은 불현듯 악몽에 시달리는 원흉 이한종과의 악연이 떠올랐다.

그해 1889년 기축년 겨울은 혹독했다. 젊은 놈에게 뺨을 맞고 짓밟혀 누웠는데 일어나 보니 아수라장이 따로 없었다. 이웃 박말남은 죽었고, 근동 관노들은 들불이 되어 관군과 화마로 복수를 되풀이했다.

노비 따위가 나라를 이길 수 없는 일, 달아난 곳은 토끼가 발맞춘다는 순창 쌍치 사기점沙器店이었다.

정유재란 이후 심산에 군영을 갖추고 둔전을 이뤘던 터에 병사들이 사라지고 도공陶工이 들어섰다. 시간은 더 흘러 그 가마터도 없어진 곳, 명칭도 둔전리 사기점이다.

그렇게 전주를 떠난 경덕을 포함한 사내 다섯과 계집 둘은 지게에 진 솥을 이 가마터 옆에 내려놓았다.

한데 참으로 오진 곳이다. 뒤로는 백양산과 내장산이, 앞으론 회문산과 밤재가 자리했다. 산 네 곳이 높이만 1,980자尺(600미터)가 넘었다.

주변은 또 어찌 이리 궁색한지, 이 네 골을 40리 따라 열 빼미도 안 될 천수답이 다였다. 여기에 사는 이가 60호 남짓이니 모래사장에 콩을 박아 놓은 듯했다.

외진 만큼 숨어 살기 딱 좋았다. 다만 그만큼 배곯아야 할 일이 걱정이었다.

불행 중 다행이랄까? 일행 중에는 말썽깨나 피웠다던 오만섭이 제법 올무를 놓았다. 겨울을 토끼와 노루로 났다.

이삼일 거리로 짐승을 잡으니 살도 오를 만하건만 사내와 계집, 일곱은 삐쩍 말라 갔다.

곡기와 지방이 안 들어가니 영양실조에 걸렸다. 춘삼월이 지나도 여전했다.

결국 경덕이 지팡이 하나 짚고 쪽박 찬 채 동냥을 나섰다. 문전박대는 당연했다. 제 보릿고개 넘기기 힘든 판에 언놈이 곡간 문을 열까.

이틀을 풀죽으로 때우니 신세가 처량했다. 괜히 죽은 박말 남이 원망스러웠다.

콱 죽을 요량으로 큰 골짝 물을 찾는데 때아닌 곳에서 글

읽는 소리가 산야를 흔들었다. 쫄래쫄래 잰걸음이 닿은 곳은 초가로 된 서원이었다.

예전 동무 김천수가 했던 말이 떠올랐다.

조선 중기 이황과 더불어 이기설理氣說의 양대 산맥이던 하서 김인후가 낙향해 제자를 양성하던 어암서원에서 잠시 의탁한다 했다.

그게 언제 적 말인지 가물거리니 동무는 가고 없을 일이지만, 그도 먹물깨나 빨았다는 자부심에 당차게 걷다 멈췄다.

젊은 사내 여섯이 강가 큰 바위에 앉아 강학을 했다. 눈발이야 진즉에 사그라졌지만 아직 쌀쌀한데…… 그들이 예사롭지 않게 느껴졌다.

걸음에 붙은 자신감은 붕어 걸린 낚시찌가 되었다. 쏙 사라졌다.

경덕은 더벅머리에 뺨이나 맞고 다니던 도망 노비였다. 그길로 등을 돌렸다. 그런데.

"이보시오, 이보시오."

등 뒤에서 부르는 소리가 들렸다. 괜히 움찔한 경덕은 발걸음을 빨리했다.

"경덕이, 이 사람 경덕이."

낯선 이의 말에 박경덕이 섰다. 그리고 돌아봤다.

"맞구먼, 경덕이가 맞구먼."

멀찍이 중늙은이가 서서 애잔한 눈이다.

"천수?"

"그래, 이 사람아, 날세."

김천수의 답에 경덕은 눈물이 핑 돌았다. 설움이 복받쳤다.

"여기서 이럴 일이 아니지. 들어감세."

천수는 경덕을 이끌고 사원 안으로 들어갔다.

고향 아랫집에 살았던 김천수는 기골이 장대하고 이인異人으로부터 칼까지 배웠다.

나이 약관에 무과 초시, 복시, 전시의 갑과를 장원으로 통과해 별(어전御殿)시위까지 올랐다. 그런 그가 채 서른도 안 되는 나이에 낙향했다.

당시 경덕은 김천수와 술 일배를 끝으로 못 봤다. 근 20년이 넘는 일이었다.

김천수가 고생한 경덕을 한눈에 알아보니 신기할 따름이었다.

어암서원 안으로 들어 훈몽제訓蒙齊란 별채 강학당에 마주앉은 두 사람은 세월이 묻어 둔 이야기를 꺼냈다.

대화를 나누던 경덕은 도학道學이란 경이로움에 빠졌다.

전날 천주학에 대한 호기심 때문에 이 치도곤을 당하고 있음에도 경덕의 왕성한 탐구열은 좀 채 식지 않았다.

경덕의 눈에 어암서원은 신기 그 자체였다.

창시자 김인후는 세간에 알려지기로 유학자였다. 문묘文廟에 배향된 동국18현 가운데 유일한 호남 출신이었다.

임금 인종仁宗에 대한 군신 예를 지킨 충신이자, 학문적으로도 당대 모범인 인물이었다.

여기까지는 그도 알고 있는 사실이기도 했다.

그런데 하룻밤이 지나지 않아 그 생각이 확 깼다.

김인후는 이理와 기氣에 관한 중심인 태극 이론을 그림으로 그려 천명도天命道를 완성한 도인이었다.

구걸은 이틀 만에 접었다.

그날로 일곱 도망자는 서원에 몸을 의탁했다.

시간은 쏜살같이 흘렀다. 강산이 한번 바뀌었다.

그사이 경덕은 훈몽제에서 새로운 스승을 모시고 도학을 공부했다. 만학도라 그의 스승 초계草契 변씨 월 자 안 자 노인은 그를 각별히 여겼다.

본시 도인인 변씨 노인은 일월의 회삭晦朔과 성진 운행을 관통해 세상 운행에 달통했다.

그런 그도 처음에는 배움을 청하는 경덕에 난망했다. 배우고 가르침에 귀천을 두지 않는 훈몽제라지만 이런 만학도는 처음이었다.

어려 시작하는 이 공부는 제자들 나이 열을 헤아릴 때부터 심신 수양을 병행해 현문玄門의 무武를 익히고, 나이 들어 이기의 근본인 태극을 넘어 궁극인 천명에 이르는 과정을 지향했다.

한데 늙은 제자는 처음부터 절름발이 학문을 시작했다.

한 해가 흐르고 변월안은 통탄했다.

경덕의 도기道器가 도원인 김인후 선생을 능가할 지경이었다.

배움이 토방에 튄 빗물이 창호지에 스미듯 빨랐다.

어찌 보면 당연한 결과인지도 몰랐다. 경덕의 눈은 세상 이치에 선입견이 없었다. 다만 배우고 사유하는 그 자체를 좋아했다. 따라서 배움에 한계가 없었다.

정신이 바람같이 자유롭고 물처럼 흐를 뿐이었다.

10년이 지나자 노인이 다 된 경덕에게 놀라운 일이 벌어졌다. 두정頭頂이 열렸다. 상단전이 트인 셈이었다.

경덕은 몇 년 전부터 범인凡人이 아니었다. 공력이 없어 기문과 둔갑을 못하지만 세상을 관貫하는 경지에 이르렀다.

스승의 50년 공부를 10년 공부로 따른 셈이었다.

그는 경지를 이루고 뒤를 돌아봤다. 이미 자신은 환갑을 넘은 나이였다. 또 몇 해 안 있으면 고희라 인생 마지막 회한을 풀고자 했다.

더불어 세상에 자신도 있었다. 마음도 한창이다. 현문의 무를 아예 건너뛰지는 않은 터라 장정 서넛도 너끈하다.

도문 훈몽제 제자 둘을 대동한 그는 전주행을 나섰다.

그때가 경자庚子 1900년, 대한제국 고종 37년 봄이었다.

그런데 이것이 악연의 시작이었다.

무진의 악몽은 훌쩍 뛰어가고 있었다.

경덕이 전주행을 할 즘, 가출했던 이한종이 10년 만에 전주부로 돌아왔다.

10년 전 집을 뛰쳐나간 이한종은 신문물을 배우려고 일본행을 결심했다. 그러나 가출한 더벅머리 총각은 열흘도 안 되어 비빌 언덕 없는 송아지 신세가 되었다.

이한종은 모진 세파를 겪었다. 인생에 꺼구리가 있으면 장다리도 있는 법.

이한종은 인천 가는 길에 어수룩한 보부상 김 씨란 40대를 끼고 동무 삼았다. 천안 삼거리 못 가 탄금에 들어섰다.

그곳에는 장강 범달(장비를 배신해 죽인 장수들) 같은 장정 다섯이 그를 기다리고 있었다.

보부상 김 씨에게 싸다구를 맵게 네 대를 처맞고서야 비로소 김 씨가 불러들인 놈들인 걸 알았다.

이한종은 일단 아픔보다 어이가 없었다.

전주부에서 악종들과 어울렸는데 이런 얕은수에 당하니 수치심이 꼭지에 내려앉았다.

늘상 상대하던 놈만 부딪쳤던 이한종이다. 어수룩한 김 씨에게 완전 속았다. 선입견에 예단을 내린 대가는 컸다.

그 자리에서 집 뒤주를 뒤져 가지고 나온 금화 다섯 냥을 뺏겼다. 작년 경성전환국에서 발행한 금화 한 개는 은화 열 냥의 가치를 지녔다. 가치로 따지면 경성 사대문 안쪽은 못 해도 밖에서 집 한 채를 살 돈이었다.

수업료도 비쌌다. 흉기를 든 놈들이라 주머니를 통째로 내 줬건만, 보부상 김 씨 놈이 열흘 내내 이한종이 거슬렸다는 이유로 작신 때렸다. 그리고 맞다 기절했다.

눈을 떠 보니 하늘에 별이 보였다.

"푸하하하, 쿨룩, 쿨룩."

기가 막혀 헛웃음이 나오는데 마른기침이 나왔다. 폐를 다 친 모양이었다.

으드득.

이를 갈고 힘겹게 일어났다. 희미한 의식 마지막에 사내들 농투성이가 지워지지 않았다.

'한밭 돌골. 과부 양씨 주막.'

후덕지니, 이 돈이면 석 달 열흘 엉덩이를 끼고 새서방 노 릇이니 했다.

한밭이면 대전이다. 이한종은 그 길을 쫓아갔다.

몇 날을 걸으며 사람 찢어 죽이는 생각만 했다.

하지만 쉽지만 않은 길이었다. 약관이 안 된 더벅머리, 그 것도 땡전 한 푼 없는 상거지 꼴, 애도 청년도 아닌 미성년자 가 100여 리 길이 쉬울 리 없었다.

예정에 없던 거지가 되었다. 처음 구걸이 어려웠지 소질이 있었다.

벨제뷰트가 준 능력, 사람 행동에서 생각을 읽는 것이 주
요했다. 그리고 여정에서 한 가지 사실도 알게 되었다. 그보
다 정신력이 크거나 악한 감정을 지닌 자는 능력이 먹히지
않았다.

벨제뷰트는 이한종에게 일종의 재능을 줬지만 무한은 아
니었다. 단지 세상에 뿌려진 악의 씨앗 중 일부였다. 나중에
세상 축을 건드는 역할에 지나지 않았다. 악을 계승한 온전
한 표식인 666이 아닌 333이 심장에 낙인된 것도 그런 이유
였다.

이한종은 스스로 탐욕과 악한 마음을 키웠다. 한계를 깨닫
자 교활해졌다.

빠른 걸음으로 사흘 거리를 보름 걸려 양씨 과부댁 주막에
도착했다.

사내놈들 중 한 놈이 말한 양씨 과부댁 주막은 대전이라기
보다 유성에 가까웠다.

돌골을 몰라 대전서만 사흘을 헤맸으니 분통이 터졌다.

이한종은 멀찍이서 주막을 살폈다. 사방 팔달에 세 칸 초
가집이니 술장사, 잠자리 장사에 딱이다. 안을 살피니 도적
다섯 중 한 놈이 계집을 끼고 기롱 짓거리 중이었다.

그날 저녁.

구걸로 찬밥 한 덩이를 얻어먹은 이한종은 주막 굴뚝을 잡

고 이를 갈았다.

새벽이 되자 주막 뒷문을 차고 들어갔다. 희뜩한 몸뚱이
두 개가 보였다. 사내놈과 계집이 발가벗고 자다 벌떡 일어
났다.

이한종은 손에 쥐어진 몽둥이를 마구 휘둘렀다. 비명이 난
무했지만 눈이 뒤집어진 더벅머리 손은 인정이 없었다.

잠시 후 정신을 차렸을 때는 시체 두 구가 이불 위에 널브
러져 있었다.

패악질은 해 봤지만 살인은 처음이다. 절로 몸이 떨려 몽
둥이를 떨어트렸다. 일단 사내 허리춤에서 전낭을 대충 챙겼
다. 주막을 빠져나와 내달렸다.

숨이 턱 끝에 차고 발이 풀릴 때까지 뛰었다.

아침 해가 뜨자 걸음을 멈추고 풀밭에 누워 버렸다.

후회막심이었다. 살인이 능사가 아니었다. 죽인 놈에게서
나머지 놈들의 행방을 알아내지 못한 것에 대한 분함이 일
었다.

하지만 일을 만들었으니 피해야 했다. 한밭에서 거지 몰골
로 돌골 과부 양씨를 찾았으니, 이 일이 소문나면 언놈이 발
고할지 몰랐다.

이한종은 정신을 챙겼다.

허겁지겁 시체를 뒤져 가져온 전낭을 확인하니 은이 아홉
냥이다.

옷을 보니 피범벅이었다. 일단 산으로 들어갔다. 계곡물에 피와 팻국물로 물든 옷을 빨았다. 구걸하려고 씻지 않은 몸도 구석구석 밀었다.

하늘을 보니 어느새 중천이었다.

햇볕에 몸을 말리고 계곡을 나오니 도련님까지는 아니어도 반들거렸다.

이한종은 길을 경성으로 잡았다. 이대로 집으로 돌아갈 수 없는 일이었다. 가출하며 훔친 돈보다 자존심 문제였다.

그날 밤.

주막에서 잠을 청하던 이한종은 까무러쳐 놀랐다. 피투성이 낭자한 두 남녀가 베개 맡에 서 있는 게 아닌가!

허둥지둥 윗목으로 물러나 벽에 등을 기대고 앞을 확인했다.

웬걸, 실체가 아닌 유령이었다. 기묘했다. 시간이 지나자 놀람은 있을지언정 무섭지 않았다. 그의 손에 작살난 귀신 둘이 흡사 예속된 노예 같은 느낌을 받았다.

이한종은 손짓을 해 계집부터 불렀다. 앞으로 오자 오른손을 뻗었다. 느낌이 꼭 그래야만 했다.

계집 귀신이 머리를 숙였다. 그의 손이 계집의 머리를 덮었다.

이한종은 호흡이 멈춰지고 두 눈을 까뒤집었다. 계집의 기억이 몰려왔다.

머릿속으로 순박한 처자가 보였다. 그런 여자가 개망나니를 만나 혼례를 올렸다. 그 개망나니 구타를 못 이긴 계집은 옆집 사내를 끌어들여 남편을 독살했다. 그리고 야반도주.

얼마 지나지 않아 옆집 사내와 헤어지고, 사내들 등을 쳐먹었던 일.

갈보로서의 패악이 이한종의 머리로 들어왔다. 그리고 아득해졌다.

다음 날.

이한종은 늦은 아침이 되어서야 일어났다. 그것도 주모가 깨워서다.

늙은 년이 해가 중천인데 방을 비우지 않는다고 타박이었다.

팽―.

마른 코를 문지르니 피딱지로 깔끄럽다.

그러곤 머릿속은 계집 귀신 인생이 들어차더니 시끄럽다. 그나마 시답지 않은 사연을 덜어 내자 머리가 개운해졌다. 계집 인생은 패악질만 있었지만 그것도 환희로 다가왔다.

이한종은 벨제뷰트가 준 두 번째 재능을 깨달았다. 사특한 염을 지닌 자를 죽이면 망자의 사념을 얻는 것이었다.

병을 핑계로 주막에 하루를 더 머물렀다.

자정이 다되자 사내 귀신이 나타났다. 어제 계집 귀신에게 한 대로 불러 머리에 손을 얹었다.

망자의 사념을 끌어 다니는 일은 어제보다 능숙해졌다.

비록 두 눈이 까뒤집어졌지만 호흡은 편안했다. 구질구질한 사연은 걸러 내고 사념만 끌어당겼다.

필요한 정보도 챙겼다. 그를 상대로 도적질한 네 놈과 보부상 김 씨, 아니 진짜 성이 박씨인 놈의 정체를 알았다.

다섯은 한밭 근동에서 백정질하던 왈짜패였다. 그리고 보부상 박 씨는 원래 보부상으로 오다가다 알게 된 사이였다.

이한종은 한밭을 떠났다.

사내 귀신의 기억 속 파편을 따랐다. 논산 도살장으로 갔다. 그곳에서 그가 죽인 사내 여 씨가 도축하며 배운 칼질을 능숙할 때까지 익혔다. 그리고 그는 그곳에서 거듭났다.

두 연놈을 죽이며 쌓인 악한 감정이 새로운 눈을 뜨게 만들었다.

일단 벨제뷰트의 첫 번째 재능이 커졌다. 그보다 모진 놈도 어떤 생각을 하는지 대뜸 알았고, 사념으로 말하면 그를 곱지 않게 여기는 자들도 호의를 보였다.

석 달 후.

이한종은 한밭으로 다시 돌아갔다. 여섯 달 만이었다.

그는 천안 밑 탄금에서 뭇매를 논 나머지 네 놈을 죽였다. 아주 천천히.

여 씨를 죽인 저번처럼 미숙하지 않았다. 사내놈들이 좋아하는 계집, 돈, 도박을 미끼로 유혹했다. 죽음은 복상사로, 익사로, 때아닌 강도에 죽임을 당한 듯 꾸몄다.

사념도 쪽 빨아먹었다. 귀신들이 지닌 특이한 기술, 배수짓(소매치기)과 특이한 달음박질도 얻었다.

1년 후, 그는 사내 넷의 죽음에 대해 어떤 의심도 받지 않고, 한밭을 떠나 인천으로 갔다.

맺힌 원한의 종착지 보부상 박 씨를 찾아 나섰다.

제물포에 들어선 이한종은 쉽게 박 씨를 찾았다. 그러나 뜻하지 않는 걸림돌에 가로막혔다.

포구를 중심으로 한 어물전 검계劍契(조폭) 두목의 의동생이 박 씨였다. 1년을 곱씹은 원한이 막히자 길을 찾아 나섰다.

인천에 큰 검계가 둘이라, 그중 하나가 어물전 중심 어방漁房이고, 다른 하나가 제물포역驛 노동자 사이에서 생겨난 수봉 패거리였다.

수봉 패거리는 두 해 전 제물포역이 생기며 수봉산 밑에서 고단한 삶을 사는 노동자들 사이에서 만들어졌다.

처음에는 하역과 짐을 부리는 순서를 정하던 큰 가대기꾼 밑으로 하나둘 사람을 모았다. 이놈들이 돈을 따라 이권을 다투다 주먹으로 서열이 정해졌다.

이한종은 수봉 패거리로 들어갔다.

그리고 4년이 지나자 그 밑으로 큰 가대기꾼 열 명이 생겼고, 제물포역은 집이 되었다. 다시 3년이 흘러서는 어방까지 잡아먹고 일본 낭인들과 교류했다.

이때 보부상 박 씨는 인천 앞바다에 사지가 찢기고 난도질
되어 고기밥이 된 지 진즉이었다.

이한종은 나이 서른 이전에 번듯한 사업가가 되어 인천에
서 콧방귀를 뀌었다. 그러다 아비 이창재가 크게 아프다는
소식에 잠시 전주로 내려왔다.

이때 사달이 났다.

박경덕은 전주부에 도착해 박말남 가족을 찾았다. 나름 이
유가 있었다.

그는 어린 나이 열여섯 살에 두 살 연상의 처 신주辛州 은
씨와 성혼했다. 정읍 태인에서 한 결혼 생활은 무난했지만
애가 안 들어섰다. 이리저리 효험 있다는 방법을 썼지만 별
무소용이었다.

그 나이 스물여섯 살에 은 씨가 시름시름 앓더니 졸했다.

10년을 그의 어머니 한 씨에게 애 없는 칠거지악이라 구박
받은 홧병이거니 했다. 경덕이 가문과 소원해진 계기이기도
했다.

그 후로 계집질을 안 한 건 아니지만 처첩을 두지 않았다.
집안의 둘째라 방랑 유생해도 장형 잔소리만 피하면 그만이

었다.

경덕 말년에 액이 끼어 노비가 됐지만 가문은 다행히 횡액을 피했다.

그렇게 홀로 된 몸을 이웃 박말남은 아비 모시듯 했다. 서로 가족의 정을 느꼈다. 어려울 때 정이라 남달랐다.

그놈의 정이 뭔지, 박말남이 그 때문에 세상을 떠났다.

경덕이 전주부에서 박말남의 아들 박기출을 찾는 것은 당연한 것 아니겠는가. 더불어 그 일은 그의 업장을 걷는 일이기도 했다.

혹시나 하고 반석리 옛집을 찾았다.

경덕을 알아보거나 그가 아는 사람이 없었다. 10년 강산이 무정했다.

기억을 더듬어 박말남 아들 이름 기출을 대고 몇 집 기웃거렸다. 의외로 기출 소식은 빨리 접했다.

어려서 손 기술이 제법이던 기출은 대목장까지는 아니어도 도편수로 이름나 있었다.

그래서 알음알음 물어 달려간 곳이 경기전이었다.

경기전.

태조 영전을 모시는 사당으로 태실胎室까지 안치했다. 이 건물에 습기가 차 보수 중인데 기출이 도편수 일을 맡고 작업 중이었다.

관의 공사라 기출을 오라 가라 하지 못했다.

그는 저녁나절까지 기다리고 나서야 기출을 만날 수 있었다.

박기출은 한눈에 경덕을 알아봤다.

아비 죽음에 원망스러울 만도 하건만 맨땅에 고갤 처박고 경덕에게 큰절을 했다.

경덕은 손을 거들어 기출을 일으켜 세웠다. 상봉과 해후는 길어졌다.

기출을 따라 기출의 집에 간 경덕은 기함했다.

하는 일이 도편수라면 먹고사는 데 지장 없을 만하건만 세간 꼴이 어찌 허망한지, 그가 다 주저앉을 뻔했다.

거적이 대문이고, 볏짚이 이불이요 담요였다. 사는 곳도 남문에서 20여 리나 떨어진 은석골이었다.

기출이 저녁이라고 내놓은 감자 두 조각에 사내아이 둘이 침을 꼴깍거렸다.

경덕은 은 한 냥을 내주어 발 빠른 제자에게 식량과 찬을 사 오게 했다.

그사이 경덕은 기출에게 암울한 이야기를 들어야 했다.

기출은 아비가 죽고 난리가 나자 어미를 따라 완주 대성리 외가에 숨어 있다 관군에 잡혔다.

어미는 심하게 치도곤을 당했다.

하지만 기출은 아직 더벅머리고 부자나 모자 중 하나가 형을 받으면 하나는 죄를 감해 주는 대명률에 따라 곤장 다섯 대로 끝났다.

결국 어미는 장독에 그길로 황천길을 걸었다. 한 달 새 하늘이 두 번 무너졌다.

하지만 그것이 끝이 아니었다.

형방 이창재는 기출에게 아비의 죄를 물어 코딱지만 한 집을 빼앗고 빚으로 은 백 냥을 얹었다.

세상을 허리 펴고 보기도 전에 기출은 무형의 고삐가 뚫리고 멍에를 어깨에 짊어 줬다.

그 빚이 10년 지난 아직도 은 아흔 냥이란다. 족히 갚은 돈만 은 3백 냥이 넘는다는데 할 말이 없었다.

경덕은 제 죄인 양 눈물을 흘렸다. 그동안 기출의 고초가 보지 않아도 알 만했다.

저녁을 먹고 경덕은 기출에게 자신을 따라가자 말했다.

이 무지렁이는 눈을 크게 뜨고 불안해했다. 어릴 적 도망갔다 잡혀 치도곤을 당한 기억 때문에 아직도 단단히 겁을 먹고 있었다.

이미 경덕은 돈을 주고 공명첩空名帖을 사 속량續良을 받았다. 이를 모르고 기출은 지금 도망가는 줄로만 아는 모양이다. 이 미련한 인사는 속량도 몰랐다.

속량.

임진왜란 이후 반상班常의 법도가 돈으로 무너졌다. 국가에 돈을 내면 면천할 길이 열렸는데 이가 공명첩이다.

조선 초기 열에 하나가 양반이고 아홉이 노비였던 것이, 조선 말기에는 열에 아홉이 양반이고, 하나가 노비였다.

그만큼 반상이 흐지부지됐다.

경덕은 스승 변월안으로부터 작심하고 받아 온 금전을 풀 요량이었다.

다음 날 아침.

이른 걸음으로 전주도호부를 찾은 경덕은 이부吏部 관리책임자 종5품 초사랑初仕郎을 찾았다.

그 초사랑이 삐딱한 시선으로 그를 보았다.

관찰사를 제하고도 위로 몇 있었지만 향리鄕吏 우두머리 격인 초사랑 이군성은 머리 위로 돌갓을 층층이 쌓아도 모자랄 위인이었다.

거드름은 격에 맞게 엉덩이를 의자 끝에 걸쳐 배를 불룩하니 묘지처럼 만들어 놓았다.

그 눈높이에서 경덕을 바라보았다.

이 작자는 위에서 아래로 내려다보며 천것들이 굽신거리는 모습을 조상 묘에 절하는 격이라 여기고는 평소에도 이를 무척 흡족해했다.

경덕은 낮은 의자에 앉아 뒤를 돌아봤다.

그를 따라온 훈몽제 제자 둘 중 항렬이 큰 관려關閭가 품에서 주머니를 꺼내 탁자 위에 턱 하니 내놨다.

몸을 일으켜 세운 이군성은 주머니를 열어 보고는 눈이 커졌다.

은도 아닌 금이다. 대충 봐도 스무 냥이니 경성 4대문 안에서 큰 집 한 채 값이었다.

곧장 돈을 내놓은 이유를 물었다.

경덕은 꺼릴 것 없었다. 노비 한 가족 속량이라고 바로 답을 줬다. 이리 큰돈이면 세 가족 속량도 마다하겠는가.

이군성은 곧장 아랫사람을 불렀다. 한데 이방이 아닌 형방이었다. 돼지 같은 놈의 욕심이 모가지까지 찼던 게다.

찾아온 늙은이는 눈이 형형하나 행색은 초라했다. 이군성은 금을 날로 챙기려 했다.

특히 면천을 부탁한 박기출은 용돈을 심심치 않게 내는 관노라 제 품에서 길러 먹일 수작이었다.

얼마지 않아 형방 이창재가 들어왔다.

이군성은 목덜미를 잡고 고개를 몇 번 돌렸다. 제 놈들 간의 은어였다. 그리고 괜한 호통으로 이창재를 구박하며 이부의 법도를 찾았다.

나라 재정이 어려울 때 시時를 정해 군역과 세액에 많은 돈을 낸 자에게 공명첩을 내리거늘, 사사로이 면천을 위해 뇌물로써 법을 문란케 하는데도 형방이 몰랐다 질타했다.

경덕의 얼굴이 차가워졌고, 이창재는 붉으락푸르락이었다.

와병으로 겨우 등청했건만 짜고 노는 타박이라도 기분 좋을 리 없었다.

이창재는 우격다짐으로 경덕을 끌고 형방으로 몰았다.

이를 두고 볼 훈몽제 젊은 제자들이 아니었다.

발끈하는 젊은 제자 둘을 경덕이 말렸다.

이런 우려로 어제 써 놓은 서찰 하나를 훈몽제 제자 관평 關抨에게 건넸다.

관려가 남고, 관평은 부산스럽게 사라졌다.

이창재는 그 모습을 보고 쓰게 웃었다.

젊은 놈이 뛰쳐나가 봤자, 언놈에게 고변하든지 무방했다.

꼭 집어 관찰사만 아니면 누가 와도 상관없었다. 어차피 한통속이라 고혈을 짜기는 매한가지였다.

외려 고변받은 자가 거들며 늙은이 등을 쳐 골을 쪽 뽑아 낼 일이었다. 으레 지금껏 그래 왔다.

하지만 평소 같으면 즐겼을 이 상황이건만, 병중이라 만사가 귀찮기도 했다.

하여튼 이창재는 무거운 발걸음으로 형방에 갔다.

당연히 그 뒤로 포졸 몇이 따라붙어 늙은이와 젊은이 관려를 엮었다.

이창재는 형방에 도착해도 막나가지는 못했다.

허름한 늙은이라지만 수작 없이 물고를 낼 수는 없는 일이었다.

평민 같으면 애건 늙은이건 무릎 꿇리고 시작할 일이지만, 챙 넓은 선비 갓을 쓴 늙은이라 그나마 나무 의자에 앉혔다.

호통으로 늙은이를 다그쳐 모두冒頭(인적사항)를 물었다.

늙은이가 호패를 탁자 위에 올려놨다.

품에서 내놓은 호패를 보니 태인 박씨에 나이 일흔에 가까운 늙은이다. 어찌 잡도리를 해야 할지 머리를 굴리는데 아들놈이 들어섰다.

이한종은 온갖 째를 다 냈다.

상투를 자른 신식머리에 단정한 코프스타시 콧수염을 기른 채 양복을 입었다.

얼핏 보면 왜놈이나 양놈 나라에서 먹물깨나 퍼먹은 폼새다.

이창재가 이한종을 가까이 불렀다.

그리고 두 부자는 귓속말로 초사랑 이군성이 내린 숙제를 속닥였다. 그러다 말을 듣던 이한종이 박경덕을 쳐다보고 제 아비를 향하다 말을 끊고 갸웃거렸다.

어디서 본 얼굴이었다.

인상은 유들유들하니 눈빛이 꼬장꼬장한 늙은인데…… 아이쿠나, 결코 잊을 수 없는 얼굴이었다.

이한종의 모로 삐딱한 시선이 희번들해졌다.

어찌 잊을까?

지난 10년 외지를 떠돌게 했던 늙은 관노가 아닌가!

다른 생각 없이 빠른 발로 경덕의 가슴을 내질렀다. 하지만 발길질이 옆에 있던 훈몽제 제자 관려의 손에 막혔다.

이한종, 그가 누구인가?

인간 망종이자, 인천 검계를 일통한 우두머리다. 그 손에 결단이 나 숨이 끊긴 자만 스물이다. 그들 중에는 태견과 수박의 고수도 있었다. 그 기억을 뽑아 먹고 단련했다. 한데 웬놈이 겁 없이 막아섰다.

두고 볼 이한종이 아니었다.

그러나 이한종은 때를 잘못 잡고, 통하지 않는 사람을 만났다.

경덕 옆의 관려가 앞으로 나섰다.

그와 이한종의 세상은 달랐다. 내공을 쓴 관려의 손발에 이한종은 세 수 만에 땅바닥을 뒹굴어야 했다.

악에 받쳐 달려드는데 아비 이창재가 말렸다.

딱 보기에도 애와 어른과 싸움이었다.

이창재는 호통으로 관인들을 부렸다.

울고 싶은데 뺨 때린다고 꼬투리를 제대로 물었다. 관인도 아닌 제 아들놈을 공무 중인 관인으로 만들었다.

경덕과 관려를 연좌로 관인을 때렸다는 명목까지 옭아맸

두 개의
심장을
가진 자

다. 이제는 사달이 커졌지만, 뒷일이야 초사랑 이군성이 책임질 일이었다.

관인들이 경덕과 관려를 오라 지으려는데 형방 문이 열렸다.

이창재가 호통을 치며 들어오는 사람을 보더니 볼살을 떨었다.

누가 와도 상관없다던 그 예외인 전라관찰사가 들어왔다.

전라관찰사 이완용이었다.

나무 의자에 앉아 있던 경덕이 관찰사 관복을 보고 일어났다. 공손히 허리를 숙이고 이완용을 보았다.

경덕은 조용히 이완용의 얼굴을 들여다봤다. 그가 비록 관상에 재주는 없지만 다른 이가 애써 묻는다면 몇 자 끄적일 수준은 됐다.

그런데 들어온 관찰사 관상은 대흉이었다.

둥근 얼굴에 이마가 넓고 코가 바르고 우뚝하다. 눈빛은 매섭다. 조심성 많고 치밀한 살쾡이 상이다. 한데 밝아야 할 눈빛이 탁하고 더럽다.

눈은 마음의 창이다.

정광이 든다면 너끈히 재상의 상이건만, 목소리까지 까랑까랑하니 나라를 팔아먹을 대역적 상이었다.

경덕은 눈을 질끈 감았다.

'이런 작자의 도움을 받아야 하다니.'

이완용도 그 나름 오고 싶은 자리가 아니었다.

일각 전 정무를 보다 불문곡절 난입한 자를 맞이했다.

완력으로 관인을 헤치고 와 한 통의 서신을 전한 젊은 사내를 일별하곤 말없이 편지를 읽었다.

그러나 편지를 다 읽기도 전, 그는 옆에 있던 일본 낭인에게 훈몽제 제자 관평을 참하라 했다. 그만큼 화가 났다.

편지에는 몇 해 전 경성에서 이조참의를 지낼 당시 매관매직한 정황이 적혀 있었다.

일찍이 미국 영사관으로 간 전남 보성 출신 서재필의 동생이자 훈몽제 제자인 서재우가 혹 도움이 될까 경덕에게 알려준 사실이었다.

어쨌건 일본 낭인은 칼을 들었다. 결과는 비참했다. 단 두 수 만에 관평의 손에 일본 낭인의 목뼈가 부러졌다.

이완용은 깜짝 놀랐다.

낭인 혼자 왈짜 열을 벤 것을 봤는데, 이런 고수가 있나 싶었다.

결국 그는 관평과 몇 마디를 나누지 않을 수 없었다.

협박에 못 이긴 이완용이 형방에 와서 보니 서찰을 전한 놈이 늙은이와 옆에 있는 자에게 강학과 사형을 칭했다.

동문이란 뜻이니 사형이란 자의 실력이 더 윗길이라는 뜻이었다. 관군을 불러도 도망가면 잡기 힘들어 보였다. 앞뒤를 재 보니 답이 나왔다.

서찰 내용이 이대로 까발려질 순 없는 일이다. 빈충도 안 맞으니만 못했다.

사람을 물리고 이완용은 경덕과 독대해 확답을 받았다. 매관매직은 입에 자물쇠를 달기로.

그 반대급부로 경덕은 자유를 얻었다.

나중에 그 당시를 회상하며 경덕은 피눈물을 몇 차례 흘렸던가! 천하에 나라를 팔아먹은 놈과 협잡하지 않았는가. 죽여야 할 자를 죽이지 못한 회한은 그만큼 컸다.

이 이야기는 논외로 하고, 그길로 경덕은 박기출을 데리고 전주를 나섰다.

하지만 그것은 경덕 업장業障의 시작이었다.

집으로 돌아온 이한종은 분을 풀 길이 없었다.

뺨을 때렸던 관노에게 무릎을 꿇어야 했다. 경덕이 신분을 회복한 사실은 의외였지만 관찰사 이완용이 그리 일방적으로 편들 줄 몰랐다.

경덕과 독대가 끝나자 외려 이완용의 호통으로 이어졌다.

반상班常을 따졌고, 관인이 아닌 자가 삿되게 나랏일에 끼어들었다고 이한종을 질책했다. 그리고 당사자인 경덕에게 고개 숙이고 무릎 꿇려졌으니 치욕도 이런 치욕이 없었다.

그는 복수를 다짐했다.

그 첫째가 경덕이고 둘째가 이완용이었다. 마음은 치욕을 내린 이완용이 첫째였지만, 경덕은 사는 곳을 몰랐고 관찰사는 맘만 먹으면 어디서 무얼 하는지 알 수 있었다.

이한종은 인천에서 내려올 때 데려온 왈짜 서른 명을 풀었다. 전주감영을 나오며 그들에게 기출의 집을 알렸다. 전주부만 나서면 차근차근 씹어 먹어야 직성이 풀릴 듯싶었다.

악연은 끝이 없다

경덕은 곧장 기출의 가족을 챙겼다.

전라관찰사 이완용이 기출 가족을 면천했지만 바로 이사할 수는 없었다.

기출의 아내 물원댁이 몇 평 되지 않은 쪽방과 텃밭에 절절한 애착을 가졌기 때문이었다.

세간을 챙기랴, 땅 팔랴 발품이 느렸다.

기출은 뒤에 겨눠진 칼을 모르고 빨빨거렸다. 그러고도 남았다. 감영으로 얽어진 빚을 탕감하고 면천까지 했다. 언제까지나 기한 없던 혹독한 삶에 빛이 비쳤다.

경덕은 조용히 기다렸다.

이 기쁨을 기출이 누리길 바랐다. 그도 면천하고 신분을 회복했을 때 얼마나 좋았던가.

이틀이 지났을 때 물원댁이 기출에게 집을 살 임자가 나타났다 했다.

봄이 지나가는 마당에 뜻밖에 사람이 나섰다며 두 내외가 기출에게 외출 인사를 했다.

경덕은 웃는 낯으로 훈몽제 젊은 제자 관평을 붙였다.

기출 내외는 기꺼운 마음으로 남문 안쪽으로 향했다. 인심 좋은 사람이 집에 들길 바랐다. 그래야 이사하는 그들이 발복發福한다 믿었다.

땅뻬미 거간꾼이 남부시장 안에서 기다렸다. 그래도 20리 길이 한걸음이다.

두 내외와 관평이 도착한 시장 길은 좁았다. 좌판이 들쑥날쑥하고 객과 상인이 흥정하며 소란스러웠다.

중년 사내가 기출 내외에게 손을 흔들었다. 상투만 틀어 올린 쥐상의 사내였다.

거간꾼은 시장 안 건어물 상회 주인이었다. 기출과 내왕이 있었는지 곧장 상회 안으로 이끌었다.

거간꾼 건어물 주인이 기다리고 있는 중년인을 소개시켰다.

내외가 집을 살 중년인과 인사를 하는 사이 건어물 주인이 감 껍질을 말린 건시를 내왔다.

다들 손을 안 대는데 물원댁만 냠냠 축냈다.

흥정은 곧바로 시작됐다. 중년인이 이미 건어물상 주인과 함께 멀찍이서 집과 밭을 보고 왔단다. 은 한 냥을 놓고 거래가 팽팽했다.

결국 동전 쉰 냥으로 절충하고 은 스물네 냥과 동전 쉰 냥을 받았다. 그것으로 거래는 끝났고 집문서는 중년인에게 건너갔다.

그런데 물원댁이 배를 잡더니 변소로 직행이다. 한참 만에 변소에서 나오는데 핼쑥했다. 그러더니 또 변소에 갔다.

기출이 주저앉으며 변소에 가고 없는 아낼 두고 혼잣말로 타박했다.

일각이 지나고 이각이 지나도 아내가 돌아오지 않자 서방이 나섰다.

얼마 지나지 않아 초조한 얼굴로 기출이 돌아왔다.

물원댁이 없어졌단다. 관평에게 기별만 하더니 아내 걱정으로 맨발로 시장통을 내달렸다.

관평은 급히 기출의 뒤를 쫓았다.

반 시진을 같이 헤매던 기출이 뚝 멈춰 섰다. 그러곤 관평에게 애원을 했다. 둘이 갈라져서 찾자고.

관평이 고개를 끄덕였다.

기출은 관평에게 오른쪽을 가리키곤 저는 왼쪽으로 뛰었다.

관평은 한참을 기다리다 오른쪽이 아닌 왼쪽 기출 뒤를 쫓았다.

뭔가 수상했다.

아니나 다를까, 시장 골목으로 기출이 뭇 사내들에 끌려가고 있었다. 그는 바람처럼 달려갔다.

모진 주먹에 맨 뒤의 사내가 비명과 함께 고꾸라졌다.

비명 소리에 앞서던 사내 열대여섯이 돌아봤다. 그리고 약속이나 한 듯 반반씩 나누어 비수와 약작두를 꺼내 들었다.

비수는 끝이 뾰족하고 손바닥에 들어갈 크기였다. 그것을 여덟 놈이 쥐고 던지면 피할 방도가 없어 보였다. 게다가 위가 두껍고 날이 선 약작두는 무식한 칼날로 베이는 순간 뼈까지 상할 무기였다.

눈이 차갑게 식은 관평이 품에서 한 자 길이의 합죽선을 꺼내 오른손에 쥐었다.

단단한 훈계를 내려 줄 작정이었다.

그사이 패거리는 셋으로 나뉘었다. 둘은 기출을 데리고 도주했고, 약작두와 비수를 든 사내들은 일곱씩 두 패를 만들었다. 한두 번 손을 맞춰 본 폼이 아니었다.

앞으로 약작두를 든 놈들이 치고 들어왔다.

관평은 오른손에 합죽선을 앞으로 내밀고 왼발 역시 앞으로 내디뎠다.

그가 택견 같은 진두세進鬥勢를 잡자, 약작두 뒤에서 비수든 놈 중 셋이 비수를 던졌다.

진두세는 예로부터 무예를 하는 자들이 준비하는 동작이다. 일단 공격할 자세를 잡지 못하게 하는 수작이었다.

이놈들은 포식자를 상대해 본 승냥이 같았다.

관평은 현문의 보步를 밟았다.

팡-.

오른발이 나가 진각을 굴렀다. 상체를 비스듬히 틀어 비수를 피하고 3미터를 한걸음에 나갔다.

그러자 약작두를 든 놈들이 횡으로 베어 왔다.

애당초 누군지 사정도 묻지 않았다. 적으로 인식하자 어디 한군데 절단 내자는 흉악함만 있었다.

관평의 상체가 현란하게 움직였다. 약작두를 거슬러 비껴 나갔다.

상승하강上昇下降.

실상은 상체를 고정한 채 다리를 앞뒤 좌우로 교차하며 베어 오는 약작두를 피했다.

그리고 오른손이 빠르게 움직이며 합죽선이 펼쳐졌다가 접혀지며, 쳤다 꺾고 누르며 휘저었다. 흰 궤적이 기괴한 모양을 만들었다.

그 안에 아홉 개 변變과 아홉 개 복複이 담겼다.

합죽선이 제일 앞 사내 겨드랑이를 찔렀다. 비명도 없이 푹 주저앉는다. 두 번째 사내는 굼실거린 발질에 오금이 부러져 발을 잡고 비명을 질렀다.

잔인한 살수를 펼치는 관평을 보며 패거리들이 주춤 뒤로 물러났다. 그러더니 비수를 든 놈과 약작두를 든 놈이 하나씩 재빨리 한 조를 이뤘다.

싸움이 벌어지자 시장 바닥은 난리가 나며 어느새 공간이 만들어졌다.

조를 만든 놈들이 어슬렁거리며 포위를 했다. 뒤쪽에 위치한 놈들이 움찔움찔 공격하려 했다.

관평의 눈이 가늘어졌다.

이쯤 되면 물러나 연유를 물을 만도 하건만 여전히 칼과 비수질이다. 흉악한 놈들이었다.

방금 전 물원댁만 찾으면 물러나려 했던 마음을 바꾸었다. 놈들이 흉기를 들지 못하도록, 큰 고통으로 다스리기로 말이다.

심기일점心氣一點 중 심관心觀.

관평은 호흡을 몰아 공력을 온몸에 담았다. 마음과 기가 한 점으로 모이자 다른 세상이 열렸다.

그는 한 걸음을 내디며 패거리 가운데로 이동했다. 중앙에 서자 비수를 던지는 놈과 뒤쪽에 있는 놈들과 일직선이 되었다.

예상처럼 비수가 먼저 날아왔다.

비수를 피하자 뒤에서 약작두를 들고 달려들던 놈 가슴에 꽂혔다. 교묘한 방어다.

두 개의
심장을
가진 자

놈들이 흠칫해도 그의 손은 멈추지 않았다.

열여덟 개의 변화와 내밀한 수가 담겨 온전히 하나가 된 19초식을 가진 적멸수寂滅手가 합죽선 끝에서 뿜어졌다.

일점 끝에 실린 공력은 차돌도 깬다. 하물며 현문 내공이 완숙한 관평의 힘을 말해 무엇 하겠는가.

숫자가 많았을 뿐이다. 세 호흡도 안 돼 열 놈이 바닥을 기었다.

팔과 다리가 기형적으로 꺾였다. 둘 중 한 곳은 살을 뚫고 뼈가 삐져나왔으니 복합골절이 틀림없었다.

접골해도 다리병신이나 팔 병신를 면치 못할 것이다.

이제야 나머지 네 놈이 눈치를 보며 사방으로 내뺐다.

관평은 놈들을 잡을 수 있음에도 짐짓 걸음을 늦췄다. 그 중 가장 늦게 도망간 놈을 멀찍이서 쫓았다. 기출 내외의 행방을 알기 위해서였다.

놈은 한 시진이나 전주부를 돌며 뒤를 확인했는데, 결국 들어간 곳은 감영과 얼마 떨어져 있지 않은 기와집이었다.

관평은 기와집을 재삼 확인하고는 그길로 은석골로 돌아갔다.

경덕은 관평으로부터 자초지종을 듣고 탄식했다.

'예전에 그 못난 심정을 가진 놈, 이한종을 왜 머리에서 지웠을꼬.'

고초를 겪을 기출 내외를 생각하자 마음이 짠했다.

그날 저녁 경덕은 종이에 몇 자 적고 종이학을 접었다. 괴사가 벌어졌다. 그 종이학이 생물인 양 절로 날았다.

그리고 하루가 지났다. 경덕은 관평을 부려 은밀히 기와집을 확인했다. 역시나 이한종 집이었다.

하지만 경덕은 그날도, 그다음 날도 움직이지 않았다. 불안해하는 아이들을 달래며 천자문 몇 자를 가르쳤다.

그리고 늦은 오후가 되자 왈짜 한 놈이 언문 서찰을 들고 왔다.

글에 힘깨나 든 서찰로, 기출 내외의 목숨을 건 초청장이었다. 갓과 도포를 걸친 경덕은 관려와 관평을 데리고 왈짜를 따라나섰다.

가는 길이 바쁠 만도 하건만 경덕은 세월 느긋하게 걸었다.

곤지망월坤止望月.

지친 걸음 걷다 남천에서 목 축이고 달맞이 한다는 전주십경十景의 한 곳에 이르러서는 갓까지 벗어 놨다. 개운하게 세수까지 하곤 갓끈을 고쳐 썼다.

그믐이라 달빛은 떠오르지 않았다. 길 안내하는 왈짜는 늦은 길이 불만이고 불안했다. 그 불안이 경덕에게 짜증으로 이어졌다.

이를 두고 볼 관평이 아니었다. 왈패 놈 귀퉁배기를 돌림질해 입에 자물쇠를 채웠다. 욕지거리 방정으로 짜증 떤 탓이다.

그로부터 한참을 더 갔다.

반쯤 허리를 숙인 왈짜가 안내한 곳은 진북리 갯고개 밑 담장과 대문 없는 주막이었다. 사대문 안이라 하나 동네가 백정 집성촌으로 인적은 듬성듬성하고 야산까지 끼어 음산 하기 그지없었다.

멀찍이서 봐도 주막 안에 사내들이 우글거렸다. 화톳불을 켜고 술상까지 봤다. 들리는 말 한마디에 욕이 두세 단어다.

경덕 일행이 주막 안으로 들어서자 그 소란이 조용해졌다.

마당 한가운데 교자상을 펴 놓고 불콰하니 술 오른 이한종 이 일어났다. 그러자 사내들이 헛간에서 피 떡이 된 기출 내 외를 끌어냈다.

그들은 기출 내외 목에 날이 시퍼렇게 선 비수를 들이댔 다.

이한종이 경덕에게 어이없는 요구를 했다. 경덕 발치로 비 수를 던지고 자결하란다.

경덕이 말없이 지켜보자 놈이 낄낄대며 다가왔다.

놈은 요사한 눈빛으로 경덕을 쳐다봤다.

벨제뷰트가 준 능력을 발동했다. 눈빛으로 상대 정신을 조 종해 제 맘대로 홀린다. 경덕 손에 칼을 들리고 제 목을 찔러 그리 자결하게 만들려 했다.

하나 이도 사람을 봐 가면서 할 일인데 이놈은 겁이 없었다.

결과는 비참했다. 홀릴 상대를 잘못 찾았다.

10년 객지 악종 짓을 키운 싹을 일거에 뉘였다.

공맹 안에 선비의 날카로운 기상과 호연지기를 가진 경덕
이다. 그리고 도학의 끝인 천명을 꿰었다.

"할喝!"

한 자 외침, 일성파사현정一聲破邪顯正.

도력이 깃든 경덕의 일갈이 이한종 정신의 끈을 잘랐다.

피를 토하며 이한종이 주저앉자 악종들이 패악을 저질렀
다. 기출 내외 목에 겨눠진 비수를 찔러 넣었다.

그러나 그 패악은 뜻을 이루지 못했다.

어둠을 뚫고 학창의를 입은 노도사가 중년인 셋을 데리고
나타났다. 그들 중 한 중년인 손에서 떠난 대나무 조각, 일
편살一片蠱이 기출 내외 멱을 따려는 두 놈의 어깨에 깊이 박
혔다.

비틀거리던 이한종은 그 자리에서 일어나더니 품에서 비
수를 꺼냈다. 그러곤 경덕을 데리고 온 왈짜의 목을 비수로
찔렀다.

경덕 일행 셋이 더 늘어났으니 배신자로 오해한 것이다.

경덕이 미간을 찌푸렸고, 학창의를 입은 노도인은 창노했
다.

노도인은 경덕의 친우 김천수였다. 눈앞에서 사람이 죽어

두 개의 심장을 가진 자

나가니 분기가 하늘에 닿았다.

그가 사라졌다 이한종 앞에 나타났다.

밤톨 하나만큼 튀어나온 뫼주먹질 한 번에 이한종은 제 키만큼 허공으로 떠올랐다 떨어졌다. 그러자 김천수는 애들이 돼지 방광을 차듯 떨어지는 이한종을 발길로 내질렀다.

이한종은 피를 토하며 주막 토방까지 굴렀다.

그사이 김천수와 같이 왔던 중년인 하나는 기출 내외와 경덕을 지켰고, 다른 중년인과 훈몽제 관려와 관평이 움직였다.

부러지고 깨지며 비명이 터졌다. 그렇게 왈짜들 행사는 일다경이 되지 않아 끝이 났다.

이 노도인 김천수와 중년인들이 어찌 왔을까?

답은 경덕에게 있었다.

대도大道 운통구만리運通九萬理.

경덕의 도술은 방술처럼 괴이한 면이 있다. 그가 이틀 전 기출 집에서 접었던 종이학은 생물처럼 순창 훈몽제로 날아갔다.

이 종이학 서찰은 친우 김천수에게 전달되었고, 이내 스스로 접혀 종이학으로 변해 길을 인도했다.

종이학과 교통한 경덕은 김천수 일행 걸음에 맞추었다.

그래서 전주십경 중 하나인 곤지망원에서는 일부러 느린 걸음을 떼기까지 했다.

이런 사정으로 경덕과 김천수의 행보가 엇갈리지 않았다.

경덕은 이 판에서 인정을 접었다.

훈몽제 제자들을 부려 왈짜들의 근골을 하나씩 끊고, 대퇴부를 부러트려 병신을 만들었다. 악행의 뿌리가 어찌나 깊은지 놈들에게서 죽은 자들 냄새가 고약하게 난 탓이었다.

그리고 경덕은 이한종만 챙겨 은석골로 돌아왔다.

도착하자마자 짐을 챙겼다. 그길로 이른 새벽에 나섰다.

기출 내외 몰골이 말이 아니었지만, 전주에 오만 정이 떨어진 그들이라 외려 독촉했다.

일행은 아이 둘까지 끼자 열하나였다. 그런데도 빠른 걸음이라 오후가 되어서 원평으로 들어가는 귀곡사歸谷寺를 지났다.

삼거리 주막에 들렀다. 이곳에서 사달이 일어났다.

정신을 잃었던 이한종이 이때서야 깨어났다.

상황을 보니 오라를 지워 도망은 엄두도 낼 수 없는 도살장 앞 돼지 꼴이었다. 때마침 늙은 중이 옆에서 국밥을 먹고 있어 벨제뷰트가 준 이능을 펼쳤다.

본시 늙은 중 함허숨虛는 금산사金山寺 내 밀교인 총지종의 종법이었다.

나이를 백수白壽 이후로 세어 보지 않았고, 그 후로도 강산이 세 번이 바뀌었다. 그러니 얼추 그 세수가 130이 넘었다.

당초 변산 부사의암不思議菴에서 대각 후 법열에 들었어야 함에도 후학이 미진해 내공으로 10년을 더 살았다. 천수를 거슬렀으니 이제와 내공이 풀리고 정신마저 혼미해 육식도 마다 않았다.

막말로 노망들었다.

두 달 전, 함허는 변산 부사의암에서 미쳐 혼자 길을 뛰쳐나왔다. 거지꼴로 발우탁발하며 전전하다 정신이 날 때마다 금산사로 향했다. 그러다 정신이 끊겼다 돌아오면 금산사와 멀어져 있었다. 닷새 길이 두 달인 셈이다.

그 늙은 중이 이한종 사술에 정신이 하나로 엮였다.

함허는 정신이 열리자 법열에 드는 줄 알았고, 이한종은 정신 안으로 밀고 들어갔다.

벨제뷰트의 능력으로 홀리려던 이한종은 엉겁결에 함허와 자리가 바뀌었다.

돼지국밥을 먹던 함허는 이한종 몸에서 백치가 되었고, 이한종은 늙은 중 몸으로 들어가 미쳐 날뛰었다.

이 사실을 알 리 없는 경덕은 뜬금없는 미친 중의 행패를 보다 순창 쌍치 훈몽제로 내려왔다. 기문奇門이었다.

한 달 후.

이한종은 요괴로 변했다.

늙고 허물어지는 몸이지만 내공으로 지탱한 함허의 육체는 힘을 주었다.

내공을 깊게 사용할 줄 몰랐지만 몸이 알아서 내공을 썼다. 그 길을 알게 되자 모으는 법도 유추해 냈다.

함허에게 남겨진 정신의 잔재가 한몫 거들기도 했다.

삿된 길을 걸으니 내공에 마기가 끼었다. 심장에 새겨진 마귀의 종속 숫자도 333에서 666으로 바뀌었다. 마귀 자체로 탈태했다.

괴력난신법을 알았으니 이한종은 제 몸을 찾고자 안달이 났다.

경덕이 향했던 방향이 정읍이라 주변을 이 잡듯 뒤졌다. 그러고도 못 찾자 가까운 장성, 복흥을 거쳐 순창으로 들어왔다.

그의 입장에서는 어떻게든 제 육신이 있는 곳으로 다가가야 해결책이 보였다.

이즘 훈몽제에서도 난리가 났다. 가끔 정신을 차리던 함허가 새로운 육신에 터를 완전히 틀자 제정신이 들었다.

자초지종을 알게 된 경덕은 크게 놀랐다. 허둥지둥 어찌할 바를 몰랐다.

그런데 기문이었지만 근동에 요괴가 나타났다는 소문이 돌았다. 앞뒤를 재어 보니 놈이 틀림없다.

필시 요괴가 된 놈이니 거처를 마련할 터, 거처가 될 곳을 찾으니 첫손가락에 뽑을 곳이 지척이었다.

쌍치의 둔전에서 산 하나 너머 처녀 그곳과 같은 장소가 있었다.

여름 장마에 산 위에 폭포가 생기는데 그 아래가 음하기 이를 데 없는 흉지인 결음치정소缺陰治精所였다.

경덕은 김천수와 제자 일곱과 함께 그곳에 진을 쳤다.

아니나 다를까, 한 달 전 봤던 늙은 중이 나타났다.

겉은 늙은 중이로되 속은 이한종이었다. 이놈은 요사한 기운을 전신에 달고 있었다.

대치고 나발이고 없다. 이한종은 경덕을 보자 반쯤 미쳐 기괴한 웃음을 토하며 달려들었다.

이한종을 잡기 위한 단단한 준비가 풀렸다.

방위술의 근간인 기문둔갑이 열렸다. 중년 제자들이 건곤손간乾坤巽艮에 변화 중심인 외축을 잡고, 경덕과 김천수는 내축의 중심인 감리坎離를, 보충변인 진태震兌는 젊은 제자 관려와 관평 둘이 맡았다.

구궁진에 따라 현기가 구름처럼 몰렸다 퍼지고 품었다가 내쳤다.

현란한 변화 속에서 금방 무너질 것 같던 이한종은 손발을 놀려 마기로 변한 내공으로 방어했다.

험허가 가진 끝이 보이지 않는 내공이기에 가능했다.

한나절을 싸우자 비로소 끝이 보였다. 아무리 대단한 내공을 가졌어도 붕괴되는 육체로는 한계가 있었다.

김천수에게 이한종은 사지가 꺾이고, 장년 제자의 검에 요괴로 변한 함허의 심장이 뚫렸다.

악귀 같은 놈은 입으로 피를 게워냈다. 그러면서도 하고 싶은 말이 있다며 경덕을 청했다.

죽어 가는 자가 무얼 할 수 있을까?

회계의 말을 구천를 헤매지 않게 천도할 생각으로 경덕은 구궁의 방위술 기문둔갑을 풀었다.

그는 늙은 중도 이한종도 아닌 요물에게 다가갔다.

그런데 죽어 가던 요물 얼굴이 붉게 달아올라 종래에는 검게 변하더니 저주를 퍼부었다.

말 한마디 한마디가 요괴 심장에 새겨진 마귀 종속의 숫자 666를 깨며 나왔다.

그것들이 경덕에게 달라붙었다.

비열한 저주의 말이 그의 심장에 새겨졌다.

'앞으로 4대에 걸쳐 쌓일 악업이 네놈 자손에게 뿌려질 것이다. 벨제뷰트 자신과 같이 심장에 악마의 숫자가 새겨질 것이다.'라고 말이다.

경덕의 얼굴이 굳어졌다.

분명 그에게 자손이 없었다. 하지만 문제는 어제저녁 기출을 양자로 삼았다는 데 있었다.

저주는 그렇게 시작되었다.

두개의
심장을
가진자

무당의 굿은 기독교 예배, 천주교 미사, 불교 법회와 같은 의식이다. 신을 부르는 장단은 찬송과 게송이다.

다만 다른 점이 있다면 뭇 종교가 신과 간접적으로 통한다면 무당은 만신 중 하나와 직접 소통한다는 특징이 있다.

북유럽 드루이드들이 만물 정령과 교감하는 이치와 같았다.

당골댁은 굿을 통해서 인간이 접신할 수 있는 최고 단계인 장군신과 소통했다.

아들의 정신세계로 들어간 그녀와 일성장군신은 분노했다. 어떤 마귀도 인간 영혼을 직접 오염시켜서는 안 된다는 하늘의 율법마저 어겼다.

검은 안개가 투명한 푸른 무진의 영혼을 타락시켜 가고 있었다. 이 안개에서 나온 악령들은 심상을 회갈색으로 오염하며, 억압하고 있잖은가!

벌써 영혼의 일부를 잠식해 들어간 상태였다.

정신세계에 놓인 무진의 팔다리는 이미 검게 물들었다. 게다가 유독 붉게 요동치는 심장에 666이란 숫자가 똬리를 틀고 있었다.

일성장군은 벽력도를 들었다.

둥. 둥. 둥.

벽력도가 왼손에 든 뇌고雷鼓를 두드렸다. 번개가 일어나 무진을 감싸고 있는 검은 안개를 때렸다.

크아아아앙!

충격을 받은 검은 안개가 괴성을 지르며 꿈틀거렸다. 이내 형태를 갖추더니 양 뿔과 뾰족한 턱에 교어 이빨을 한 얼굴을 드러냈다.

─천계에서 강림한 족속인가?

괴이한 존재가 토하는 말 한 자 한 자에 다른 영혼이 담겼다. 남자, 여자, 젊고 늙은 영혼이 각기 한 자씩 모여 한 단어로 표출되어 묘하게 일그러졌다.

"아이에게서 떨어져라."

묵직한 일성장군의 목소리다.

─캬캬캬, 제법 여문 놈이로구나.

"말이 통하지 않을 존재로군. 어디서 온 존재인가?"

둘은 언어 안에서 서로의 존재감을 확인했다.

─우리가 왜 그걸 말해야 하지?

예의 괴상한 목소리로 말하는데 검은 안개가 얼굴을 수시로 바뀌었다. 그중에는 흑인의 형상까지 있었다.

"서양의 요괴구나."

일성장군이 정체를 미뤄 짐작했다.

─요괴 따위에 비유하다니…… 그럼 네놈은 잡신의 하인 따위구나.

두개의
심장을
가진 자

검은 안개의 도발에 일성장군 안에 있는 당골댁은 마음이 덜컥 내려앉았다.

'요괴를 아래로 본다는 것은 상위 존재야.'

급수야 어떻든 마귀 벨제뷰트란 뜻이 아닌가. 당골댁은 왜 이런 일이 벌어졌는지 두렵기만 했다.

아이가 차라리 동자신이라도 엉겨붙어 신열을 받는 것만 못했다. 하물며 들러붙은 그 마귀가 서양에서 온 벨제뷰트 마귀라니.

이 마귀가 무진의 심장에 악마의 숫자 666를 새겨 놓기까지 했잖은가.

당골댁과 마음이 통했음인지 일성장군이 먼저 움직였다. 벽력도로 다시 뇌고를 두드렸다.

텅-.

파지지직.

번개가 뇌고에서 튀어나왔다.

-잠깐.

"뭐냐?"

일성장군이 멈춰 섰다.

-너에게 줄 것이 있다.

"나에게?"

-옛다. 이거나 먹어라. La haanere vica daba bita(어둠에 묻힐 지어라.)

벨제뷰트가 왜 벨제뷰트이겠는가?

이 존재는 사악했다. 방심을 유도하고 공격했다. 회갈색 공간에서 검은 안개가 뿜어져 촉수를 뻗치며 뭉쳤다.

이내 거대한 손이 되어 일성장군을 움켜쥐었다. 잠깐 사이 만들어진 거대한 손이라 보기에 움직임은 기민했다. 지근거리에 와 있었다.

이런 현상은 무진의 정신세계를 벨제뷰트가 거의 지배했기 때문이다. 즉 무진의 정신 근본을 점령하고 있어 신과 같은 능력을 발휘하는 것이다.

"오도일이관지吾道一以貫之!"

그대로 당할 일성장군이 아니었다. 법력을 끌어 올리고 검지에 검결을 만들어 벽력도를 휘둘렀다.

우―웅.

진동과 함께 푸른 빛이 벽력도에서 나왔다. 전정電霆의 술術이다. 천둥이 일고 번개가 거대한 손을 때렸다.

손 형상이 무너져 안개처럼 흩어졌다 다시 뭉쳤다.

"건곤일여乾坤一如!"

공격은 계속되었다. 뇌고를 바닥으로 내려찍었다.

쾅―.

역도逆道가 하늘과 땅을 뒤집었다. 안개가 굳어져 다시 생성된 거대한 손은 공간 역전으로 힘의 기반을 잃었다.

그때 벽력도가 허공을 갈랐다. 회색 공간과 이어진 손이 잘려 나뒹굴었다.

－카악!

무진을 감싸고 있던 검은 안개에서 벨제뷰트의 얼굴이 튀어나와 괴성을 질렀다. 그리고 괴상한 주문을 외웠다.

－Deaiyeora auni di visava thakvata(세상을 피로 물들여라).

반격이다.

괴악스러운 주문이 외워지자 공간을 만든 회갈색 벽에서 검은 기류가 토해져 손바닥만 한 칼날로 변했다.

핑－.

공중에 머물렀던 칼날들이 일성장군에게 쏘아졌다.

"금룡출현金龍出現 현신現身!"

일성장군도 가만히 있지 않았다. 다시 검결을 맺어 뇌고를 앞으로 띄웠다.

쿠와와－왕.

뇌고에서 벽력 같은 소리가 토해지며 금빛 용 머리가 나왔다. 그 길이와 몸체가 커지며 일성장군을 중심으로 똬리를 틀었다.

금룡이 전신을 드러내자 뇌고가 사라졌다. 뇌고가 곧 금룡이었다. 그리고 금룡이 제자리를 맴돌며 비늘에서 번개를 토해 냈다.

찌이지직.

칼날이 날아와 금룡을 베었다.

탕—.

금속음과 함께 칼날은 다시 검은 안개가 되어 흩어졌다.

하지만 날아오는 칼날 숫자는 늘어났고, 이에 대항하는 금룡은 온몸에 번개를 뿌려 막을 만들었다. 그 형상이 번개로 만들어진 회오리와 흡사해 밀려드는 칼날을 쓸어버렸다.

그래도 벨제뷰트는 끈질겼다. 칼날을 계속 날려 보냈다.

마치 누가 이기냐는 식이다. 나중에는 철판 위에 소낙비가 내리듯 요란했다.

타타타타탕.

그러다 벨제뷰트가 먼저 움직였다.

—Kraie kujka di nakari(잡스러운 존재를 지워 버릴 지어다).

쏘아진 칼날 사이로 간간이 진흙같이 끈끈한 반고체가 섞였다. 종래에는 이것들이 무더기로 쏘아져 뇌룡의 움직임이 둔화됐다.

"벽력충천霹靂沖天 개진開陣!"

일성장군은 벨제뷰트의 심상치 않은 움직임에 곧바로 반격을 나섰다. 금룡은 똬리를 느슨하게 풀었고 그 틈 사이로 벽력이 방사되었다. 뇌전이 빛살이 되었다.

—까야아아악!

—아아악!

진흙 같은 반고체들이 비명을 토했다.

이것들 하나하나가 악령에 물든 사악한 영혼들이었다. 벨

두개의
심장을
가진자

제뷰트가 수천 년 동안 굴복시킨 망령들이었다. 이것들 비명이 터지자 회갈색 벽이 흔들렸다.

–안 돼요, 엄마, 엄마! 왜 저를 괴롭혀요!

검정 안개에 쌓여 있던 무진이 얼굴을 내밀었다. 목소리만큼이나 표정도 애잔하다.

아들의 상심이 당골댁을 흔들었다. 그러자 일심동체인 일성장군이 주춤했다.

그 잠깐 사이 벨제뷰트는 이 약점을 파고들었다.

무진을 방패막이로 내몰곤 막대한 물량 공세를 퍼부었다. 종속된 타락한 것들을 무자비하게 뽑아냈다.

전쟁의 살육자, 수세를 영생한 마녀, 뱀파이어의 저주받은 영혼 들이 끈끈한 반고체 덩어리로 금룡에 들러붙었다.

무진의 정신세계에 들러붙었던 수많은 악령들이 떨어져 나왔다. 오염된 회갈색 벽이 제 색을 찾을 정도로 일성장군을 압박했다.

일성장군은 다급해졌다.

파사현정.

사악함을 깨고 바름을 나타낼 뇌성벽력이 일성장군을 둘러싼 금룡 틈으로 퍼져 나갔다.

우르르릉. 콰–과 광.

하지만 저주받은 악령들은 반고체로 금룡을 둘러싸고 굳어져 큰 위력을 발휘하지 못했다.

한순간의 방심이 화를 자초했음인가?

금룡은 크게 위축되었고, 재차 펼쳐진 벽력충천 개진은 한계에 다다랐다.

어느새 저주받은 영혼들이 회갈색 벽에서 수없이 나왔다. 숫자가 만 단위를 넘겼고 끈끈함이 연결되어 석상처럼 굳어 갔다.

일성장군은 한탄했다.

사용하지도 않은 큰 힘들이 있다. 애당초 금룡을 둘러 방어막으로 삼은 것 자체가 실수였다.

악기로부터 주원呪原인 당골댁을 보호하려고 그 안에서 법력을 펼쳤다가는 포화 상태에 있는 힘으로 폭발을 일어나 자멸을 면키 어렵게 되었다. 말 그대로 자충수였다.

금룡 안에 갇힌 일성장군은 외통수 맞은 장기판의 왕일 수밖에 없었다.

한편, 서서학동에서 당골댁을 구할 변수가 일어났다.

털컹-.

점당 문이 거칠게 열렸다.

"누구얏-?"

김은자의 목소리가 뾰족했다. 그녀의 목소리에 밴 짜증에는 이유가 있었다.

벌써 20분째 당골댁이 사시나무 떨듯 벌벌이다.

땀은 어찌나 흘리는지, 완벽한 공명음인 옴도 귀를 입에 가까이 대야 들렸다. 재비 김 씨를 독촉해 흥을 돋워도 봤지만 눈감 땡감이다.

안절부절하는데 그때 문이 열렸다.

"나요, 동건."

반듯하고 건장한 사내가 들어왔다.

"아이고, 어쩐데, 어찌한데."

은자가 과부 새서방 보듯 달려든다.

"객이 있소."

"이 사람아, 손을 맞을 때가 아녀. 이, 이 사람이 안 보이는가?"

은자가 당골댁을 가리켰다. 기식이 엄엄해 방방 뛰는데 제 친동기보다 더하다.

"그 일 때문에 온 객이오. 재비들과 누이는 나가 계시오."

"나? 나까지 말인가?"

"그 등에 얹은 애기 귀신을 떼이고 싶소?"

"……."

동건 말에 은자가 움찔했다.

"크흠, 급하네. 먼저 들어감세."

문밖에서 들리는 객의 목소리가 어찌나 굵은지 산도적 열이 왔나 싶다. 그리고 들어오는데 60줄에 왜소한 노승이다.

"아이고메!"

은자가 노승을 보며 털썩 주저앉았다.

"잡귀가 앉았구먼."

노승의 미간에 노란 빛이 잠시 머물렀다.

"가, 가야것구만요. 웬 다문천왕多聞天王이 들었대야?"

은자가 네발로 바닥을 기어 나가자 재비들이 서둘러 빠졌다.

"쯔쯧, 박 사제, 제수씨가 일을 냈구먼. 이 일을……."

노승은 한눈에 당골댁 상태를 알아봤다. 그러다 하던 말을 끊고 당골 귀퉁이에 지양을 내놓은 감묘여제도를 쳐다봤다.

"잡귀도 키우는가?"

노승 미간이 깊게 파였다.

"잡귀라니?"

감묘여제도에서 경덕이 나왔다.

"지박령 따위가 잡귀신이지 어찌 신의 반열에 드는가?"

말하며 품이 넓은 소매에 양손을 넣는 노승이다.

텅―.

어디에 그런 게 숨겨져 있을까 싶은 물건들이 소매에서 나왔다. 1.5미터 노란색 막대기 금강저가 바닥을 찍었고, 50센티미터 길이의 철탑이 왼손에 들렸다. 그뿐이 아니었다. 어깨 좌우로 희미하게 형체를 갖춘 신장들이 섰다.

"야차? 나찰?"

박경덕의 목소리에 긴장이 실렸다.

귀신들을 한 끼 식사로 여기는 나찰과 묘를 뒤져 혼령을 말살시키는 야차다. 귀신들의 천적이라 할 수 있다.

이 두 존재는 다문천왕이 데리고 있는 신장이었다.

"원종 사형, 잠시만 기다리십시오. 이분은 제 조상이십니다."

손을 들어 동건이 노승을 말리고 절했다.

"조상 할아버지를 뵙습니다."

"됐다. 한시가 급해. 내가 네 등을 타야겠다."

경덕은 동건의 허락도 없이 달라붙었다. 동건 등에 투명한 학창의가 펄럭였다.

"천둔술天遁術?"

원종은 지박령인 줄 알았던 경덕이 높은 도력을 부리자 두 눈을 크게 떴다.

"사연이 깊습니다. 총지종摠持宗과 남다른 인연도 계십니다."

"혹 함허선사와 관련이 있는 박 경 자 덕 자 어르신인가?"

동건은 답 대신 고개를 끄덕였다.

"알았네. 남은 이야기는 가는 길에 들음세."

노승 원종은 양반 다리를 하고 주저앉았다. 그러자 동건도 따라 앉았다. 당골댁과 솥의 발 모양으로 자리했다.

"옴마니반메훔-."

원종의 입에서 불교의 큰 법 공부 육자대진언이 읊어졌다.

세 사람이 앉은 자리에서 묘한 비틀림이 섰다. 아지랑이가 원종과 동건에게서 피어났다. 이내 기류가 되어 비틀림에 축이 되어 당골댁까지 품었다.

그런데 묘한 상황이 벌어졌다.

육자대진언을 게송하며 법력을 끌어올리는 원종보다 동건의 이마에 땀이 더 맺혔다.

사실 그는 원종을 도와 혼백을 유탈해 아들 무진의 정신세계로 들어가는 차혼입상주借魂入像呪와 기억 일부를 전해 주는 환심전이주換心轉移呪를 동시에 펼쳤다.

시점이 좋지 않았지만 원종에게 조상 경덕에 대해서 알려줄 의무가 있었다.

마음을 전달하기 위해 동건의 기억은 과거로 거슬러 올라갔다. 총지종의 종법 함허와 경덕의 만남부터 시작되었다.

이는 당연한 귀결이다.

동건에게 도움을 주기 위해 같이 온 원종은 당대 총지종 종주였다.

본시 총지종은 고려 시대 이전부터 조선 초까지 불교의 12종파를 대표하는 곳이었다. 그 성세가 지금은 미미해져 본산인 모악산 금산사 말사 부사의암不思議菴과 본사 마니산 천마사天馬寺뿐이었다.

그 이유가 대중과 같이 가는 대승불교가 아닌 개인 해탈 중심인 소승에 있기 때문이기도 했지만, 고대 무술과 불사를 하는 이들답지 않게 저 건너(저승)를 관여해서다.

죽음을 관장하는 존재들과 소통하는 중들이 범상할 리 없었다. 당연히 일반인들은 감히 총지종 중들과 말 섞기 어려움을 겪었다.

비인부전非人不傳, 명맥만 유지했다.

각설하고, 원종의 뇌리로 경덕에 대한 기억이 들어왔다.

–사제의 도가 한계를 벗어났군.

그 역시 야단野壇를 꾸리지 않는 바가 아니라, 두 개의 주술을 동시에 펼치는 일이 얼마나 힘든지 알았다.

어쨌건 전이된 기억은 이랬다.

치매로 혼미한 정신이었던 함허가 이한종과 육체가 바뀐 이후 행적과 벨제뷰트의 저주를 떠안은 경덕과 자손들을 보았다.

함허는 이한종의 육체로 새 인생을 찾고 세속에 들었다 금산사 말사로 돌아왔다. 그 과정에서 훈몽제 제자인 기출과 교분을 나눠 총지종과 혼몽제 동세대는 사형제를 논했다.

기억은 경덕의 가족 4대로 이어졌다. 무지렁이 기출과 아비를 부정하고 훈몽제를 떠났다 돌아온 아들 만해, 그리고 만해의 아들 형민, 그 아들 동건.

이 4대에 걸친 업장이 저주로 쌓인다 했건만, 각자의 인생은 파란만장했다.

동건만 해도 젊어 나랏일에 품 팔다 결단 난 인간이 여럿이었다. 어쨌건 알게 모르게 쌓인 업장은 무진에게 벨제뷰트의 저주로 발현됐다.

이후는 원종도 알고 있는 사실이라 기억이 겹쳤다. 무진의 일은 총지종의 유지로 내려온 일이기도 했다.

잠시 후.

동건과 원종은 무진의 정신세계로 들었다. 두 사람은 회갈색을 변한 이질적인 공간에 눈살을 찌푸렸다.

정신세계로 들어가는 통로부터 오염됐다는 것은 상태가 심각하다는 뜻이었다. 굴곡마저 길어 심상치 않았다.

동건은 처 여진과의 통화를 떠올렸다. 애가 열이 나고 헛소리한 지 사흘이라 했다. 마귀에 씌여 이 정도라면 예상보다 강력하다는 뜻이다. 마음이 급했다.

마침내 그들도 무진의 정신세계 깊숙이 들어갔다.

─카캬캬, 오늘따라 반갑지 않은 손님들이군.

무진이 불숙 튀어나와 말한다. 이즘 무진의 자아에는 벨제뷰트가 주저앉았다. 예의 그 남녀노소가 한 단어씩 이어 말하는 목소리라.

"마귀가 혼백을 반쯤 쓸어 담았군, 쯔쯔쯔."

원종이 혀를 찼다.

─네놈들도 혼백을 발리고 싶은 게로구나.

"요망한 것, 아이의 몸에서 나가라."

두 개의
심장을
가진 자

동건이 나섰다.

-살려 주세요, 아빠, 저한테 왜 그러세요.

벨제뷰트는 사악하게 무진으로 나섰다. 아비 동건을 향해 슬픈 표정을 지었다.

"감히-."

동건은 울화통을 터트렸다. 도력이 정점에 있는 그라, 심안을 개방한 지금 너무나도 또렷이 벨제뷰트의 진체를 봤다.

"하해일경해河海—傾海 폭풍暴風!"

검결을 쥐고 총채를 털어 채찍처럼 휘둘렀다. 주문으로 상단전이 열리고 도력이 내공과 합해졌다. 총채 끝에 술법이 걸려 퍼졌다.

본시 기문둔갑의 술보다 무예 쪽으로 치중했던 그였지만, 근래 들어 술법과 내공이 일체되며 다른 경지에 이르렀다. 그 정수의 일부가 펼쳐졌다.

총채 끝이 길어지며 무진을 옭아맸다.

-Deaiyeora auni di visava thakvata(세상을 피로 물들여라).

검은 안개가 회갈색 벽에서 튀어나와 칼날이 되었다. 곧 총채를 잘라 갔다.

팅-. 팅.

하지만 총채는 의외로 강도가 높았다. 처음에는 힘이 미약해 보였으나 갈수록 강력해졌다. 잔잔한 바다가 성을 내 해일과 폭풍을 일으키는 형상이다. 칼날이 그를 베어 왔지만 모든 것을 쳐 내 버렸다.

총채가 무진을 덮어 버리는 듯했다.

벨제뷰트는 뒤로 물러나며 괴이한 주문을 또 외웠다.

-Ihavade khetari kahide, hana(지배하는 영역이여, 커져라).

주문을 끝으로 회갈색 벽이 뒤로 물러났다. 아니, 물러난
것이 아니라 공간도 벨제뷰트도 커졌다.

동건은 총채로 계속 공격하면서 고개를 뒤로 젖혔다. 그러
나 보이는 건 벨제뷰트의 턱이었다.

총채로 무진의 다리를 옭아맸지만 거미줄이 붙은 꼴이었
다.

"으라차차, 급급여율령!"

그래도 동건은 진언과 함께 총채를 잡아챘다.

상상 밖에 일이 일어났다. 크기로 보아 절대 끌려오지 않
을 벨제뷰트의 발이 균형을 잃고 비틀거렸다.

"오자엄신관 척탑. 나찰−. 야차."

말을 아끼던 원종이 합공에 나섰다. 오른손 손가락을 꼬며
수지독송을 했다. 오색광인이 손끝에 맴돌았다. 바로 왼손을
떨었다. 소매에서 50센티미터 철탑이 나와 바닥에 세워졌다.

탁−.

오색광인이 맺힌 오른손이 철탑을 때리자 광인이 스며들
었다. 그리고 그 어깨에 서 나온 야차와 나찰 두 신장이 철탑
을 쓰다듬자 쑥쑥 커졌다. 벨제뷰트만큼 성장했다.

**두개의
심장을
가진자**

이들이 균형을 잡으려는 벨제뷰트의 양팔을 잡았다.

-이익.

벨제뷰트가 용을 써 보지만 힘으로는 이길 수 없었다.

그러나 회갈색 벽이 벨제뷰트의 발 아래로 밀려왔다. 벨제뷰트가 풀어 놓은 망령이 돌아왔다. 벽이 회색으로 연해지는 만큼 나찰과 야차가 벨제뷰트를 휘둘렀다.

힘이 역전됐다.

그사이 총채를 거둔 동건은 돌처럼 굳은 일성장군을 향했다. 망령들이 쌓여 무덤 같았다. 그의 반려가 신령과 같이 있었다. 유일하게 이곳에서 신성한 기운이 나왔기에 이것으로 짐작을 했다.

그는 만지기도 찜찜한 벽을 두드렸다. 소리조차 들리지 않았다. 곧장 진언을 외었다.

"유연제강柔軟制强 외노출外露出!"

왼손 검지와 중지로 만든 검결 위를 총채가 쓸고 지나갔다. 노란 빛이 총채에서 빛났다.

슥 슥 스윽.

총채가 부드럽게 무덤 같은 벽을 스치고 지나갔다.

-크아아아악!

-캬아악!

수를 알 수 없는 다양한 비명이 터져 나왔다. 부드러운 총채 움직임 안의 강한 생명력이 망령들을 겁에 질리게 했다.

심상이 이어진 벨제뷰트는 다급했는지 입을 벌렸다.

-살려 줘요, 아빠.

무진의 목소리였다. 그러나 통할 사람들이 아니었다.

원종은 금강저를 꺼내 거인이 된 벨제뷰트의 발등을 찍었다.

-까악!

연약한 목소리가 비명으로 이어졌다.

이를 아랑곳하지 않은 원종은 금강저를 위에서 아래로 눌렀다. 못으로 움직이지 못하게 구속하는 형국이었다.

그러자 벨제뷰트는 온몸을 흔들며 나찰과 야차를 털어 내려 했다.

하지만 나찰과 야차가 어떤 신장인가. 나찰은 제 혈족의 피와 살조차 뜯어먹고, 야차는 망령들을 찢어 원령을 파멸해 버린다. 그 정도로 신장으로서는 보기 드문 악종이다.

나찰은 무진의 어깨를 누르더니 목덜미를 물어뜯었다. 살점이 뭉텅 뜯겨 나가자 검은 안개가 콸콸 쏟아졌다. 용서가 없다.

그건 야차 역시 마찬가지다. 무진의 옆구리에 다리를 얹더니 잡아당겼다.

으드득.

뼈가 부러지고 살점이 뜯겨 나갔다. 왼팔이 뽑혔다. 그곳에서 검은 안개가 뿜어졌다.

상황은 일방적이었다.

동건은 원종에게서 신경을 멀리했다. 눈앞의 무덤에만 집중했다. 그는 무덤 위로 올라갔다.

노란 빛에 감싸인 총채를 아래로 내렸다. 먼지떨이가 퍼져 무덤을 덮었다. 비명과 함께 아래부터 망령들이 벨제뷰트에게로 도망갔다. 다시 총채가 들렸다. 도력과 내공이 제 몫을 다했다.

"유연제강 외노출!"

악기惡氣를 쓸어 내는 퇴마출이 빠르게 이어졌다.

생각 같아서는 뭉친 망령들을 산산조각 내고 싶었다. 망령 따위 용서할 마음이 없지만, 처 여진도 무진만큼이나 중요했다.

그는 총채에 스민 내력을 바꾸었다. 푸른 강기 벽사력이 무덤을 쓸었다.

벽사력辟邪力.

도가 기본 사상은 천지운행 이치에 순응해 천명을 꿰뚫는 데 있다. 거기에 이르기까지 몇 가지 방법이 있다. 상천통문하달지리上天通文下達地理 역을 깨달아 세상 이치를 열거나, 기문둔갑奇門遁甲의 방술로 삼생을 엿보는 법과 무의 극치를 관통해 상단전을 여는 방법이 있다.

다른 방법들이 있기는 하나 방편술로 치부되어 믿음이 떨어진다.

이 과정에서 자연스럽게 상단전에 쌓이는 능력이 벽사력이다. 특별히 법사 중 일부가 벽사력을 키우기도 한다.

동건이 여기에 해당된다 볼 수 있다. 기문둔갑 술법과 무로 인해 상단전을 열었다. 그 기문의 술 중 벽사력에 집중하는 현학선법을 대성했으니 말이다.

요는 벽사력이 세상을 거스르는 망혼들에게 치명적이라는 것이다.

-캬악!

망혼의 비명이 회갈색 공간을 흔들었다. 무덤과 같은 벽을 만들었던 망혼들이 급속도로 빠져나갔다.

그 안에 갇혀 있던 일성장군도 호응했다.

쾅-.

푸른 빛과 함께 망령의 벽이 산산조각 나며 모습을 드러냈다.

-가만두지 않겠다!

일성장군은 그의 의지로 망령의 벽을 깨진 못했지만, 밖의 사정은 알고 있었다. 동건이 무덤을 만든 망령을 몰아내자 벽력도로 벽력충천 개진 법술을 열었다.

밖으로 나온 그는 고마움을 전해야 했지만 입을 다물고 벨제뷰트에게 달려들었다.

그를 모시고 있는 당골댁의 남편에게 고개를 숙일 까닭이 없거니와, 섬김의 대상으로서 묘한 경쟁 심리가 있었다.

화딱지는 분풀이로 변했다. 그렇다고 벨제뷰트를 제압하고 있는 야차와 나찰을 두고 달려들진 않았다.

회갈색 벽에 뇌고를 찍었다.

"뇌균만상雷勻萬象."

좌르르르륵.

뇌고에서 시작된 번개가 망령의 변태인 회갈색 벽 전체로 퍼졌다.

일성장군의 분노를 알 수 있는 대목이었다. 뇌정이 발할 수 있는 가장 큰 법술이었다. 무진의 정신으로 이어지는 통로 끝 두정까지 벽력이 몰아쳤다.

벨제뷰트가 만든 저주의 근간인 망령의 벽이 요동쳤다.

세 존재가 합공을 하자 일거에 벨제뷰트가 무너졌다.

무진의 모습을 한 벨제뷰트는 야차와 나찰에 의해 팔과 다리가 뜯겨 갔고 목이 잘렸다. 그곳에서 검은 안개가 피어올랐다.

"세심청정현洗心淸淨現 청향무淸香霧!"

동건이 검결을 지어 총채를 좌에서 우로 휘둘렀다. 하얀 안개가 일어나 검은 안개와 부딪쳤다.

쾅-. 쾅.

충돌로 인해 벨제뷰트가 가진 힘의 기반이 잠식당했다.

-이것들이, 제대로 함 해보자는 거지! Da suhaman mauta, he sakatihai la, burai ke ikamutha(죽음과 마주한 힘

이여, 그 사악함으로 뭉쳐라, 나의 자식아).

얼굴만 남은 벨제뷰트의 입에서 괴성이 나왔다. 예고는 변화였다. 입이 찢어지며 검정 일색의 괴물이 튀어나왔다.

두건에 발을 덮는 긴 판초의와 찌그러진 탑 햇을 쓴 해골이었다.

오른손에는 검정 뼈로 만든 하프를 들었다.

팅.

한 줄밖에 없는 현을 튕기자 검은 안개와 무진의 심상에 붙은 망령들이 모여들었다.

이를 보고만 있을 세 존재가 아니었다. 일성장군은 벽력도를 휘둘러 번개로 베어 갔고, 동건 역시 도력을 가중했다. 벽사력이 담긴 하얀 안개가 짙게 피어올랐다.

벨제뷰트는 불러들인 망령으로 벽을 만들어 공격을 막았다.

그러자 원종이 야차와 나찰을 부렸다. 방금 전과 반대로 크기가 줄어든 벨제뷰트를 짓밟게 했다.

집중 공격에 벨제뷰트는 판초의를 말았다.

퍽-.

나찰과 야차에게 밟히기 직전 그림자처럼 사라졌다. 벨제뷰트를 중심으로 수천, 수만을 헤아리는 망령이 모여들고 있었다. 여기에 섞였다. 육안으로는 도저히 구분할 수 없었다.

동건이 원종을 바라봤다. 원종이 고개를 끄덕였다. 이심전심이라.

원종의 이마에 실금이 생겼다 이내 벌어져 황금빛 눈이 자리했다. 그 눈동자가 움직여 머무는 곳을 황금 빛이 비췄다. 검은 덩어리, 망령의 본모습을 보이게 했다.

－캬－아악!

발가벗겨진 여인처럼 망령들이 수치심을 보였다.

불교 육신통 중 하나인 천안통天眼通과 비견될 천심목天心目이었다.

비로자나불의 불력을 빌어 원죄를 보이게 했다.

망령들이 날뛰는 가운데 원종의 시선이 구석으로 갔다. 검정 그림자가 벽을 타고 이동했다.

동건이 기다리다 그림자를 쫓으며 총채 끝을 비틀었다.

챙－.

총채 자루가 길어지고 끝에서 창날이 튀어나왔다. 먼지떨이는 흑백청적황 오방색으로 변했다. 도가의 보물 중 하나인 오방기창이었다.

그는 기창을 들고 그림자를 쫓았다. 벨제뷰트를 확신했다.

그림자는 색이 없다. 천심목에 비친 망령들은 혼백에 희미한 빛이라도 있지만 벨제뷰트가 변한 그림자는 묵빛으로 주변을 잠식할 뿐이다.

오방기창이 날았다.

동건이 날린 창은 화염에 휩싸이더니 그림자로 변한 벨제뷰트를 꿰뚫었다.

-크아아악!

몸부림과 비명이 교차했다.

"네 이놈, 이래도 아이의 몸에서 나가지 않을 것이냐?"

원종이 준엄하게 질책했다.

-사, 살려만 주시오.

벨제뷰트가 애절한 사정을 했다.

"뉘우침이 없구나. 아이에게서 네놈의 징표를 거두고 물러나라."

원종이 재차 다그쳤다.

-알겠소. 그렇게 하려면 이 창을 뽑아야 하는데…….

"사제, 오방기창을 수습하시게."

"사형, 그럴 필요가 있겠습니까? 이놈을 소멸시켜 버릴 겁니다."

"쯔쯧, 알았네."

'융통성 없는 인사 같으니라고.'

원종은 혀를 찼다. 아이 심장에 새겨진 악마의 징표를 벨제뷰트에게 걷어 내게 하면 쉬운 일이었다. 한데 동건은 타협 없이 번잡스럽게 군다.

"야차는 요망한 것을 찢어발기고 나찰은 씹어 삼켜 버려라."

화염창에 걸린 벨제뷰트를 향해 나찰과 야차가 손을 뻗었다.

　－캬캬캬, 거지발싸개 같은 놈들. 위선이 구리고 구려서 냄새가 진동하는구나. 용서…… 용서는 네놈들이 받아야지.

　벨제뷰트가 태도를 바꾸었다. 약하고 비굴하게 기던 모습은 온데간데없었다.

　그림자는 물처럼 흘러 오방기창에서 너무나 수월하게 벗어나 회갈색 벽에 스며들었다.

　결국 야차와 나찰은 큰 손으로 헛손질만 했다.

　"으－음, 사악한 종자. 속은 것인가?"

　재차 원종이 천심목을 밝혔다. 하지만 회색 망령들이 벽을 만들어 혼란을 가중시켰다. 벨제뷰트가 사라졌다.

　한편.

　당골댁 점당 안, 김은자는 안절부절못했다. 그녀는 초조한 시선으로 점당 안의 네 사람을 봤다.

　벌써 며칠째인가.

　아직 한기가 드는 계절이다. 연탄불을 몇 번 갈았는지 열을 세다 말았다. 날짜로 따져 일주일이다.

　무서운 중과 당골댁 내외가 유체 이탈해 무진의 정신세계로 들어가 감감무소식이다.

　어린 무진에게는 이유식과 물을 먹이고 대소변을 가려 주고 있지만, 세 사람은 기식이 엄엄할 뿐이었다.

본시 사람이 사흘간 수분 섭취를 못 하면 죽음에 이른다. 간혹 서열 높은 신장과 접신한 무당이 닷새 넘게 유체 이탈한 경우가 있지만 지금은 기사奇事였다.

그렇다고 유체 이탈한 사람을 건들면 정신에 충격을 받을 일이라, 안쓰럽고 불안한 눈은 당골댁을 향했다.

사연은 많지만 친동기 같았다. 어려 미색도 고와 뭇 사내들 가슴을 떨게도 했지만, 대단한 남자를 만났다. 잘살겠거니 했건만 지금 가정은 온전하다 말할 수 없었다.

"이러다 시체 치우는 것 아닐랑가?"

절레절레 고개를 흔들었다. 그러더니 이내 혀를 찼다.

"쯔쯔쯧, 어이할꼬."

그녀는 점당 안에서는 특별히 할 일이 없어 밖으로 나갔다.

부엌 뒤주에서 쌀을 됫박에 퍼 담았다. 사흘 전부터 혹여 일어날까 끼니마다 쑤는 죽이다.

"아이고, 며칠째당가? 하이고메, 남은 죽이 물려 버리는고만이."

은자가 푸념했다.

벨제뷰트는 무진의 심장에 들어앉아 비웃음을 토했다. 여기서 추호도 물러날 의사가 없었다. 이 아이처럼 훌륭한 토양이 어디 있을까?

뜻 없이 뿌린 홀씨가 발아했고, 그 줄기는 저주란 열매로 맺혔다. 그리고 무려 4대를 기다렸다. 그동안 쌓인 악업을 이 아이가 혼자 짊어졌다. 어찌 기쁘지 않을까?

그래서 특별히 전생들의 업까지 뇌 속 깊숙이 각인시켜 놓지 않았는가.

이한종의 기억부터 시작해 박동건까지의 추악한 기억은 무진이 죽을 때까지 머리에서 지워지지 않게 각인했다.

무럭무럭 자란 이 아이는 성장할수록 악 그 자체가 될 일이다. 적어도 세상에 재앙을 내놓을 것이다. 전쟁을 일으키거나 그에 상응할 혼란을 초래할 요괴로 말이다.

예컨대 히틀러 같은.

그래서 절대 물러날 수 없는 자리기도 했다.

이러니 분주해야 할 벨제뷰트건만 외려 느긋하기만 하다. 무진의 정신세계로 쳐들어온 세 존재에게 한껏 궁지에 몰렸던 상황과는 전혀 딴판이다.

-캬캬캬, 멍청한 것들. 이제는 상황을 알았겠지?

비틀린 웃음이 터졌다.

방금 전까지 엄살을 떨며 반쯤 죽는시늉을 하던 벨제뷰트가 아니었다. 이 사악한 존재는 동건과 원종이 무진의 정신세계로 들어오자 시간을 빠르게 조정했다.

무진의 정신세계를 장악했으니 무엇을 못하겠는가.

엄살을 부리고 동건과 원종의 공격을 받으며 비루먹은 강아지 꼴로 움츠렸다.

하지만 함정은 여기에 있었다. 동건과 원종이 벨제뷰트를 압박한 시간이 채 몇 시간도 안 됐으나 현실에서는 7일이라는 시간이 지났다.

정신체인 벨제뷰트와 달리 무진의 정신세계로 들어온 세 존재는 육체를 기반으로 하고 있다.

그러니 답이 나와 있는 시험문제였다.

일성장군신령과 동건 그리고 원종은 급격히 지쳐 갔다.

길을 돌아 제 길로

이즘 동건과 원종은 당혹했다. 멀쩡하던 일성장군의 존재가 희미해졌다.

당골댁 원신에 문제가 붙었다는 의미였다. 천군에 비할 바 아니지만 장군 호칭을 받은 신령이다. 엿장수 가위질로 얻은 호칭이 아니었다.

동건은 아내 여진이 일성장군과 접신한 상태라 불안했다.

"사형, 오늘은 때가 아닌가 봅니다."

"지금이 때가 아니면 언제인가? 사악한 놈에게 무진이를 내주겠단 말인가?"

"……아내를 버릴 순 없는 일 아닙니까?"

잠시 침묵을 지키던 동건이 결연하게 말했다.

"좋으이. 그럼 여기는 내가 맡겠네, 사문의 유지도 있고. 아주머니가 본신에 문제가 있어 보이니 자네가 밖으로 나가 살피시게."

"그럴 수는 없습니다. 같이 가심이⋯⋯."

"으음-."

"사형도 느끼셨습니까?"

"원기가 급격히 떨어지고 있네."

"저희 본신에도 문제가 생겼나 봅니다."

"옴 아모가 바이로차나⋯⋯."

원종은 지권인智拳印을 만들어 급히 주문을 외워 본신을 살폈다.

이때 벨제뷰트가 온전한 모습을 드러냈다.

-크크크, 힘이 빠지나? 인간들은 말이야, 똥 밟으면 처음엔 모르고 여기저기 돌아다니지. 그러다 그 냄새가 솔솔 올라오면 그때서야 아 내가 똥 밟았구나 하고 알게 되지. 지금 너희들이 그래.

예의 남자 여자의 목소리가 한 단어씩 교차해 기묘했다.

"네 이놈-!"

동건이 총채를 들고 왼손으로 검결을 만들고 휘둘렀다.

텅-.

사람 손에 늑대 털을 씌워 놓은 듯한 벨제뷰트의 손이 가볍게 움직였을 뿐이었다.

그럼에도 충돌과 함께 거침없이 밀려 났다. 뛰쳐나갔던 거리의 두 배는 밀려 원종 옆까지 돌아왔다.

턱-.

다시 나가려는 동건의 어깨에 원종의 손이 올려졌다.

"시간이 왜곡되었네."

원종이 어두운 얼굴로 말했다. 동건은 한마디 말에 사태를 깨달았다.

"바깥 시간으로 얼마나 지났습니까?"

"한 이레는 된 듯하이."

"그렇게나?"

"일단 예서 빠져나감세. 뒤는 내가 막겠네."

원종이 다시 철탑을 세웠다. 나찰과 야차가 나타났다. 힘의 논리일까? 두 신장은 얼마 전만 못했다. 원기의 근원인 원종 본신이 그만큼 흔들렸다는 뜻이었다.

"오자엄신관 척탑. 나찰, 야차, 사악한 종자의 팔과 다리를 뜯어내라."

준엄한 일갈을 따라 야차와 나찰이 벨제뷰트에게 달려들었다.

두 신장은 벨제뷰트의 양팔을 잡고 당겼다. 용쓰는 모습은 역력했지만 거기까지였다.

벨제뷰트가 양팔을 안으로 당기자 두 신장이 주르륵 딸려왔다. 이내 멱살을 양손으로 틀어쥐었다.

퍽-. 퍽.

그리고 바닥에 내리꽂았다.

쩡-.

"크흑."

철탑에 금이 가고 원종과 같이 허공으로 튕겼다. 두 신장은 존재가 희미해지더니 사라져 버렸다.

"사형-."

동건은 원종의 신음에 고개를 돌렸다. 아내를 업으려다 왼손으로 부축하고는 원종을 떠안았다.

"괜찮습니까?"

그는 급히 원종의 신색을 살폈다. 얼굴이 파리했다.

원종은 미간을 좁혔다. 그러곤 고개를 흔들며 일어나려다 주저앉았다.

-크크크, 이보다 좋을 순 없군.

벨제뷰트가 세 사람 앞으로 와 거들먹거렸다.

놈은 마지막 거친 숨을 내쉬는 늙은 순록 옆을 어슬렁거리는 늑대였다. 늙은 순록이 넘어지면 내장부터 파먹고 살을 바르고 뼈를 으스러뜨려 씹어 먹는 탐욕의 짐승이었다.

그럼에도 포식자와는 어울리지 않게 눈치를 보며 동건과 원종 앞을 오갔다.

"괴악한 놈! 사형, 제가 이 뒤를 끊겠습니다. 이 사람을 부탁합니다."

동건이 비장한 표정으로 일어났다. 당골댁의 손을 원종 어깨에 올렸다.

"내 죽음으로써 너를 멸하리라. 면암회수面暗回收 심신일점 중심관心身一點中心貫. 푸—우."

동건의 입에서 붉은 피가 뿜어졌다. 진혈이 총채를 타고 오방기창의 날에 스며들었다.

파—악!

빛이 어둠을 녹였다.

동건이 제 스스로 생의 원천인 선천지기를 무너트리면서까지 선기와 진기를 극으로 끌어올렸다. 오공五孔이 토혈했지만 개의치 않았다.

붉어진 눈에는 오직 벨제뷰트를 파멸시키겠다는 의지만 담겼다.

빛이 점차 어둠을 한 점으로 몰았다.

동건이 심신을 다해 일점으로 뭉친 벽사력辟邪力이 어둠의 중심을 반쯤 뚫었다.

—크크크.

어둠에서 비웃음이 터졌다.

"으드드득."

그러나 동건은 진력이 바닥이나 절로 어금니를 깨물었다. 그러거나 말거나 벨제뷰트는 마기를 끌어올리며 비아냥거렸다.

─나를 죽이겠다는 사념이 오히려 힘을 주는구나. 그래, 그렇게 원한을 품어라.

"크윽."

벽사력이 벨제뷰트란 한계를 넘지 못하자 동건은 맥이 풀려 신음을 토했다.

'근본을…… 근본을 잊었음이야.'

도道를 행함은 하늘의 명을 좇음이다. 만사가 항상 이와 같아야 도통에 이른다.

이 이치가 벨제뷰트의 비틀린 말에 거꾸로 담겼다.

"끄르륵."

치욕은 심마가 되어 꾸역꾸역 몰려와 동건의 입과 코를 막았다. 숨이 막혔다.

"사제."

퍽.

원종이 동건의 등을 손바닥으로 힘껏 내리쳐 숨통을 트여 줬다.

원기마저 쇠약해진 원종과 동건이다. 벨제뷰트의 말에 심마에 든 동건을 위해 그가 할 수 있는 전부였다.

파리한 원종은 양손으로 동건과 당골댁을 부축하며 주춤주춤 통로를 향해 물러났다.

벨제뷰트는 어둠을 품고 건들거리며 한 발 한 발을 옮겨 원종의 등 앞에 섰다.

두 개의
심장을
가진 자

원종은 분노에 떨었지만 그가 취할 수단이 없었다.

-크크크.

박쥐 같은 벨제뷰트의 주둥이에서 괴소와 함께 걸쭉한 침이 흘렀다.

벨제뷰트가 다시 어둠에 휘감기더니 늑대 괴물로 바뀌었다.

머리가 세 개인 늑대 괴물은 여섯 개의 팔 중 셋을 뻗어 원종과 동건 그리고 당골댁의 목을 틀어줘었다.

대롱대롱 매달린 먹잇감을 향해 늑대의 머리가 입을 쫙 벌렸다.

절체절명.

원종은 눈을 감았다.

이때 괴변이 일어났다. 동건의 등에서 순백색 광휘가 터졌다.

빛은 박경덕이 지박령의 탈을 벗고 드러낸 법신이었다.

법신을 불사른 박경덕은 천둔갑을 발현하였다. 이 도력은 무진의 정신세계를 어미 새가 새끼 새를 품는 날개처럼 품었다.

-크아아아-악!

벨제뷰트가 비명을 질렀다.

원념들의 고통이 아니었다. 세상의 본질을 깨는 날카로운 벨제뷰트 본체의 신음이었다.

-Iha……vade khetari ka……hide, picana(지배……하는 영역이……여, 줄어라).

벨제뷰트는 마계 언어를 나열했다. 무진의 정신세계를 지배하던 영역을 좁혀 흩어져 있던 타락한 원념들을 줄줄이 끌어모았다.

울컹. 출렁출렁.

사악한 어둠이 빛을 뚫기 위해 요동을 쳤다. 그럴수록 빛은 성긴 그물로 어둠을 옭아맸다.

-캬-아!

-크아아악!

빛의 그물 사이로 타락한 영혼들이 튀어나오려 요동쳤다. 전쟁의 살육자, 마녀, 흡혈귀 들이 끈끈한 덩어리진 얼굴을 사특하게 디밀었다.

그러나 요지부동. 빛은 흔들림이 없었다.

벨제뷰트는 속이 탔다.

이한종이란 미숙한 악의 씨앗으로부터 발아한 저주가 박경덕부터 4대에 걸쳐 뿌리를 내렸다. 그런데 이 속박이 깨지려 하니 분노가 극에 이르렀다.

그뿐이던가? 벨제뷰트는 무진의 심장에 그의 자식을 뜻하는 종속의 숫자 666을 박아 놓았다. 게다가 그의 권능의 근원이라 할 수 있는 마계의 돌 자마트라까지 심어 놓지 않았던가.

벨제뷰트에게 무진은 물고기의 물과 같은 존재였다.

이 순백의 영혼을 타락시켜 두엄 속 거름처럼 썩혀 오염케 하고, 영혼 안에서 뱀같이 똬리를 틀고 음미하고 싶었다.

그런데 무진 못지않은 먹잇감이 셋이나 나타났다. 당연히 탐욕의 이빨을 드러냈다. 시공간을 왜곡해 원종 등의 원신을 훼손했다.

그러다 너무나 나가 버렸다. 아니, 흥분해 버렸다.

천사에 비견될 영혼을 타락시킬 생각을 하니 오르가즘이 올랐다. 쾌감이 등골을 훑고 머리카락 올올이 섰다.

종속된 타락한 영혼들이 제어되지 않을 정도로 잘 차려진 먹잇감이다.

아드득. 우적우적.

이 청백한 영혼들을 깨 씹으려 진체로 나섰다.

그런데, 그런데 발라낸 생선에 가시가 남아 있었다.

언제인지 기억도 나지 않는 오래전, 천사장 가브리엘에게 온몸이 갈가리 찢겨 세상 곳곳에 뿌려진 불쾌감이 떠올랐다.

그리고 그 느낌은 적중했다.

천관天貫의 빛은 악의 만상萬象과 뒤엉켰다. 그리고 벨제뷰트가 무진의 심상에 뿌리내렸던 악종은 의사의 손에 맡겨진 고름처럼 빨려 나왔다.

"아―. 박경덕 어르신."

원종은 안타까운 얼굴로 광휘를 바라보았다.

박경덕은 천둔술天遁術로 동건의 등에 숨어 무진의 심상 안으로 들어왔다.

비록 지박령에 불과했지만 하늘의 이치를 꿰뚫은 도의 최고봉에 섰던 이 도인은 남달랐다.

도력을 넘어 선술仙術의 이치에 다다른 천둔술의 천관天貫은 천명을 얻은 그가 숨겨 둔 한 수였다.

이 비장의 선술을 쓰기 위해 동건이 진혈을 토할 때도 참았다.

마침내 벨제뷰트가 진체를 드러냈고, 영력의 파편 일부를 산화시켰다. 동시에 영혼도 태웠다.

물론 벨제뷰트의 소멸은 기대하지도 않았다.

사라지지 않을 존재. 그 존재가 무진 영혼에 남긴 악업만이라도 천관의 불로 씻기고 걷어 내면 족했다.

그의 바람은 이루어진 듯했다.

─끼아아아─악!

벨제뷰트의 비명이 길게 이어졌다.

하지만 벨제뷰트도 이대로 물러나지는 않았다. 최후의 패를 썼다.

천관의 빛, 천둔갑에 벨제뷰트는 그 정신체를 자마트라로 대체시키고, 여섯 번째 붉은 눈의 진체를 드러내 성긴 빛의 그물을 뚫고 원종과 동건 그리고 당골댁을 집어삼키려 달려들었다.

두 개의
심장을
가진 자

동건은 원종과 당골댁을 밀치고 커다란 붉은 눈의 앞을 막아섰다.

"급급여율령 진체 광명."

찌-익.

주문을 외우며 동건은 도포의 왼쪽 소매를 찢어 펼쳤다. 도가의 비법이자 보물인 현천지서玄天之序가 적힌 비결이 푸른 빛으로 변하며 붉은 눈을 막아섰다.

세 사람을 집어삼키려던 붉은 눈은 기세가 확연히 줄어들었다.

하지만 현천지서의 비결은 여기까지였다.

붉은 눈은 동건을 집어삼키고는 점점 작아지더니 사라져 버렸다.

더불어 천관의 빛 역시 검은 안개를 감싸더니 무진의 정신세계 안으로 사라져 버렸다.

어둠이 점점 사라지고 회갈색으로 오염된 무진의 정신세계가 흰 방으로 바뀌었다.

"하-아."

원종은 긴 한숨을 내쉬었다.

언제 그랬냐는 듯, 수마水魔 같은 고난이 할퀴고 간 자리에 새싹 돋아난 들판처럼 생기를 띤 무진의 정신세계가 보였다.

그러나 동건의 혼령은 어디에도 찾아볼 수가 없었다.

원종은 시름이 깊어져 진언을 외웠다.

"옴 마니 옴 나무 사만다 못다남……. 어찌한단 말인가?"

분명 마구니에게 동건의 혼령이 끌려갔는데, 동건의 행방도 쫓아갈 단서도 없었다.

이런 기사는 듣도 보도 못한 일이라 원종은 갈피를 잡지 못했다.

결국 원종은 당골댁을 데리고 복귀했다.

어린 무진이 눈을 떴다. 온당히 어미를 생각했는데 그 눈에 들어온 이는 은자 이모였다.

"하이고미 불쌍헌 것."

은자가 무진을 껴안았다.

병한 눈을 한 무진이 초점 없는 눈으로 주변을 살폈다.

"엄마?"

그는 어미새를 찾는 새끼의 본능처럼 방 안을 둘러봤다. 하지만 점당 안에는 당골댁이 없었다. 흰 수염을 한 스님과 은자 이모뿐이었다.

"아이야, 괜찮느냐?"

원종이 물었다.

무진은 여전히 병한 눈으로 은자 이모를 좇았다. 그나마 의지할 사람은 그녀뿐이었다.

두 개의
심장을
가진 자

"너희 부모는 당분간 만날 수 없다. 나를 보거라."

매몰찬 원종이다.

"스니임, 말이 워찌 그리 얼음짱이다요."

타박하며 은자가 눈물범벅인 얼굴로 무진을 껴안았다.

은자는 무진에게 반백치가 된 제 아비 동건과 여진 부부를 보여 줄 수 없었다. 잠시 옆집에 부부를 옮겨 놨다.

"이구, 이 이쁜 거시이 워쩐데."

"크흠, 제 복인 겨. 자네는 무진을 추스르게. 난 길 떠날 준비를 함세."

원종이 자리를 털고 일어나다 비틀거렸다. 탈진한 데다 원기가 크게 손상됐으니 거동하는 것 자체가 정신력이었다.

탁―.

방문이 닫히자 무진이 은자 품을 벗어나 이불 위에 돌아눕더니 베갯잇에 얼굴을 파묻었다. 어깨를 들썩이는 게, 울고 있었다.

은자는 무진 어깨에 손을 얹으려다 멈칫했다.

차라리 실컷 울고 나면 자리를 털 아이였다. 동기 당골댁이라면 필시 그러했을 일이다. 그녀는 한동안 무진을 보는데 애가 이상했다. 급히 애를 뒤집었다.

무진이 눈자위가 까무러지며 온몸을 떨었다.

"스님, 이 애가 왜 이런다요?"

은자가 문을 벌컥 열고 마당에 선 원종을 재촉한다. 어여

와 애를 보라고 연방 손짓이다.

"제 놈 업인 게야. 마구니가 온 정신을 헤집어 놨으니 온전할까? 쯧쯧쯧."

원종이 끌탕이다.

'도력 높은 도인이나 불력 깊은 승려도 헤쳐 나가기 어려울 고난을 애가 빠져나올까.'

말과 달리 그의 속도 시꺼멓게 탔다.

두 사람의 걱정처럼 무진은 정신이 없었다.

벨제뷰트와 함께 소멸한 경덕이 미처 생각하지 못한 것이 있었다. 무진의 악몽으로 남은 기억의 편린들.

그가 벨제뷰트가 뿌리내린 악업을 걷어 갔지만, 이한종과 이한종이 사람들을 죽이고 얻은 수많은 악행의 사념들, 그리고 경덕 3대에 걸친 악행은 온전히 무진의 머리에 판화처럼 새겨졌다.

수천의 범죄와 수만의 악행의 생경함을 말이다. 이것이 무진에게 날카로운 그늘로 자리했다.

무진은 너무나 무서웠다. 세상은 어둠으로 물들었다.

그래서 도망가고 싶었다.

"아아악!"

무진은 비명을 토하며 일어났다.

사방을 둘러보며 어미 당골댁을 찾았다. 오로지 그 생각 하나였다. 어미를 찾아 뛰쳐나갔다.

"무, 무진아!"

은자는 무진을 쫓아 뛰어나갔지만 아이의 뜀박질을 쫓지 못했다.

무진은 어두운 골목을 빠져나가 버렸다.

상욱을 간호하던 덕치는 동공이 급격히 흔들렸다.

죽은 사람처럼 미동을 하지 않던 상욱에게서 세상에는 존재하지 않는 미증유의 기운이 피어났다.

이 기운은 회갈색 안개로 피어나 무진의 코로 흡입됐다.

쾅. 쾅. 쾅.

화엄정사의 마루가 신음을 토하더니 내전 문이 벌컥 열렸다.

"어찌 된 일이냐?"

원종은 무진의 상태를 살피더니 당황스러운 얼굴이 됐다.

그는 제자 한두전까지 부안으로 불러 적멸보전에 있었다.

감운천과 가민우를 요괴의 뒷배로 여긴 그는 이 문제로 한두전과 이런저런 이야기를 나누는 중이었다.

그러다가 어마 무시한 기운에 급히 달려왔다.

"응? 박상욱이 왜 여기에?"

한두전이 원종을 쫓아 문턱을 넘다가 누워 있는 상욱을 보며 의혹에 차 물었다.

"무진이를 아냐? 아니다, 이 이야기는 나중에 하자. 덕치는 무진이를 제마동制魔洞으로 옮겨라."

"네."

평소와 달리 덕치는 토를 달지 않고 상욱을 안아 들었다.

그는 수미다라니의 내공을 전신에 퍼트려 금빛 불광으로 혼원과 같은 무진의 기운을 막았다.

본시 전북 부안에 위치한 총지종의 말사 부사의암은 명당 정혈 중 탁목앵혈지啄木鶯血地로, 산자락 위 과협(고갯마루)에 걸려 양강지기가 모이는 장소다.

그 형상이 딱따구리의 목에서 토해진 피와 같고, 대지가 위기(바둑판)의 형국이라 새벽에 솟구치는 태양의 정기를 받아 저녁까지 그늘이 지지 않는 정양의 발본이었다.

그 위에 부사의암이 들어섰고 그중 내명당의 중심이 적멸보전이었다. 그리고 제마동은 그 아래에 있었다.

덕치는 상욱을 어깨에 들쳐 메고 그 적멸대전으로 들어와 비로자나불의 법신이 있는 법사祭壇의 천을 걷었다.

자단목으로 된 1미터 남짓의 미닫이문을 열었다.

휘이잉.

시꺼먼 동굴이 드러나며 찬 바람이 빠져나왔다.

덕치는 허리를 숙이고 일말의 주저함이 없이 안으로 들어갔다.

특이하게도 아래로 향하는 계단은 내려갈수록 밝아지더니 바닥에 도착할 때는 주변이 환했다.

10미터 천장과 높이를 같이하는 고창(빛을 받아들이는 창문)은 특이하게도 비스듬히 나 있었는데, 그곳으로 햇빛이 스며들었다.

그리고 사방 100미터나 되는 이 지하 석실의 구조는 독특했다. 동굴을 개축해 바위와 바위가 얽혀 큰 공동을 만들고 안쪽에는 칠흑의 연못이 있었다.

게다가 중앙에는 정방형 돌침대가 놓여 있는데, 햇빛은 고창의 반대쪽 벽에 붙은 거울을 통해 그곳을 비쳤다.

"무진이를 누이고 족쇄를 채워라."

덕치를 따라 들어온 원종이 돌침대를 쓸며 말했다.

철컥. 철컥.

덕치는 상욱을 돌침대 위에 눕히고, 쇠사슬이 달린 회색 족쇄를 사지에 채웠다.

"으흐흑."

상욱은 정신이 혼절한 이 와중에도 결박되자 몸을 틀어 벗어나려 했다.

철그럭. 철그럭.

족쇄에 달린 쇠사슬이 요동을 쳤다.

"너는 단공쇄斷功鎖를 바짝 당겨라. 난 퇴침혈주退沈穴柱를 세울 테니."

원종은 돌침대 위로 가 돌출된 돌을 누르자 상욱 뒷머리 아래에서 3센티미터의 검은 금속이 튀어나왔다.

덕치는 돌침대 아래쪽으로 가 허리를 숙였다.

밑에는 쇠사슬 네 개가 바닥에 고정되어 있었는데, 상욱을 결박한 족쇄가 돌침대에 난 구멍을 통해 연결이 되어 있었다.

이 쇠사슬을 잡아당기자 무진의 팔다리를 채운 족쇄가 돌침대에 딱 고정됐다.

"휴-우."

덕치는 허리를 세우며 사문의 보물 중 하나인 보양혈침寶壤血沈에 결박된 무진을 살폈다.

다행히 상욱의 회갈색 혼원지기가 가라앉는 중이었다.

"무슨 일인지 모르지만, 정신을 잃은 사람을 이렇게 묶어놓을 수도 없는 일이 아닙니까?"

뒤쪽에서 이 상황을 멀뚱멀뚱 바라보던 한두전이 원종에게 물었다.

"워미, 사숙은 보고도 모른당가? 저 괴악스러운 기운을 어찌 감당한다고."

"덕치의 말이 맞다. 무진이가 품고 있는 저 기운, 마기는 아니지만 마기보다 더 무섭구나."

상욱에게 뿜어지는 회갈색 기류를 보며 원종의 눈빛이 어두워졌다.

"그보다, 박상욱 경감이 이 지경으로 왜 여기에 와 있는 것입니까?"

한두전은 내내 궁금했던 말을 했다.

"무진이의 다른 이름이 상욱이더냐?"

오히려 원종이 되물었다.

"박 경감은…… 특수수사대 형사입니다. 제 후임으로 마음에 뒀던 친구입니다."

"뒀던?"

"스승님이 감당하지 못할 능력이라면 제자리는 아니라고 봅니다."

"전횡을 할 수 있다."

"네. 저 괴상한 힘에 국가권력을 등에 업는다면 누가 그를 제어하겠습니까?"

"하기는, 그건 그렇고 저 아이에 대해 아는 대로 말해 봐라."

원종의 눈에 회한이 들어찼다. 어떻게 살았는지 본인 입으로 듣고 싶었지만 그의 손으로 사달을 냈으니.

"고아로 자랐고, 군에 몸담고 있다가 경찰에 투신했습니다. 특이할 만한 사항은…… 고평환과 인연이 있어 충정회의 일원이지 않나 추정하고 있습니다."

"확실히 이 아이는 고평환의 독문무공 일기통천록상의 무술을 썼다."

"그런데 박 경감이 왜 여기에 있습니까? 그리고 무진이라고 부르던데 다른 신분이 있습니까?"

"휴―우, 박동건이라고 알고 있느냐?"

"박동건? 아― 네. 어암서원의 젊은 사숙이 아닙니까? 하지만……."

"그래, 그의 아들이 무진이다."

"이중 신분이었습니까?"

"그건 아니다. 일이 어떻게 된 것이냐면……."

원종은 과거 상욱이 마귀에 들려 축마의식逐魔儀式을 벌였고 그 과정에서 동건과 동건의 처가 어찌 됐으며 그가 잠시 자리를 비운 사이 무진이 반쯤 미쳐 집을 뛰쳐나가 행방이 묘연해진 일을 이야기했다.

그러다 안찬수가 창당을 할 수밖에 없었던 연판장 사건의 원인인 요괴를 요 몇 달을 쫓던 중 무진과 다툼이 있었던 과정을 말했다.

"그럼 박 경감이 마귀에 씌었고 저 기운이 마기란 말입니까?"

"글쎄다."

원종은 속이 탔다. 무진의 정신세계에 넘어갔다 온 그다. 당시 벨제뷰트의 기운과 달랐지만, 그렇다고 확연히 달라 보이지도 않았다.

"그렇다고 이대로 묶어 놓을 수만도 없지 않습니까?"

"어찌 이런 변고가 생겼는지. 일단은 지켜볼 수밖에."

원종은 눈을 감고 말았다.

"아따 사숙은 저그시 뭔지 몰라서 그라는디. 저곳을 보양혈침이라 허요. 거시기 뭐냐, 그랴 만년온옥萬年溫玉으로 맹글어졌는디 축마에는 왔다고만."

"보양혈침?"

한두전이 원종을 보며 답을 구했다.

"너는 기명제자라 이곳이 처음일 게다. 이곳은 예전에 조사들께서 축마를 하던 장소다. 그리고 덕치가 만년온옥이라 했는데 과장을 좀 했다. 원래 천연 동굴이었던 이곳에 있던 만 근 무게의 온옥 바윗덩어리를 침대처럼 깎았다고 하더라."

"대단하군요. 만 근의 온옥이라니."

"대단하기는 조사들께서 더하시다. 이 지하 공동에 석굴암의 원리를 적용해 태양의 움직임에 따라 빛의 초점이 혈침에 집중되게끔 개축했다. 따라서 이 온옥의 효용을 극대화해 만년온옥에 비견될 만하다. 또한 뒷머리의 혈穴인 염천, 풍부, 옥천 등을 흑철단괴로 만든 퇴침혈주가 통제한다. 이 두 기물의 마기를 차단하는 효능은 무엇으로도 따라갈 수가 없다."

"아, 그래서 그를 보양혈침에 제압해 놓았군요."

"그렇다. 이것이 무진을 위한 최선이다. 일단 무진 저 아이 스스로 깨어나길 기다려 봐야지."

"하지만 저리 방치해도 되겠습니까?"

"걱정하지 마라. 음습하고 끈적이는 저 기운이 굉장하기는 하다만 저보다 더한 광기를 보이는 자도 숱하게 봐 왔다."

"아따 사조가 어련히 알아서 하거소이. 우리는 쪼까 나갔다 해지럼 판에나 오면 되것고만. 얼릉 싸게 갑시다."

덕치가 한두전과 원종의 팔을 잡아끌었다.

"예끼 놈, 어영부영 따라나설라고. 네놈은 여기 남아서 무진이를 살펴야지."

원종은 한두전을 잡은 덕치의 손을 털어 냈다. 그리고 한두전과 같이 적멸보전으로 올라가 버렸다.

망연자실한 덕치.

"아이 쌍, 나만 갖고 그래."

상욱에게 눈을 고정시킨 채 그의 투덜거림은 계속됐다.

상욱의 의식은 혼미해지고 지독한 악몽 속에 빠져 있었다.

너무나도 생소한 대지와 하늘 그리고 생물들 그리고 감히 채울 수 없는 긴 세월의 일들이 진열됐다.

마왕 에블리스의 과거였다.

이철로와의 싸움으로 인해 천둔갑이 크게 흔들려 1차 각성을 한 이후, 다시 원종으로 인해 2차 각성에 접어들었다.

가슴에 자리했던 자마트라가 용해되어 상욱이 악몽을 꾸는 사이 혈관을 타고 온몸을 헤집었다.

에블리스의 파편이 그의 전두엽에 깊게 각인되었다.

인간의 뇌로는 감히 수용할 수 없는 지난한 세월의 기억이었다. 그래서 자마트라는 본연의 의지와 무관하게 스스로를 용해했다.

이것은 상욱의 혈관을 거쳐 뇌로 이동해 깊은 골을 만들었다.

더불어 뇌간이 벌어지고 주름이 생성되자 이를 유지하기 위해 뇌혈관도 동시에 확장할 수밖에 없었다. 자연히 뇌세포가 급증됐다.

그뿐만 아니라 기억과 사고를 통제하는 대뇌피질의 두께가 늘어났다.

본시 인간 평균 몸무게의 2%에 불과한 뇌가 인체로 들어온 산소에 20%를 사용한다. 또한 평범한 인간은 기억하고 사고하는 뇌의 활용도가 10%에 지나지 않았다.

뇌의 역할이 그러한데 이런 기능들이 확장됨으로써 상욱의 뇌의 기능은 80% 가깝게 신장했다.

이런 결과로 인해 상욱은 마왕 에블리스의 권능을 뇌에 차곡차곡 각인했다.

마왕의 기억은 길고도 격렬했다.

에블리스의 태생은 초라했다. 마계의 나무 괴물 욜몬의 족장 아버지와 다크엘프 카탈라족 어머니 사이에서 마물로 태어났다.

그는 마계 서열로 따지면 비천하다 못해 비루했다.

그러나 다크엘프의 피를 받아 외모만은 으뜸이라, 그의 아비 욜몬의 족장 하탄은 그를 서큐버스의 여왕 타이락에게 성노로 진상했다.

에블리스는 성노로 있으며 그의 가치를 성심성의껏 요령 피우지 않으며 몸으로 증명했다.

그렇게 해서 타이락으로부터 '타락의 도끼질'과 '욕망의 뜀질'이란 보잘것없는 전투술을 얻었다.

그리고 몇 해가 지나 성년이 된 에블리스의 손에 팽이가 베이고 근육이 커지며 용력은 마물들 상위에 이르렀다. 그 급부로 어리고 부드러운 피부를 좋아하는 타이락은 그를 점점 멀리하더니 종국에 가서는 내쳤다.

성노에서 일반 노예로 변한 에블리스는 마계 제2,999대 마왕좌 쟁탈전에 전투 노예병으로 참전을 하게 됐다.

생존을 위한 투쟁의 연속이었다.

에블리스는 살기 위해 강해져야 했고, 마족으로 성장해서 강자에게 잡아먹히지 않기 위해 죽도록 노력해야 했으며, 마왕이 된 이후로는 존재하기 위해 성장해야 했다.

에블리스는 강해지기 위한 수단과 방법으로 비겁과 비열이 수치인 줄 몰랐다.

결국 수백 년을 싸우는 제2,999대 마왕좌 쟁탈전은 그를 마물에서 마계 귀족으로 바꾸었고, 종국에 가서는 제 열한 번째 마왕 절망의 살케르를 참함으로써 그 자리를 승계했다.

게다가 제1마왕 벨제뷰트의 양자로 들어갔으니 그 권세는 하늘을 찔렀다.

그리고 이 과정에서 에블리스가 습득한 권능 하나하나는 마계를 뒤집고도 남을 가공한 것들이었다.

그 첫째는 무기술의 최고봉인 피의 전율이고, 둘째는 카르마를 지닌 것을 죽임으로써 방출하는 음차원 마나 카르와 정신을 착취하는 극자흡성極磁吸性의 원리를 가진 악업의 불이며, 셋째는 뱀파이어의 여왕 사란 고네트를 죽이고 빼앗은 뱀파이어릭으로, 살아 있는 것들의 근육과 혈행 그리고 마나를 보고 적의 움직임을 예측할 수 있었다.

넷째는 최상위 마족이 지닐 수 있는 권능의 지배로 욕망의 하울링을 통해 주변을 장악하는 기술이었고, 다섯째는 그가 열한 번째 마왕이 되자 벨제뷰트가 선물한 괴뢰傀儡의 고리 인형술이자 최고의 경지 절대매혹 지히브였다.

여섯째와 일곱째의 권능은 마왕으로서 가질 수 있는 파멸의 술법들이었다.

이런 기억들을 지닌 에블리스의 파편이 시공간을 넘어 상욱의 육체에서 깨어나 정신을 점령하려 했다.

"크흐흑."

철그렁. 청. 청.

상욱을 강제하고 있는 단공쇄가 끊어질 듯 요동을 쳤다.

그럴수록 상욱의 뒷머리에 혈을 자극하는 흑혈단괴로 만들어진 퇴침혈주는 보양혈침에 저장된 탁목앵혈지의 양강지기를 뿜어냈다.

"크아—아!"

상욱은 목이 터져라 비명을 질렀다.

뇌를 점령하고 있는 자마트라 기운과 이놈을 몰아내려는 보양혈침의 항마지기의 싸움이 본격적으로 일어났다.

고통은 상상을 초월해 상욱은 참을 수 없었다. 게다가 자마트라는 저항을 받자 본색을 드러냈다.

"크르륵."

상욱의 뇌를 확장하고 남은 자마트라는 혈관을 타고 흐르다 제 정체성을 보호하려 했다. 상욱의 코와 입을 통해 회갈색 안개로 토해졌다.

이 기운이 상욱의 전신을 감쌌다.

쿵. 쿵.

상욱의 몸이 보양혈침 위에서 튕겨 올라갔다 내려오기를 반복했다.

"이런."

덕치는 상욱의 변화에 크게 놀라 일어났다.

'어쩐다.'

사조 원종을 부르러 갈 것인지 상욱에게 일어나는 사태를 진정시킬 퇴마 의식을 진행해야 할지 잠시 기로에 섰다.

두개의
심장을
가진자

"참말로 징하구만이. 이런 소란이면 누구라도 좀 빨랑 오지."

투덜거리는 덕치는 말보다 손이 더 빨랐다.

회색 승복 소매로 오른손을 집어넣고 빼내자 붉은 가사와 염주가 딸려 나왔다. 붉은 천으로 된 가사를 왼쪽 어깨에 얹고 벽조목으로 된 염주는 오른손에 걸고 결수인結手印을 맺었다.

"스왓까토 바가와타 담모 산잇되긴 아깔리고 예이빠싯고……."

축귀경 반조해야함경을 게송하며 수미다라니 내공을 끌어올렸다.

덕치의 얼굴이 근엄해지며 온화한 미소와 함께 금빛 불광이 어깨 위로 피어올랐다.

그는 오른손으로 붉은 가사를 잡아 허공으로 던졌다.

팡-.

사각으로 펴진 붉은 가사가 잠시 허공에 멈추자 왼손으로 오른 손목을 잡고 결수인을 맺은 오른손을 빠르게 움직였다.

금강법신을 이룬 황금빛 덕치의 오른손 끝에서 나온 수미개자는 수인을 따라 붉은 가사에 금빛 원을 그렸다. 이어 육자대명왕진언 옴마니반메훔 산스크리트어 여섯 글자가 원을 따라 새겨졌고, 원 안에는 결계를 뜻하는 지권拳圈이 자리했다.

삼매형지권관三昧形摯圈觀.

귀신을 잡아 물리친다는 축귀진법이 붉은 가사 법의法衣에 자리했다.

이것이 천천히 상욱의 몸 위로 내려앉았다. 그리고 법의는 수의壽衣처럼 상욱을 칭칭 감았다.

"으으으윽."

상욱은 결계에 제압되어 온몸을 떨었다.

탁. 탁. 탁.

그때 발소리와 함께 덕치 옆에 원종과 중년의 스님 둘이 내려섰다.

세 사람은 어느새 결가부좌를 틀고 앉아 반조해야함경을 읊조리는 금강법신의 덕치와 상욱을 번갈아 봤다.

원종은 고개를 들어 고창을 봤다.

날은 어두워져 별빛이 창을 통해 보인다. 그러자 엄지로 손가락을 헤집다 신음을 토했다.

"으음, 하필 망월의 사리 때라니. 이놈 고생길이 열렸구나."

"이 아이를 어찌하시렵니까?"

중년 스님은 덕치를 향해 턱짓을 해 물었다.

"네 제자라고 감싸는 게냐? 이미 너만큼이나 큰 아이다. 그래, 네가 나라면 어찌하겠느냐?"

"스승님, 덕치를 그만 다그칠 때도 되지 않았습니까?"

두개의
심장을
가진자

덕치의 스승 법광은 원종을 애증 어린 눈으로 봤다.

"외양이나 재질 그리고 성질이 나와 같은 놈이다. 마음에 무거움이 들어차기 전에는 언제고 사고 칠 놈이야. 이미 한 번 저질러 놓기도 했지 않았느냐?"

"그게 몇 해 전 일인데……."

"법광아, 조약돌이 둥근 것은 풍파에 단련되어 그러하다. 몇 해 더 구르면 저놈이 날 잡아 흔들어도 품 밖에 내놓을 테니 너무 걱정 말거라. 그리고 어찌하겠냐고? 저놈 혼자서 무진 저 아이의 기운을 감당하기에는 어림도 없으니 당연히 도와야지. 준비하거라."

원종의 말처럼 상욱의 몸에서 뿜어져 나오는 기운에 붉은 가사가 풍선처럼 부풀어 올라 있었다.

원종이 먼저 덕치의 뒤에 앉아 결가부좌를 했고, 그의 두 제자들은 좌우에 앉았다.

"옴마니반메훔."

고승 반열에 든 세 중의 육자대명왕진언 게송은 곧 격체진력으로 이어졌다.

날이 밝았다.

금강법신의 불력을 삼매형지권관에 불어 넣어 상욱의 육체에 붙은 마왕의 진력을 통제하려는 네 중의 노력은 가상했다.

온몸이 땀에 절었고 흰 기운이 그들의 어깨와 머리에서 피어올랐다.

때마침 고창을 통해 태양광이 상욱이 누운 보양혈침에 쏟아지며 양강지기가 더해졌다.

삼매형지권관이 새겨진 붉은 가사는 상욱의 몸을 바짝 쪼여 가며 마왕의 기세를 잡아 진정 국면을 맞는 듯했다.

하지만 이것은 일시적 현상에 불과했다.

쾅-. 쾅.

상욱을 억압하고 있는 단공쇄가 금이 가며 위로 펄쩍 뛰어올랐다. 그리고 붉은 가사가 부풀어 오르더니 터져 버렸다.

펑-.

"크흑."

"으윽."

덕치가 입에서 핏물을 토하며 뒤로 튕겼고 뒤를 받치고 있던 세 고승들 역시 앉은 상태로 밀려 났다.

"크크크크, CÐaðaℲa ßℇÆℍa(나약한 족속들). 내 몸에서 나가!"

상욱의 입에서 괴이한 웃음과 함께 이상한 말이 튀어나왔다.

그렇다. 지금 상욱은 마왕 에블리스의 파편과 치열한 전투를 치르고 있었다.

처음에는 뇌의 대뇌피질과 혈관이 확장되고 뇌간의 골이 깊어져 세계의 비밀을 들여다볼 정도로 자마트라는 큰 혜택으로 다가왔지만, 그 후부터는 포식자로 변했다.

상욱의 정신을 잡아먹으려고 안달이 났다. 기억을 전이해 상욱과 에블리스의 정신을 동조시켰다.

혼미한 상욱의 정신에 파고들어 너와 내가 하나라는 의식을 심어 두고 침잠해 갔다.

이대로 시간이 지났다면 이계의 마왕이 지구에 강림했을 것이다. 하지만 세상의 인과율은 성성하지만 빠질 구멍이 없었다.

덕치의 불력이 담긴 삼매형지권관의 법의가 상욱의 정신을 일깨웠다. 그리고 계속해서 주입되는 법력은 상욱의 정신을 일으켜 세웠다.

그사이 상욱의 팔만사천모공과 기경팔맥은 극한과 극열을 오가는 지옥을 맛보았다.

금강법신의 불력과 마왕의 진력이 이곳을 오가며 각자의 길과 영역을 만들려고 허물었다가 새로 세우기를 반복했다.

죽을 만큼의 고통이 있었지만 아예 손해만 있지는 않았다.

내공의 통로인 기경팔맥은 붉은 뱀이 진흙을 기어가는 형국이라 일컬어지는 적사굴신赤蛇屈身의 경지를 초월했다. 생사혈관이라는 임맥양독이 절로 뚫렸다.

상욱의 정신과 신체가 어땠건 두 기운의 싸움은 계속되었다. 그러나 한낱 인간에 불과한 상욱이 수천 년을 살아온 마왕의 정신을 능가할 순 없었다.

에블리스의 파편은 상욱의 정신을 점점 잠식해 갔고, 금강법신의 불력에 움츠렸다가 그 탄성에 반발하여 크게 기운을 폭발시켰다.

그리고 마왕 에블리스가 상욱의 몸에서 기지개를 켰다.

상욱의 의지는 사그라지고 육체는 점점 마왕에 맞게 변이를 했다. 그 징조가 상욱의 몸 곳곳에서 나타났다.

검은 눈동자가 표범의 그것처럼 노랗게 변하고 피부색이 청동빛으로 바뀌었다. 근육은 부풀어 올랐고 뼈는 커지고 단단해졌다.

마계 열한 번째 마왕 에블리스가 꿈틀거렸다.

원래 자마트라는 지구에서 절대 용해될 수 없는 조건을 가졌다.

마계의 열한 번째 에블리스의 머리와 심장의 일부가 변한 이 돌은 마왕 벨제뷰트의 통제하에 있었다.

그리고 이것은 벨제뷰트에 의해 인형이 된 마왕 레포칼레의 심장을 대신했다.

간혹 자마트라가 살육을 일으킬 전쟁광에게 심어지기도 했다. 이때는 악마의 돌로서 전쟁광 마음의 악을 깨우는 방편에 불과했다.

그러던 것이 상욱의 심장에 들어오면서 그 시작부터 문제가 발생했다.

박경덕의 천둔갑에 결계가 지어졌다.

스스로 육체를 폭파시켜 잠들었던 에블리스의 파편은 소멸의 위기에 처하자 각성을 해 나갔고, 또한 숙주인 상욱이 육체적 타격을 받자 점점 용해되었다.

무엇보다 결정적으로 이철로와의 싸움에 이은 원종의 공격은 천둔갑을 허물며 자마트라가 완전 용해될 기회를 제공했다.

용해된 에블리스의 파편은 혼미한 상욱의 혈행을 따라 뇌로 들어서자 기회를 놓치지 않았다.

마왕의 권능인 부활의 강을 상욱의 뇌에 흘렸다.

그 결과로 에블리스의 정신이 부활했다.

다만 상욱의 저항도 만만치 않았고, 불문의 금강법신을 이룬 덕치와 총지종 세 고승의 삼매형지권관의 결계는 끈질기게 에블리스를 방해했다.

서서히 깨어난 에블리스는 마지막 여력을 쥐어짜 일곱 번째 권능인 부활의 강을 폭발시켜 정신에 이어 육체를 지배했다.

상욱의 정신은 점점 지쳐 갔다.

말이 이틀이지, 온몸을 쥐어짜는 고통 속에서 의지를 날카롭게 세운다는 것은 쉽지 않은 일이었다. 그럼에도 정신은 육체를 독려해 천둔갑의 내공을 일으켰다.

하지만 단전에서 나온 내공은 에블리스 기운인 악업의 불과 합쳐져 음습하고 끈적이기만 했다.

이철로와의 싸움 이후 자마트라가 가슴 중앙에 위치했을 때 수월하게 내공과 이 음습한 기운을 분리하던 전과는 비교할 수 없었다.

잠시나마 그의 몸으로 불력이 들어차 육체를 가다듬었는데 한순간에 상황이 바뀌었다.

에블리스의 폭발적이 기운이 그의 육체에서 터지며 정신은 흐물흐물 점점 혼미해졌고, 육체는 마왕의 기운으로 넘실거렸다.

본능만 남아 천둔갑의 내공을 순환시켰다.

'마지막이다. 이대로 소멸되는가?'

이러한 상욱의 절규는 한 점 바람 앞의 등불처럼 흔들렸다.

그때 단전과 양어깨의 신주혈에서 푸른 기운이 꿈틀거렸다. 그의 몸에 남은 한 줌도 되지 않는 천둔갑의 내공이 발악했다.

정신의 마지막 불꽃이 산화하는 와중에도 상욱은 이 빛이 너무나 아름답게만 보였다.

그때 천둔경의 끝자락을 장식하는 구절이 벽력성처럼 온몸을 할퀴고 지나갔다.

만형천관萬形天貫 역즉성단逆卽成丹.

만 가지 형태의 본질은 하늘의 것, 이를 꿰뚫고 거스르면 이것이 곧 단丹이다.

즉, 어떤 것이라도 성질을 바꾸면 곧 단전에 가둘 수 있다는 뜻이다.

점수돈오가 이럴까?

깨달음을 향한 끝없는 정정진正正進의 탐구가 죽음과 같은 한순간에 피어올랐다.

파—악.

상욱의 등 양쪽 신주혈에서 출발해 옆구리를 타고 단전에 이르는 푸른 빛이 날개처럼 퍼졌다.

천둔갑天遁鉀.

하늘의 방패와 갑옷이 상욱의 몸에서 펼쳐졌다.

상욱은 도가의 최고 이치 중 하나인 천관지도天貫之道에 이르는 마지막 단계 보정행공寶精行功의 길에 들어섰다.

시리도록 아득한 선기가 고창을 통해 하늘과 연결되었다.

상욱의 영령英靈은 그 길을 따라 올랐다. 넓은 대우주의 광활함을 잠시 엿보고 내려왔다.

1초도 안 되는 찰나, 심심미묘深深微妙한 등선의 경계였고 그만한 감동과 깨달음을 줬다. 감히 말로써 표현을 할 수 없었다.

상욱은 만물의 형질이 어떤 힘을 갖고 있든 그 물리력의 상성을 뒤바꿀 이치를 깨달았다.

그것이 마왕의 기운이건 악마의 기운이건 상관이 없었다.

특히나 이 깨달음은 마계 열한 번째 마왕 에블리스가 그의 뇌 영역을 확장해 놓은 것이 원인이었다.

예전의 자의식이 바다에 떠 있는 유빙 중 표면에 드러난 빙산의 일각이었다면, 지금의 자의식은 바다 수면 아래 숨겨진 유빙의 전체에 해당됐다. 뇌의 영역이 광활한 우주의 비밀을 본 결과는 실로 놀라웠다.

육체를 지배하던 에블리스의 기운이 천둔갑의 역즉성단에 의해 내공으로 변환되어 차곡차곡 쌓이자, 마왕 에블리스의 정신은 언제인지도 모르게 소멸되어 버렸다.

그에 따라 단공쇄에 속박되어 있던 상욱의 육체도 변화되었다.

천둔공의 묘용은 놀라운 것이었다. 속박을 받고 있던 상욱의 양손은 자연스럽게 축골공縮骨功을 이뤄 그 굵기를 줄이더니 단공쇄에서 벗어났다.

누워 있던 상욱이 일어나 결가부좌를 틀고 앉았다.

상욱의 몸 전체에서 상서로운 푸른 기류가 피어오르더니 이것들이 점점 모여 반투명한 푸른 기의 향연을 펼쳤다.

한동안 이러한 형상을 유지하더니 푸른 기가 둥글게 모여 상욱의 백회혈과 연결돼 자리했다.

둥글게 모인 이 푸른 기의 덩어리는 영역을 확장하려고 튀어나가려 했다. 그 형국이 마치 연꽃이 활짝 핀 모양으로 변

두 개의
심장을
가진 자

했다.

원종은 세 명의 총지종 제자들과 경이로운 이 광경을 목격했다.

방금 전까지와 전혀 상반되어 삼천시방세계의 수라의 왕 비로자나불과 같아 보였다.

돌아보니 얼마나 놀랐던가!

마귀에 씌인 상욱이 헤어나지 못하자 덕치가 금강법신을 이뤄 삼매형지관의 법술까지 펼치고도 모자라 그와 그의 제자 둘이 합세해 마기를 억눌렀다.

하지만 마기가 보란 듯이 폭발을 하더니 그와 총지종의 제자들을 날려 버렸다.

괴력난신의 마귀가 탄생하는 순간이라 원종은 크게 절망했다.

그런데 이변이 일어났다.

상욱의 정수리에서 나온 빛이 고창을 통해 하늘로 일로관통 하더니 푸른 빛에 쌓였다.

'설마 우화등선은 아닌가?'

원종의 걱정은 기우에 불과했다.

상욱을 중심으로 뭉쳤던 기운이 서서히 걷히며 일부는 백회혈과 코를 통해 흡수되고 나머지는 그 기가 뭉쳐 백회혈 위에 둥실 떴다.

그리고 꽃이 폈다. 그것이 다시 둘, 셋으로 나뉘었다.

"삼화취정三化聚頂!"

원종 옆의 법광이 두 눈을 휘둥그레져 말했다.

놀라운 일이었다. 해탈을 최고의 법열로 하는 사문沙門에서 무공의 극인 화경에 이른 증표가 오기조원五氣造元의 경지라면, 삼화취정은 도가의 최고 경지인 천관天貫의 척도였다.

"나무비로자나불."

원종은 합장을 하며 불호를 외웠다.

"아따메 저 나이에 삼화취정이네이……."

덕치는 약간의 질투 어린 말을 했다.

그 역시 나이에 비해 빠른 진전으로 금강법신을 이루었지만 오기조원에는 이르지 못했다. 높고 두꺼운 벽을 넘어트리고 허물었지만 턱에서 걸려 한 걸음 모자랐다.

그게 5년이니 답답한 상태였다.

그런데 가만히 상욱의 삼화취정의 보고 있자니 몸과 마음이 근질거렸다. 뭔가 될 것 같은데 또 하자니 또 이건 아닌 것 같았다.

마치 재채기가 나오다 마는 그런 상태였다.

"하이구미 미치겠네."

덕치의 푸념이 터졌다.

"이놈이 실성을 했나."

옆에 있던 원종이 덕치를 힐긋 봤다.

"아따메, 그런 게 있는디 당최 말로는 못 하것고 참 거시기 하네."

"우리는 일어나자. 아무래도 정양이 필요하지 않겠느냐?"

원종은 덕치를 무시하고 총지종의 세 제자들을 종용했다. 다른 무가의 비밀을 엿보기도 그렇거니와, 수미다라니의 경지에 이른 세 제자들이 상욱의 경지를 보고 사도에 빠질 것을 우려했다.

그러나 덕치는 미적거리며 엉덩이를 떼지 못했다.

"이놈아, 네 것이나 잘 챙겨."

"니 것 내 것이 어딧다고 그런다요."

"고기 한 덩탱이 문 개가 다리를 건너다 냇물에 비친 제 모습을 보고 짖다가 입에 문 고기를 냇물에 빠트린다는 옛말도 모르냐?"

"시방 나가 개라고요?"

"이이구."

원종이 오른손을 번쩍 들다가 이내 포기하고는 그대로 몸을 돌려 지하를 빠져나갔다.

그러자 법 자 돌림 두 제자도 자리를 떴다. 두 조손이 투닥거리는 일이 하루 이틀이 아닌지라 예삿일로 치부했다.

혼자 남은 상욱은 그대로 이틀 동안 더 머물렀다. 그리고 깨어나서는 요양에 들어야 했다.

마왕 에블리스에게 시달리며 역즉성단의 경지까지 도달하며 심력을 너무 크게 쓴 정신과 급격하게 확장된 단전의 내공, 육체의 괴리로 인해서였다.

상욱은 정신을 차렸어도 공황 상태에 빠져 있었다.

아니, 정말 괴로웠다. 자마트라가 융해되며 마왕 에블리스의 권능과 기억 들이 그의 뇌에 차곡차곡 쌓였고, 그 과정에서 상욱이 잃어버렸던 과거도 찾았지만, 이것을 정리할 여력조차 없었다.

현실이 그랬다.

비토리의 진혈을 강제로 주입받아 뱀파이어릭으로 세컨드 윈드를 넘으며, 육체의 진화로 오감이 확장되어 며칠을 고생했던 때와는 비교가 되지 않았다.

굉음처럼 들려오는 소음들, 피부에 전해지는 옷감 한 올한 올의 감촉, 가구와 체향 등 주변의 냄새, 시신경을 파고드는 색상, 며칠을 누워 있었는지 모르지만 지독하게 딱딱해진 혀의 감각은 그를 괴롭히다 못해 끊임없는 고통을 주었다.

하지만 상욱 육체의 적응력은 대단했다. 아니, 한번 경험했던 일이라 적응이 빨랐는지 몰랐다.

어쨌든 사흘이 지날 때쯤 쿵쾅쿵쾅이던 시계 소리가 똑딱똑딱 소리로 변했다.

나체에 가까운 그의 살결에 전해지는 감촉이 무뎌지고 알싸한 약 향에 안정이 됐다.

그리고 간간이 수저로 흘러 들어오는 물맛에서 비린내가

빠지며 망막 안으로 흐릿하게나마 불상이 보였다.

상욱의 눈이 깜박이자 옆에서 굵은 목소리가 들렸다.

"깼습니다, 이 젊은이가 깼다고요!"

우다다닥.

발걸음이 멀어지며 잠시 후 문이 열렸다.

대단한 기운을 가진 사람이 상욱 곁에 앉았다.

"정신이 들었더냐?"

원종은 상욱의 이마를 만져 열을 확인하고는 맥을 잡았다.

"까까중 할아버지?"

상욱은 어렴풋한 기억 속에서 이 늙은 중이 누군지 기억해 냈다. 아버지와 종종 찾아와 안아 주던 분이었다. 찾아올 때마다 까까, 즉 사탕을 곧잘 주곤 하던 늙은 중을 그는 까까중 할아버지라 불렀는데, 까까중이라고 할라치면 늙은 중은 칠색 팔색 했다.

"그대로십니다."

상욱은 그도 모르게 눈물을 주르륵 흘렸다.

그토록 원망했던 부모는 그를 위해 모든 것을 바쳤던 것이다. 사랑을 받지 못해 버려졌다고, 미움받는 자식이라고 부모를 원망했건만, 사랑을 받다 못해 넘쳤다.

못난 자식을 위해 자신을 희생하신 부모님이었다.

동심원의 중심

"크크크, 까까중 할배라구? 참말로 재미진 시주구만이. 까 까중, 크크크."

덕치는 원종을 보며 웃었다.

"이놈, 입 다물고 있어라."

원종이 덕치를 째려보고는 다시 입을 열었다.

"아이야, 너는 무진이가 확실하구나."

"네? 네."

"그런데 어찌, 어찌 살았기에 연락을 하지 않았던 것이 냐?"

절절한 애증이 담긴 노승의 목소리다.

"그날 전주 서서학동 집에서 뛰쳐나왔을 때부터 까까, 아니 스님을 만나기 전까지 어릴 적 기억이 없이 살았습니다. 아마 단기기억상실증에 걸렸던 모양입니다. 그보다 제 아버지와 어머니는 어떻게 지내십니까?"

불안하기만 한 상욱이다.

에블리스의 사념과 겹치는 그의 부모는 벨제뷰트의 함정에 빠져 헤어나지 못했다.

"돌아가시지는 않았다. 일단 몸을 회복하고 이야기를 나누자."

"아니……."

툭.

원종은 상욱의 혼혈을 눌러 대화를 끊었다.

"이 시주가 동건 젊은 사조의 아들이라면, 쯔쯔쯔…… 안타까운 일이구마이. 나무비로자나불."

덕치는 정색을 했다.

온화함과 자애심 넘치는 불력이 불당에 감돌았다.

퍽.

"이 땡초 놈이 어디서 고승 흉내를 내고 있어."

원종이 덕치의 뒤통수를 후려갈겼다.

"아따메, 아픈 거. 이러니까 활불이 못 된당께요!"

"이 망할 놈이, 어제 벽장에 놓아둔 곡차를 훔쳐 먹은 놈이 누구냐? 도둑놈이 어디서."

"워―미. 벽장에 달달한 산삼물이 사조 것이었단가? 난 육포. 씹다가…… 아따 참 거시기 허네."

덕치는 우물주물하더니 결국에는 내빼 버렸다.

"에휴, 저 화상을 어찌할꼬."

원종의 한숨이 깊어졌다.

다시 이틀이 지났다.

그사이 상욱은 깨어났다가 잠들기를 몇 차례 반복을 했다.

그는 원종에게 짬짬이 부모에 대해서 물었지만, 원종은 잘 있다는 말만 되풀이할 뿐이었다.

상욱은 그사이 육체와 정신의 간극을 좁히는 동시에 각인 된 에블리스의 기억을 더듬었다.

그러자 지난날 그에게 일어났던 모든 일의 원인과 결과를 알게 되었다.

에블리스의 파편이 자마트라.

따라서 벨제뷰트가 레포칼레의 심장 대신 박아 놓고 인형 술로 조종하고 있었기 때문에 벨제뷰트의 모든 행동을 알 수 있었다.

그런 자마트라를 벨제뷰트가 상욱에게 먹였으니, 상욱은 기억을 잃은 여덟 살 당시 상황을 떠올릴 수 있었다.

그리고 조상 박경덕과 이한종과 업보를 짊어진 상욱의 이 야기, 또한 악마 벨제뷰트가 상욱의 영혼을 오염시킨 것도 모자라 그를 구하려는 그의 부모를 어떻게 속박했는지 알게 됐다.

더불어 박경덕 할아버지의 희생으로 에블리스를 봉인했으나 아버지 박동건이 벨제뷰트의 마수에서 벗어나지 못하고, 벨제뷰트의 여섯 번째 눈이 공간을 초월해 박동건의 영혼을 옭아 묶어 마계로 끌고 간 것을 확인했다.

에블리스의 사념을 읽던 상욱의 눈이 감겼다. 눈꼬리를 타고 한동안 눈물을 흘렸다.

마음을 추스른 상욱은 계속해서 에블리스의 사념을 살폈다.

이제는 과거의 기억은 뒷일이 되었다. 아버지 동건의 영혼을 데려오는 일이 1순위가 됐다.

벨제뷰트의 후환은 계속됐다.

상욱이 실연으로 제대한 이후 주왕산 깊은 골에서 죽은 여자와 세상에 대한 분노에 차 카르마를 채우자, 벨제뷰트는 보란 듯이 이한종과 이한종이 흡수한 악업의 원혼들의 기억을 풀어냈다.

수많은 범죄를 범한 자들의 기억이 상욱에게 다가섰다.

다행히 거병연수 육자결과 활인심방으로 마음을 굳건히 다져 놓았던 터라 상욱은 악업을 털어 내고 경찰이 되었다.

그러자 벨제뷰트는 뱀파이어 퀸 비토리를 상욱과 조우할 수 있도록 인과를 만들었다.

비토리는 상욱을 종속시키기 위해 진혈을 흘려보냈고, 뱀파이어릭은 상욱을 원죄에 물들여 벨제뷰트의 꼭두각시로 각성이 이루어져 가는 듯했으나 박경덕 할아버지의 안배로 천둔갑이 깨어나 저지했다.

그리고 이번에는 우연들이 겹쳐 천둔갑이 일시 무너진 상황에서 마계의 열한 번째 마왕 에블리스의 파편인 악마의 돌 자마트라까지 녹아내려 큰 위기에까지 내몰렸다.

에블리스의 파편에서 기억을 확인한 상욱은 분노에 휩싸였다.

분노의 화살 끝은 벨제뷰트에 가 있었지만 당장 이계인 마계로 쫓아갈 수 있는 능력이 되지 않았다.

마계로 갈 수단을 에블리스의 기억에서 찾아냈지만 현재의 그로서는 걸어서 달나라에 가는 일과 같았다.

그나마 벨제뷰트가 있는 마계로 가 아버지 박동건의 영혼을 찾을 수 있는 길을 모색한 것으로 만족해야 했다.

아니, 지금은 두 가지 일이 눈앞에 크게 놓였다.

첫째는 어머니 당골댁 최여진을 만나 살피는 일이요, 둘째가 마왕 레포칼레의 부활이었다.

벨제뷰트가 쌓아 놓은 악업의 인과율은 그 도가 지나쳤다. 이 악마는 상욱의 영혼을 악으로 물들여 히틀러에 버금가는 전쟁 악마를 만들려 했다.

하지만 이 악업의 인과율이 어긋나며 벨제뷰트의 인형술이 금이 갔다.

레포칼레를 조종하던 벨제뷰트의 여섯 번째 눈이 박동건의 혼령을 끌고 마계로 갔다. 여기에 심장의 역할을 하던 에블리스의 파편 자마트라마저 레포칼레의 몸에서 이탈하자 뇌와 심장이 생성될 시간을 벌었다.

이런 이유로 에블리스의 기억은 상욱에게 마왕 레포칼레의 부활을 본능적으로 가리켰다.

이렇게 있을 수 없었다. 상욱은 지친 몸과 마음을 일으켰다.

상욱을 태운 차가 전북 순창 쌍치에 가까워질수록 상욱은 떨리는 마음을 주체할 수 없었다.

그는 오늘 아침 일을 떠올렸다.

무작정 일어나 옷을 걸치는 그를 원종이 급히 찾았다. 옆에서 지켜보던 덕치가 방금 허겁지겁 나가더니 그 결과였다.

"어디를 가려는 것이냐?"

원종이 물었다.

"잊었던 부모님에 대한 기억이 떠올랐으니, 자식이라면 당연히 찾아뵈어야 할 일이라 생각됩니다."

상욱이 답했다.

"부모님이 어디 있는 줄은 알고?"

"당연히 전주에 계시지 어디 계시겠습니까?"

"일단 앉아라. 내 너에게 하지 않은 말이 있다."

"어떤?"

상욱이 추정하건대 아버지 박동건에 대해서였다.

"네 아버지가 온전치 않다. 몸은 움직이지만 정신이 없다."

"무슨 일이 있었건 인사를 미룰 순 없습니다."

"당사자가 그렇다면 어쩔 수 없다만, 네 아비와 어미는 전북 순창 쌍치에 어암서원이라는 곳에 있다. 그쪽에 연락을 해 놓으마."

"아―."

상욱은 아버지 박동건이 기거하던 곳과 그곳에서 그를 귀여워해 주던 사람들의 얼굴이 떠올랐다.

그리고 그 마음을 담고 한달음에 내친 길이다.

"후―우."

상욱은 과거 왔던 익숙한 길이 보이자 숨을 깊게 들이마셨다 뱉었다.

'긴장되는 갑네.'

덕치가 운전을 하다가 옆을 힐긋 봤다.

그가 본 상욱은 참으로 담대했다.

엄청난 시련을 겪었음에도 훌훌 털고 일어났다.

지난날 귀신들린 사람을 숱하게 봐 온 덕치였다. 퇴마 의식이 끝나고 정신이 돌아온 사람치고 온전한 사람을 보지 못했다.

심한 경우 자폐 증세를 보이거나 그 증세가 약한 사람도 주변 사람을 경원시하기 마련인데 자리를 훌훌 털고 일어났다.

그길로 쌍치행이니…….

시련을 겪은 사람이 아니라 봄꽃 나들이 갔다 온 사람 같다.

이러니 덕치에게 상욱은 참 담대한 사람이었다.

'참, 어린 사람이 저리하다니.'

그 자신과 비교하니 얼굴이 붉어졌다.

덕치는 나이 열셋, 빠른 나이에 사춘기가 왔다. 스승 법광이 탁발을 나가 공양 대신 갓난아이인 그를 거두어 절밥에 눈칫밥만 먹었던 터라 세상을 보는 눈이 빨리 뜨였다.

거기다 스승에게 수미개자의 법열과 손발을 쓰는 법을 배워 무서운 것이 없었다. 큰 덩치도 한몫을 했다. 더구나 스승 법광은 곰 같은 성격이라 세심함과는 거리가 멀어 덕치가 세상을 어찌 보는지 몰랐다.

그의 나이 열다섯에 부사의암에서 도망쳤다.

서울 한 켠에 둥지를 틀고 별의별 일을 다 해 봤다. 성격이 급한 탓에 쌈박질도 부지기수로 했고, 두 해가 지나기 전에 조폭 사이에서 괴물이라는 별명까지 얻었다.

그런 생활이 한 해 더 지나자 스승이 그리워졌다.

세상이 다 그를 중심으로 돌아가는 것 같아도 만족이 없었다. 차라리 스승의 눈치를 보며 쓴 잔소리에 가슴 졸이던 그때가 스승의 큰 품이고 자애의 터였음을 알았다.

그래도 돌아가지 못했다. 사조의 매서움이 무서웠고 벌여 놓은 인연이 걸렸다.

그때 사조 원종이 그 앞에 나타났다. 진짜 죽도록 맞았다.

당연히 부사의암으로 끌려갔다.

그는 하루가 멀다 하고 반항도 했고 도망도 쳤지만 부처님 손바닥 안에 손오공이었다. 사조 원종은 귀신같이 그가 도망치는 길목에서 기다리고 있었다.

결국 그는 적멸보전 지하 공동에서 폐관 수련을 빌미로 2년을 잡혀 있었다. 혈기왕성한 20대 초반을 수미다라니須彌多羅泥와 돈오점수頓悟漸修의 깨달음의 끝을 잡고 있으려니 심마가 들어찼다.

그 스스로 만든 마구니가 머리를 온통 흩트려 놓아 반쯤 미쳤었다.

다행히 스승 법광과 사조 원종의 도움으로 자리를 털고 일어났을 때는 몇 날 며칠을 스치는 바람에도 놀랐다.

삶에 자존심을 세우고 예전의 당당함을 찾기까지 한 달이 넘게 걸렸으니 상욱과는 큰 차이가 있었다.

그런 상욱이 긴장을 하고 있으니 부모의 이름이 새삼 크게 다가왔다. 내심 고아인 덕치라 부모를 찾은 상욱이 부럽기도 했다.

덕치는 운전대를 꽉 잡았다.

길은 어느새 좁아지고 시멘트 길이 나왔다. 멀리 한옥촌이 보였다. 곧 낡은 코란도는 주차장에 멈춰 섰다.

상욱은 차에서 내려 주변을 살폈다.

넓은 대지에 99칸은 되어 보이는 한옥이 자리했고, 그 앞쪽으로 폭이 큰 강이 있고 건너편 돌산은 병풍처럼 서 있었다. 뒤로는 300미터 고지의 산이 부채꼴로 펼쳐져 집터가 아늑하게 느껴졌다.

대문과 담이 없고 큰 정자와 한옥 별채 누마루가 입구였다.

그 사이로 넓은 마당에 몇 사람이 서성이다가 상욱에게 다가왔다.

상욱은 그들 중 너무나 익숙한 얼굴을 보았다.

'어, 어머니!'

과거를 찾은 이후 온통 마음을 점령한 어머니와 아버지였다. 그 어머니가 그의 앞으로 걸어왔다.

분명 어머니 최여진이 맞았다.

검고 비단결 같은 머리는 반백이고, 투명하던 피부는 푸석거려 주름이 잡혔지만 얼굴 윤곽만은 그대로였다. 하지만 앙

상하게 마른 몸과 반쯤 공허한 눈은 초점이 흐렸다.

늙으신 어머니의 이 모든 것이 상욱의 탓 같았다. 밀려드는 미안함에 발걸음이 무겁고 상욱의 눈에 습기가 찼다.

오히려 가까이 온 당골댁이 담담한 얼굴을 했다.

"무진, 네가 무진이 맞구나."

"어머니."

상욱은 그 자리에서 무릎을 꿇어 절을 했다.

어둡고 음침한 방 안을 오가는 그림자는 불안한 심리 상태를 대변했다.

탁–.

전등 스위치가 올라가고 방 안이 환해졌다.

"어떻게 됐어?"

가승희는 문을 열고 들어오는 가민우에게 물었다.

"박상욱 군이 부상을 입은 것은 확실합니다만……."

"합니다만?"

"그게 아무래도 상욱 군과 원종 사이에 상당한 인연이 있나 봅니다."

"말 돌리지 말고 이야기해 봐."

"퀸께서 말씀하신 대로 특수수사대 이영철 형사란 자를 만나 봤습니다. 그의 말에 따르면 상욱 군은 병가 처리가 되어 있었습니다."

"병가?"

"네, 퀸께서 더 잘 알지 않느냐고 오히려 저에게 되물었습니다."

"그것은 또 무슨 말이지?"

"민정수석실 특임수사대에서 병가 통보가 왔다는데 그쪽에서는 가승희라는 퀸의 가명을 거론까지 했답니다."

"특임수사대?"

뜬금없이 특임수사대라는 간판이 나오자 가승희는 반문을 했다.

"원종의 제자 중에 한두전이라는 자가 있는데, 그가 특임수사대를 맡고 있습니다. 그 역시 경찰 출신이라 원종이 먼저 연락을 했나 싶습니다."

"음."

가승희가 신음을 토했다.

틀림없이 원종에게 뒤를 잡힌 모양이었다. 생각해 보니 원주 별장의 소유주 확인은 일도 아닐 것이었다. 그 동네 한 바퀴만 돌면 별장의 전전 주인이 누군지까지 알 수 있으니 지금 별장 소유주야 말할 필요가 없었다.

"그래서 한두전 측근에게 몇 가지 알아봤습니다."

"잘했어."

"알아본 바에 의하면 원종이 박상욱 군을 데리고 있는 것은 확실합니다. 그리고 원주에도 사람을 보냈더니, 별장지기 내외를 찾아왔던 사람들도 있었는데, 그들이 퀸과 상욱 군과의 관계를 꼬치꼬치 캐물었답니다."

"고작 그게 다야?"

"더 있기는 합니다. 상욱 군과 원종이 선대의 인연이 얽혀 있다고 할 뿐……."

가민우의 말에 가승희는 손을 들었다.

당장 알아 온 것이라야 가설에 지나지 않았다. 더 많은 정보가 필요했다.

"평소 원종 그 늙은 중이 머물고 있는 곳은 알고 있지?"

"네. 특별한 일이 없으면 전북 부안에 있는 총지종의 말사 부사의암과 서울에 있는 화엄정사에 있답니다."

"부사의암과 화엄정사 두 곳에 사람을 보내 봐."

"알겠습니다. 바로 사람을 보내겠습니다."

가민우는 허리를 숙이고 나섰다.

이철로는 짜증이 단단히 났다.

"아무리 따돌리기로서니 출근까지 않는단 말인가?"

주먹을 꽉 쥔 그는 다시 고개를 흔들었다.

"아니면 다른 사건을 맡았나?"

그는 특수수사대 주차장에서 앞 건물을 올려다봤다.

"그렇게 숨는단 말이지."

이철로는 휴대폰을 들며 한 인물을 떠올렸다. 서울 뒷골목을 장악했던 자, 그리고 저번 인천 북항에서 무진을 따르던 자였다.

띠리리. 띠리리.

─작은아버지. 어디십니까?

벨소리가 울리자마자 전화를 받은 이학겸이 물어 왔다.

"어디기는, 서울이다."

─아버님이 작은아버지께서 객지에 머무신다고 걱정이십니다.

"걱정도 팔자라더니 네 아버지가 그렇구나. 집안일은 됐고…… 가문에 말 돌리지 말고 뭐 하나 알아봐라."

─무슨 일이 있습니까?

"별일은 아니고. 홍두영이라고 한동안 서울 뒷골목을 움켜쥐고 신일상사 뒤를 봐주던 자다. 다른 것은 필요 없고 그자 휴대폰 번호만 문자로 찍어라."

─알겠습니다. 그보다…….

띠이─.

이철로는 일방적으로 전화를 끊고 쓴웃음을 지었다.

가문에서 그의 위치는 중추에 가까웠다. 그 스스로 여기에 있어서는 안 된다는 것을 알고 있지만, 무진에 대한 감정은 호롱불에 부나방이었다.

옆에 있으면 큰 사건의 중심에 설 것이라는 예감을 떨치지 못했다.

그날 오후.

을지로 시그너스 빌딩 뒷골목 커피한방이라는 커피숍에서 이철로는 머그컵을 들고 십전대보탕에서 나오는 향을 음미했다.

느긋한 겉모습과 달리 그의 신경은 온통 출입구에 쏠려 있었다.

딸랑. 딸랑.

주인이 달아 놓은 풍경이 출입구에 걸려 울음을 토했다.

이철로의 입매가 위로 올라갔다. 그리고 눈을 지그시 감았다.

"오래 기다리셨습니다."

홍두영은 이철로 앞에 서서 직각으로 허리를 접었다.

"왔는가?"

눈을 뜬 이철로는 묵직한 목소리로 말했다.

'제길, 부탁한 놈이 물어봐야 할 것 아냐. 그리고 세 살 터울인 인간이 거들먹은.'

그러나 속마음과 달리 홍두영은 뱀의 혓바닥처럼 움직였다.

"알아보라고 하신 일은……."

"사람이 뭐 그리 바쁜가? 앉게."

"네? 네."

"그래, 어떻게 알아봤는가?"

"그 어린놈……."

"박 경감."

"네?"

"어린놈이란 말은 좀 상스럽군."

이철로의 말에 홍두영 얼굴이 잠시 붉어졌다가 본색을 찾았다.

'저나 나나 처맞은 것은 피차일반이건만…….'

불만과 불복이 교차했지만 애써 마음을 다잡았다.

"네, 박 경감 말입니다. 병가를 냈답니다."

홍두영은 특수대 2팀장 강대수를 통해 전달받은 사실을 전달했다.

"병가? 엊그제까지 멀쩡하던 사람이 무슨 병가."

"박 경감 사무실에서는 다들 그렇게 알고 있습니다."

"그래서 박 경감은 지금 어디에 있는가?"

"그게, 팀원들도 모른답니다."

"알아 온 게 그것이 전부인가?"

이철로 얼굴에 실망기가 돌았다.

"박 경감에게 애인이 있는 모양입니다. 그 여자를 알아봤는데, 어딜 가려는지 오늘 오후에 차를 몰고 나갔답니다."

"사람은 붙여 놨겠지?"

"요즘은 사람보다 이것을 씁니다."

홍두영은 탁자 위에 핸드폰을 내려놨다.

핸드폰 액정에 전자 지도가 천천히 움직였다. 그 위에 붉은 화살표가 서해안 고속도로를 타고 충청도를 지나는 중이었다.

"GPS인가?"

"네. 저도 궁금하니 같이 가 보겠습니다."

이철로는 홍두영의 말에 잠시 미간을 찌푸리다 고개를 끄덕였다. 핸드폰도 홍두영 것이거니와 무엇보다 운전하기가 싫었다.

"뭐 그러지. 어, 십전대보차가 오는군. 들어 보게. 맛과 향이 각별하네. 난 일단 밖에 나가 있겠네."

할 말만 한 이철로가 자리에서 일어났다.

"네, 입만 축이고 따라가겠습니다."

홍두영이 반쯤 엉거주춤 차를 마셨다. 이철로의 말마따나 차는 풍미가 좋았다. 그러나 두어 모금 마시고는 찻잔을 내려놨다.

"제길, 빨리 나오란 말보다 더 무섭네."

혼자 투덜거린 홍두영이 급히 커피한방 커피숍을 나섰다.

"아저씨."

그러자 종업원 그를 급히 부르며 따라 나왔다.

"왜 그러지?"

"찻값을 내셔야죠."

홍두영이 걸음을 멈추고 뒤돌아보며 묻자, 종업원의 짜증난 목소리를 접해야 했다.

"방금 나간 양반이 찻값 안 냈나?"

"그래요."

종업원은 눈을 위아래로 움직이며 의심스러운 눈초리를 보냈다.

홍두영이 카드를 주며 무표정인 얼굴이 붉어졌다.

'이거 괜히 나선 것은 아니겠지?'

생각과 달리 그는 급히 밖으로 나갔다.

부안에 도착한 가승희는 터미널 옆 지하 별다방으로 들어갔다.

낡은 다탁 여섯 개가 전부인 다방은 한산했다. 그녀가 안을 살피는데, 구석에 자리 잡고 있던 50대 초반의 부부로 보이는 남녀가 일어났다.

"아가씨, 오셨습니까?"

중년 사내가 웃으며 가승희를 맞이했다.

"김 실장님 부부가 내려오셨어요? 다른 분들 시켜도 될 일을."

가승희는 짐짓 미안한 표정을 지었다.

"그럴 수 있습니까, 다른 사람도 아닌 아가씨 일인데요."

한국그룹 비서실장 김대서는 가승희와 상욱의 상견례를 지켜봤다. 두 사람 사이가 남달라 보여 상욱이 한국그룹 사위로 낙점됐다고 여겼다. 그런 상욱이고 보면 그에게도 비중이 있는 사람이었다.

더구나 회장님이 그를 직접 불러 부안 암자에 상욱이 있는지 직접 챙기자, 주말을 반납하고 어제 집사람과 같이 부안으로 내려왔다.

"고마워요. 그런데……."

가승희가 말을 끊었다. 다방 종업원이 옆에 서서 그녀를 봤기 때문이다.

"커피요."

다방 종업원이 자리를 비키자 곧장 물었다.

"상욱 씨가 부사의암에 있던가요?"

"결론부터 말씀드리면 다른 곳으로 갔습니다."

"거기에 있었단 말이네요. 현재는 어디에 있어요?"

"자세한 위치는 연락이 오기로 되어 있습니다."

"무슨 일이 있는 것은 아니죠?"

가승희는 원종이 마음에 걸렸다.

"거기까지는…… 다만 어제까지 안 보였던 박상욱 씨가 오늘 아침 스님 한 분과 출타하시는데 급한 걸음에 먼 길 가는 것 같아 사람을 붙여 놨습니다."

"잘하셨네요."

내심 안도의 한숨을 내쉰 가승희다.

"그런데 두 분 사이에 무슨 일이 있으셨어요?"

비서실장의 부인이 궁금증을 참지 못하고 물었다.

"아니, 이 사람이."

김 실장이 부인의 옆구리를 툭 치며 핀잔을 줬다.

"이이는 참, 연애를 하다 보면 별일 다 생겨요. 호호."

"그러네요."

"말해 보세요. 여러 사람이 알다 보면 혹시 답을 찾을 수도 있지 않겠어요?"

"그냥 상욱 씨를 더 잘 알고 싶을 뿐이에요."

가승희는 웃는 낯으로 친절하게 답했다.

"어머, 아가씨처럼 예쁘고 다 가지신 분이…… 헌신적이기까지 하시네요."

"그렇게까지 생각해 주시니 고맙네요."

"저는 말이죠. 이이를 만날 때……."

김 실장 부인은 소소한 연애담을 이야기하며 지루한 시간을 줄여 줬다.

한 30분이 지났을까, 김 실장의 휴대폰이 울렸다.

"응, 나야. 어디라고?"

—……

"그런 곳도 있었나? 잠시 기다려 봐."

김 실장은 수첩을 열고 받아 적었다.

"순창군 쌍치면…… 어디? 둔전리, 응, 응, 훈몽제. 알았어."

"순창군 쌍치면 훈몽제요?"

가승희는 김 실장이 전화를 끊기 무섭게 물었다.

"네, 훈몽제랍니다."

"수고하셨어요. 실장님은 서울로 가세요. 주말에 쉬시지도 못하고, 사모님도요. 제가 순창으로 갈게요."

가승희는 곧장 다방을 나섰다.

"저 정도면 다정도 병이야."

김 실장 부인은 가승희가 다방 문을 나가자 말했다.

"이 사람이. 눈에 콩깍지 쓰여 봐, 당신은 더했어. 장모님에게 내가 멱살잡이를 당한 걸 생각하면."

"어머머, 애까지 낳아 주고 집안에서 이 정도 하면 됐지."

"아들놈 하나 낳더니 여우로 바뀌고, 딸 하나 더 낳고는 호랑이 됐다는 말은 빼먹네."

"이 인간이 호랑이 발톱 맛을 한번 봐야지?"

"아이코 무서워라. 그 발톱 맛 다른 데서 함 보자."

"이 영감이 미쳤어?"

김 실장 부인은 도끼눈을 뜨면서 몸을 비틀었다. 그러자 김 실장의 이마에 땀이 솟구쳤다. 중년은 밤도 낮도 무서운 법이다.

서해안 고속도로를 타고 내려오던 홍두영은 김제 톨게이트를 타고 부안으로 향하다가 차를 멈춰 세웠다. 부안에 있던 가승희의 차가 다시 움직였기 때문이다.

"박 경감 애인 차가 부안을 빠져나오려나 봅니다."

홍두영이 뒷좌석에서 눈을 감고 있는 이철로에게 말했다.

"부안이라기에 부사의암에 간 줄 알았더니."

이철로가 눈을 뜨고는 중얼거렸다.

그의 의중에 상욱은 온전한 쟁천의 사람으로 인식되어 있었다. 사실은 그것이 아님에도 맞아떨어지는 상황이었다.

"정읍으로 가려는가?"

가승희의 차가 정읍시로 방향을 잡자 홍두영이 혼잣말을 했다.

"정읍이라……."

이철로도 따라 중얼거렸다. 그러다 시트에서 등을 뗐다.

"설마 어암서원은 아니겠지?"

그는 의혹을 달며 홍두영이 들으라는 듯 말했다.

"설마요?"

그러자 홍두영이 부정을 했다.

자신이 보기에는 상욱이 군부의 고평환으로부터 일기통천록을 사사받은 무기명 제자가 틀림없었다. 그리고 저번에 경기 이씨세가와 부딪치며 북검 이세창의 관심을 한 몸에 받았다. 그런데 부안과 정읍을 연결하는 동선은 총지종과 어암서원과의 관계를 의미했다.

홍두영은 관계가 껄끄러운 상욱이 어떤 형태로든 총지종과 어암서원과 인과관계가 없기를 바랐다.

불과 반나절도 안 되서 그는 씁쓸한 결과를 봤다. 먼발치에서 상욱이 어암서원을 제집처럼 활보하는 모습을 눈으로 확인까지 했다.

어둠만이 존재하는 밀폐된 공간.

"그르르륵, 푸—우."

거친 숨소리만 공간을 점령했다.

뚜걱. 뚜걱.

그때 멀리서 발걸음 소리가 가까워지며 어둠의 정적을 깼다.

파라라락.

화—아악.

사람들 바짓단이 스치는 소리와 횃불이 움직이며 어둠을 몰아냈다. 그와 함께 지하 통로에 사람들 모습이 드러났다.

검은 양복을 입은 금발의 중년 사내와 벽안에 뽀얀 피부를 지닌 20대 초반의 여자가 앞장을 섰고, 그 뒤에는 횃불을 든 사내 여섯 명과 거친 마대 자루를 멘 거인이 따랐다.

"음—음."

거인이 멘 자루가 꿈틀거리며 나는 신음 소리가 필시 사람이 틀림없었다.

곧 그들의 걸음은 막다른 벽에 부딪쳤다.

"문을 열어라."

선두에 선 금발의 중년 사내가 뒤를 향해 명령했다. 그러자 횃불을 들고 있던 사내 둘이 옆 사내들에게 횃불을 맡기고 앞으로 나섰다.

"셋을 세고…… 하나, 둘, 셋."

두 사람은 한두 번 해 본 일이 아닌지 합을 맞췄다. 신호가 끝나자 둘은 각자 일을 맡아 했다.

한 사내는 허리를 숙여 막힌 벽 왼쪽 아랫부분을 들어 올렸고, 다른 사내는 왼쪽에 공간이 생기자 오른쪽으로 밀었다.

드르르륵.

돌 긁는 소리를 내며, 사각 돌문은 특이하게도 사선으로 밀려 올라갔다. 그리고 이 문이 사내 허리만큼 들리니 저절로 올라가 사방 4미터나 되는 출입구를 내주었다.

뚜걱. 뚜걱.

금발 중년인이 다시 선두에 섰고, 문을 연 두 사내가 횃불을 건네받고 입구에서 경계를 취했다.

서열상 못 들어가는지 당연하다는 듯 행동으로 이어졌다. 누구 올 사람도 없는 장소에서 부동자세로 앞을 경계하기 시작했다.

동굴 안은 넓었다.

20미터 사각의 방 중앙에는 원형 돌 탁자가 놓여 있었는데, 그 위에는 원과 오망성이 깊게 파여 있고, 지구상에는 없는 문자가 그 사이에 각인되어 있었다.

그것들은 서로 연결돼 중앙에 사과가 들어갈 만한 검은 구멍과 이어졌다.

금발의 중년인은 그 앞에 서더니 품 안에서 작은 칼을 꺼냈다.

스—으.

칼은 주인의 손을 그었다.

붉은 피가 금발 중년인의 손에서 흐르자 그는 주먹을 꽉 쥐어짜 검은 구멍에 핏방울을 흘려 넣었다.

ー왔느냐, 나의 종들아.

면도칼로 유리를 긁는 듯한 불쾌하고 섬뜩한 목소리가 동굴 전체를 장악했다. 분명 검은 구멍에서 출발한 소리였지만 바로 옆에서 속삭이고 있었다.

"주인이시여, 종들 몰토르와 판, 릴리트 오누이, 플뤼톤과 아스모데우스 그리고 종규가 인사 올립니다."

금발의 중년인 몰토르는 그 주변의 사람들을 거명했다.

-어찌 너희 여덟 형제 중 타뮤즈와 샤모스가 보이지 않느냐?

"주인께서 명하신 일을 쫓고 있습니다."

-알았다. 나를 부를 때는 레포칼레로 칭하라. 이것이 너희들 주인의 이름이다.

등을 할퀴는 섬뜩한 울림이 동굴을 점령했다.

"경배합니다, 주인이시여."

금발의 중년인이 먼저 오체투지를 하며 외쳤다. 그러자 나머지 다섯도 따라 몸을 땅에 댔다.

-나의 종들이여, 나의 이름 레포칼레를 찬양하고, 나의 이름으로 제물을 올려라.

예의 그 섬뜩한 음성이 다시 울렸다.

"레포칼레시여, 제물을 가져왔습니다."

금발의 중년인이 뒤를 돌아봤다.

대기하고 있던 사내가 긴 자루를 내려놓고 끈을 풀렸다.

"으, 음음!"

자루가 풀리고 그 안에서 여자가 나왔다. 입에는 재갈이 물렸고 짧은 곱슬머리, 검정 피부에 나체였다.

여자는 눈동자를 굴려 사방을 살폈다. 그리고 공포에 가득

찬 신음을 토하며 무릎을 꿇고 허리를 연신 조아렸다.

"아스모데우스, 여자에게 레포칼레 님의 품으로 귀의할 안식을 주어라."

금발의 중년인의 말에 사내들이 여자의 팔과 다리를 잡고 동굴 중앙에 놓은 석대 위에 올렸다.

그리고 30대 초반의 백인인 아스모데우스가 나서 여자의 머리 위에 오른손을 올리고 중얼거렸다.

"Nanm oupral pranyon rès nan yonnwa akgwo twou san fon(너의 영은 검고 깊은 곳을 지배하는 레포칼레의 품에서 안식을 취하게 될 것이다. 나를 봐라)."

괴이한 주문에 여자는 동공이 풀리며 사내를 보았다.

검은 머리에 선이 굵은 얼굴의 사내는 안색이 창백해지고 청록의 눈은 사이하게 번뜩였다.

꿈틀거리던 여자의 몸이 잠잠해지며 멍한 눈은 천장에 고정됐다.

"배덕의 마녀 릴리트야."

금발 중년인이 벽안의 20대 초반 여자를 보며 턱짓을 했다.

릴리트는 입에 미소를 담으며 석대로 다가와 긴 혀를 내밀어 제 입술을 핥더니, 누워 있는 여자의 왼쪽 유방이 있는 부위를 혓바닥으로 핥았다.

제물이 된 여자가 움찔하자 마녀의 혀끝이 두 갈래로 변하더니 그대로 여자의 유방을 파고들었다.

푹.

제물이 된 여자는 머리와 엉덩이에 힘이 들어가더니 허리
가 석대에서 활처럼 휘어지며 부르르 떨었다.

마녀의 은색 머리카락이 붉은색 곱슬머리로 변하며 팽팽
하던 살에 급격히 주름이 지더니 검붉어졌다.

"감히 제물을 탐하겠다는 것이냐?"

금발 중년인의 말에 제물의 유방에서 혀를 뺀 마녀가 뒤로
물러났다. 어느새 20대 초반의 청초한 여인으로 다시 바뀌어
있었다.

그에 반해 제물의 가슴에서는 붉은 피가 꽐꽐 솟아나 가슴
골을 적시고 배꼽을 거쳐 돌 탁자 아래로 흘렀다.

제물의 피는 돌 탁자에 굵게 난 홈을 따라 원형과 오망성
을 채우더니 가운데 구멍으로 흘러들어 갔다.

똑. 똑.

상당히 깊은 곳으로 떨어지는 핏방울 소리가 1시간이 넘
게 계속됐다.

그사이 여섯 명의 악마교도들은 석대에 둘러앉아 쇠를 긁
는 뾰족한 목소리로 주문을 외웠다.

그리고 종국에 가서는 촛농 위에 물처럼 홈을 따라 핏방울
하나까지 빨려들었다. 그리고 여섯이 손을 잡고 큰 소리로
주문을 외웠다.

"CalleReformasyèl la.Tounen vin jwennnou akpouvwa a nanlavi etènèl(레포칼레시여. 영생의 힘으로 저희에게 돌아오소서)."

그러자 여자의 육체는 검은 안개에 휩싸이더니 구멍으로 빨려 들어갔다.

쉬-익. 퐁.

홈을 따라 떨어진 피는 우물처럼 검붉은 피가 채워진 곳에 들어갔다 묽게 퍼졌다.

끈적거리는 피 웅덩이에서 괴물이 천천히 일어났다.

뾰족한 뿔부터 시작해 일곱 개의 눈을 가졌고 호박꽃처럼 찢어진 입 사이로 송곳처럼 난 이빨은 흡사 마계의 제1마왕 벨제뷰트와 같았다.

"크크크, 돌아갈 날이 머지않았다. 에블리스의 파편을 가진 놈을 죽여 흡수하고 마계로 돌아갈 날이. 크하하하."

레포칼레는 광소를 터트렸다.

수천 년을 벨제뷰트의 인형술에 걸려 이계인 지구에서 종노릇을 했다.

그사이 곤죽이 되었던 뇌와 박살이 났던 심장이 다시 생성됐다. 이것들이 쥐 죽은 듯 숨어 있다가, 벨제뷰트의 여섯 번째 눈이 박동건을 데리고 마계로 간 사이 완전히 부활한 것이다.

그리고 레포칼레는 벨제뷰트의 여섯 번째 눈을 통해 훔쳐 배운 마계 제1마왕의 권능을 서서히 키우고 있었다.

상욱을 향한 검은 그림자는 점점 다가왔다.

그 시간 상욱은 기쁨과 슬픔을 동시에 맞이했다.

"어, 어머니."

이 세 글자 말이 상욱의 입에서 너무나 어렵게 떨어졌다.

"안다, 알아. 네가 얼마나 힘들었을지. 내 원종 스님에게 대충 이야기는 들었다. 아이고, 내 새끼 무진아."

당골댁 최여진은 떨리는 손으로 상욱의 뺨을 쓰다듬었다. 그러더니 상욱의 옷소매를 잡아끌었다.

"여기서 이러고 있을 일이 아니다. 네 아버지도 뵙고 어른들에게 인사를 해야지."

"네."

상욱은 바람에도 쓸려 내려갈 어머니 손에 끌려 어암서원 훈몽제 안으로 들어갔다.

"쓰흡, 아따 찡한 것."

두 모자를 보며 덕치는 시큰해진 코를 훌쩍이며 눈시울을 오른 손매로 닦았다. 그는 상욱의 일이 남의 일 같지 않았다. 그 역시 업둥이로 산 인생이라 상욱의 뒷모습이 부럽기만 했다.

"왔으면 들어와야지, 뭐 하는 거요?"

훈몽제의 장령제자 정동환이 덕치 옆에 와서 옆구리를 툭 쳤다.

"썩을…… 항렬만 아니었음."

덕치가 잔뜩 실린 감정이 무너지자 버럭 화를 냈다.

"풋, 별일일세. 오랜만에 만났는데 손이 근질거리지 않는 가 보군."

정동환은 덕치가 화를 내도 피식 웃고 말 뿐이었다.

"아, 됐고. 곡차나 함 내 보쇼."

하지만 덕치의 이유 있는 짜증은 계속됐다.

상욱은 정동환이 덕치와 농지거리를 하며 행랑채로 안내 하는 걸 보며 추렴원이란 별채 앞에 섰다.

추렴원秋斂院.

가을걷이처럼 풍성을 기원하며 지었다는 내실은 안채 역 할을 했다.

상욱은 한 걸음 한 걸음을 옮길 때마다 가슴이 설레었다. 자신으로 인해 거동이 불편해진 어머니와 정신이 온전하지 못한 아버지였다. 설레면서도 두려운 마음이 일어났다.

토방마루에 가까워지니 볼이 넓은 검정 고무신이 보였다. 그리고 예전에 봤던 창호지 문 너머 그림자가 보였다.

상욱은 그도 모르게 소리쳤다.

"아버지!"

텅―.

큰 걸음으로 방문을 여니 아버지 박동건이 앉아 있었다. 그러나 예전의 당당하신 아버지가 아니었다. 나이에 맞지 않게 20대 못지않은 풍채였지만, 풀린 동공에선 아무것도 읽을 수 없었다.

왔구나, 아들.

이리 말하며 일어날 것 같았다.

"제가 왔습니다. 당신의 아들 박무진이가요."

상욱이 방바닥에 털썩 주저앉더니 그 자리에서 대성통곡을 했다.

"엉엉엉, 아버지, 죄송합니다."

미안했다. 그리고 이런 자신이 너무나 원망스러웠다.

"괜찮다, 이제는 괜찮아."

당골댁이 상욱의 옆에 앉더니 상욱의 어깨를 토닥토닥 두드렸다. 말은 그래도 그녀도 눈물을 주체할 수 없는지 하염없이 울었다.

주육행시走肉行屍.

움직이나 시체와 다를 바 없는 아버지 동건은 그냥 두 모자를 바라만 볼 뿐이었다.

상욱은 실컷 울자 서러움이 조금 가셨다.

당골댁 최여진은 이런 아들을 보는 것이 꿈만 같았다. 너무 좋을 따름이었다. 그러니 눈물을 보이는 와중에도 입에서 미소가 떠나지 않았다.

두개의
심장을
가진자

"아들, 아버지에게 이런 모습은 그만 보여 드리자꾸나. 어찌 살았는지 듣고 싶구나. 아니, 네 아버지에게 인사도 드리고 말씀 올려야지."

그녀는 다시 아들에게 미소를 지었다.

"그래야죠."

상욱은 자리에서 일어나서 아버지에게 큰절을 올렸다. 그리고 무릎걸음으로 한 걸음 바짝 다가가 말을 하기 시작했다.

"아버지, 제가 어떻게 살았냐 하면은요……."

그렇게 시작한 상욱의 말은 반나절이 가서야 끝났다.

"아들."

당골댁은 말이 끝나자 애잔한 눈빛으로 봤다.

"네, 어머니."

"아비어미 없이 잘 컸구나. 마치 깃털 없는 아기 새가 자라 공작의 깃털을 가진 듯하구나."

그녀의 눈에 미안함이 가득했다.

그리고 망연히 상욱을 봤다. 20년 세월을 훌쩍 뛰어 보는 아들이 너무나 기특했다. 제 아비를 닮아 얼굴선이 굵고 호방하니 잘생겼다. 이제 남편이 서 있는 모습을 꼭 보면 여한이 없지 싶었다.

그녀는 팔뚝 하나는 더 큰 아들의 머리를 쓰다듬었다.

당골댁의 인자한 눈이 상욱을 품었다.

"엄마-."

상욱은 잠시 아이로 돌아가기로 했다. 아무리 큰 어른도 엄마 앞에서는 아이일 수밖에 없는 노릇이다.

상욱은 뻐꾸기처럼 제 어미를 붉은 오목눈이 감싸듯 했다. 당골댁을 껴안았다.

"다 큰 녀석이 엄마는."

당골댁은 그녀를 품은 아들을 타박했지만 그대로 있었다.

박동건만이 두 모자를 한동안 말없이 바라보았다.

상욱은 이것만으로도 족했다.

그날 저녁. 상욱은 오른손을 꺾어 등짝을 만지며 떨어지지 않는 발로 행랑채로 향했다.

방금 전까지 그는 엄마와 소소한 이야기들을 나누었다. 그러다 엄마 옆에서 자고 싶다고 말했다 등짝에 오지게 불이 났다.

다 큰 놈이 어리광이라며, 어른들이 흉을 본다며 내쫓았다.

어머니 손매가 매웠다. 힘이 들어 있었다. 그래서 마냥 좋았다.

'아직은 정정하시구나.'

상욱은 하늘을 봤다. 개밥바라기 별이 가까워져 있었다.

행랑채로 걸음을 옮기던 상욱이 우뚝 멈춰 섰다. 그의 눈에 귀화가 피어올랐다.

너무나 익숙하면서도 이질적인 기운이 느껴졌다.

그는 훈몽제를 나와 강둑을 건너 앞 돌산으로 향했다.

천천히 걷던 걸음이 빨라지더니 성큼성큼 뛰는데 그 거리가 족히 10여 미터나 됐다.

상욱은 곧 돌산 앞으로 다다랐다. 85도의 직벽이 눈앞에 다가오자 바닥을 박찼다.

팍ㅡ.

땅바닥을 차는 소리와 함께 상욱이 허공으로 솟구쳤다.

형태는 구변속보 홍매비상 초식이었지만, 그 능력은 어기충소御氣衝溯와 같았다.

상욱은 20여 미터를 치솟아 다시 직벽을 걷어차며 수직 상승하는 몇 번의 동작으로 200미터 돌산 정상에 섰다.

잠시 황량한 정상을 둘러본 상욱은 반대편으로 내려갔다.

그곳은 박경덕이 훈몽제 제자들과 함께 마귀가 된 이한종을 제압한 장소였다. 한여름에도 뒷골이 서는 냉기를 품은 극음의 지기가 뭉친 결음치정소 그곳이었다.

쏴ㅡ아아.

찬 바람이 상욱의 뺨을 핥고 지나갔다.

"그르르륵."

상욱의 입에서 기괴한 소리가 나왔다.

그의 변화는 목소리뿐만이 아니었다. 눈동자는 코발트빛으로 바뀌고 어깨 위로 회갈색 기체가 넘실거렸다.

상욱은 천둔갑의 내공을 거슬러 마왕 에블리스의 두 번째 권능인 악업의 불을 지필 카르마로 바꾸었다.

이는 천둔갑의 역즉성단逆卽成丹의 모용이었다.

전날 우주의 비밀을 살짝 엿본 이후로 상욱은 천관, 즉 모든 본질을 꿰뚫어 내공을 카르마로, 카르마를 내공으로 치환할 수 있었다.

더구나 에블리스의 기억을 고스란히 뇌에 각인당한 상욱이기에 그 권능 역시 판화처럼 알고 있다.

그리고 그가 낸 두꺼비 울음 같은 그르륵거리는 소리는 권속을 호출하는 욕망의 하울링으로, 마왕의 일곱 권능 중 하나였다.

인간의 귀에는 들리지 않는 공명이 그를 중심으로 퍼져 나갔다.

크-아-하악!

얼마지 않아 상욱의 호출에 화답이 돌아왔다. 사악한 기운이 물결처럼 퍼져 그에게 닿았다.

파바바박.

소리가 먼저였다.

돌산 반대편의 결음치정소 수직 절벽 아래에서 가승희가 네발짐승처럼 빠르게 기어 올라왔다.

"비토리 폰 엘리자베스."

상욱은 가승희가 앞에 서자 신음하듯 말했다.

"주, 주인님, 각성하셨군요."

가승희가 부르르 떨었다.

그녀는 본능적으로 상욱의 상태를 알아챘다.

긴 잠에서 깨어난 괴물은 일시적 무력감을 지나 공복 상태였다. 그 허한 기운을 채우기 위해 먹이를 찾는데 상욱이 지금 그러했다.

더구나 주인은 에블리스의 흉측한 기운마저 폭발해 심성마저 잔혹해져 있었다.

가승희는 고개를 숙이고 무릎걸음으로 상욱에게 다가갔다. 그리고 양손으로 다리를 더듬어 일어나며 상체를 상욱에게 밀착시켰다.

"하―아."

욕망을 폭발시키는 비음이 가승희에게서 터져 나왔다.

"아악."

상욱이 거칠게 가승희의 가슴을 움켜줬다. 왼손이 가승희의 등을 타고 머리채를 움켜쥐어 비틀었다.

그러고는 탐욕 어린 눈으로 가승희를 내려다봤다.

"주, 주인님, 으으음."

가승희는 고양이처럼 안기려다 상욱이 그녀의 입술을 덮치자 비음을 통했다.

한참 긴 키스가 이어지고 상욱은 가승희를 살짝 밀어 냈다. 그의 눈에 아픔이 스쳤다. 그렇게 한참 내려다보다 입을 열었다.

"널 예전처럼 대하지는 못하겠다."

상욱은 괴물 같은 존재였지만 아직 그 스스로는 인간으로서 존재감을 떨치지 못했다.

"절 어떻게 여겨도 상관없습니다, 주인님. 버리지만 말아주세요."

가승희, 아니 비토리는 애원을 했다.

"버리려는 것이 아니다. 너에게 시킬 일이 있다."

가승희를 바라보는 상욱의 심사는 복잡했다.

한때 사랑했지만, 진실을 알고 난 지금은 가승희를 옆에 두기가 괴로웠다. 더구나 아버지 동건의 혼령을 되찾기 위해서는 꼭 해야 할 일이 있었다. 그 일을 가승희에게 맡기려 했다.

"무슨 일이든 시켜만 주세요."

가승희는 상욱이 내치지 않는 결정만으로도 기뻤다.

"카르마를 가진 자들을 쫓아라. 그들이 필요하다."

"오래전부터 카르마를 가진 자들이 존재했습니다. 그들 말인가요?"

"그렇다. 그리고 나와 같은 존재가 하나 더 있다."

"주인님과 같은 존재라니요?"

"그는 나에게 있어 너 같은 수하들을 거느리고 있다. 이리 오너라."

미심쩍은 상욱의 말이기에 가승희는 불안한 눈동자로 다가갔다. 혹여 포식자의 이빨을 드러내면 바로 도망갈 준비까

두개의
심장을
가진자

지 했다.

그때 상욱이 입을 벌렸는데 송곳니가 표범의 그것이 무색하게 길었다.

"주, 주인님."

가승희가 비틀거리며 물러섰다.

그러나 상욱은 개의치 않고 오른손 검지를 입으로 가져갔다. 질겅 씹어 상처를 냈다.

단 한 방울의 피가 검지에서 흘러나왔고 아물어 버렸다. 그리고.

툭.

중력의 법칙에 의해 떨어지던 피가 허공에서 멈췄다.

이 핏방울이 서서히 떠오르더니 멈춰 선 가승희의 이마로 천천히 날아갔다.

퍽─.

핏방울 하나와 부딪친 충격으로 보기엔 심할 정도로 가승희의 고개가 젖혀졌다.

이마에 묻은 핏방울은 붉은 빛을 내며 밝아졌다.

이 빛과 함께 가승희를 원래 모습으로 돌려 났다.

검은 핏줄기가 거미줄처럼 가승희의 얼굴 전체로 퍼지며 백발의 노파로 변했다가 금색 붉은 머리에 분이 묻어날 피부로 변했다.

"아─."

가승희가 탄성을 내뱉었다.

그녀는 비토리 폰 엘리자베스 본모습으로 돌아갔다.

하지만 이것이 끝이 아니었다. 처음 흡혈을 하고 젊음을 만끽했던 당시의 활력이 머리끝에서 발끝까지 전해졌다.

그녀의 열여덟 그 곱던 모습은 세상이 추앙했다. 잊고 있었던 그 느낌이었다.

비토리는 가슴이 벌렁벌렁해졌다. 그녀도 모르게 상욱에게 한 걸음 다가갔다.

그러나 상욱이 손을 들었다.

"비토리, 가라. 가서 카르마를 가진 존재를 찾아라. 그러면 그곳에 내가 있을 것이다."

상욱의 말은 비토리에게 너무나 가혹했다.

그러나 비토리는 감히 상욱의 곁에 다가가지 못했다.

"알, 알겠습니다, 주인님."

비토리가 몸을 떨며 뒤로 물러났다.

휘-익.

그녀의 뒤는 결음치정소의 수직 절벽이었다. 자유낙하를 하던 그녀는.

픽-.

꺼지며 검을 안개로 변하더니 검은 하늘로 사라져 버렸다.

비토리가 완전히 사라진 모습을 본 상욱은 눈을 감았다. 그러자 비토리의 시선과 감정이 전달되었다.

하늘을 비행하는 새처럼 너울거리며 빠른 이동 중에 두려움, 안도, 희망, 욕구 이런 감정들이 교차했다.

상욱은 벨제뷰트의 여섯 번째 눈의 능력과 겹치며 진화한 에블리스의 권능, 괴뢰의 인형술로 비토리의 육체와 정신을 지배했다.

갑자기 상욱이 피식 웃었다.

비토리의 감정 마지막 끝에 에블리스 기억이 각인되기 전 그와 알콩달콩했던 느낌이 아련하게 전해졌다.

"후—우."

상욱이 바라던 사랑은 그의 숨을 타고 사라졌다.

인연을 만지다

다음 날 아침.

상욱은 훈몽제의 제주濟主이자 백부인 오기남의 안내로 강학당에 들어섰다.

아버지 박동건에게는 고향이자 전부인 곳의 어른들에게 인사를 올리는 길이었다.

다섯 칸 기와 아래 큰 대청마루를 지나 넓고 긴 방으로 들어섰다. 방 다섯 곳이 여닫이로 구획 지어졌지만, 지금은 모두 개방되어 있었다.

상석에 흰 학창의를 입은 백발노인부터 아래로 중년인까지 다섯 명이 앉아 있었다.

"인사 올리시게."

오기남이 방 중앙으로 가 상욱에게 자리를 잡아 주었다.

"무진이 인사 올립니다."

상욱은 큰절을 올렸다.

"호-오."

상석에 앉은 훈몽제의 수장 격인 황추晃秋의 눈이 가늘어졌다.

"사질은 저 아이를 어떻게 보시는가?"

그가 옆으로 다가와 앉는 오기남을 보며 물었다.

"어제 저 아이를 보며 깜짝 놀랐습니다. 이마가 넓고 하악골이 바로잡혔습니다. 눈매가 부리부리하며 동공에 비해 흰자가 뚜렷하니 재상의 상입니다. 게다가 키와 흉부, 사지의 발달을 보건대 대칭이 있어 몸 씀씀이에서 부자연스러운 움직임을 보여야 합니다. 그런데 전혀 그러하지 않습니다. 근래에 근골이 크게 열린 듯합니다."

"네 생각은 환골탈태라도 했다는 말이냐?"

"농도 지나치십니다. 저 나이에 화경이라니요."

두 사질은 상욱을 앞에 대놓고 품평을 했다.

"어찌 사람을 불러 놓고 쓸데없는 말들이오. 그래, 아비를 만나 보니 어떠하던?"

얼굴 끝이 뾰족하고 깡마른 노인이 두 사질을 타박하며 상욱에게 물었다.

"더없이 좋습니다. 그리고 셋째 할아버님은 더욱 건강해지셨습니다."

상욱은 반절을 했다.

"네가 기억을 잃었다더니 온전히 찾았구나."

"그렇습니다."

상욱이 대답을 하며 웃음을 보였다. 어릴 적에는 몰랐는데 방금 질문을 한 노인의 이름값은 무거웠다.

황해晃解.

훈몽제의 전대 장로로 쟁천에서는 살별彗星(혜성) 혹은 동도東道라 불리는, 오존 중 일인이었다.

"허면 이제 어찌할 것이냐? 조금 늦기는 했다만 훈몽제의 남자 나이 스물이면 이곳에서 내거를 하며 수양을 쌓아야 한다."

"사숙, 그 문제는 천천히 하셔도……."

"허, 어암서원을 꾸려 가는 훈몽제주가 어찌 그런 말을 하는 겐가?"

"저기, 셋째 할아버님, 드릴 말씀이 있습니다."

상욱은 그의 거취가 의지와 상관없이 좌지우지되려 하자 급히 나섰다.

"내 말 끝나지 않았다. 내 보니 너는 기운을 주체하질 못하는구나. 필시 기연을 얻어 현천기공玄天奇功 따위를 익혀 층층간層層間에 선 모양이다만 이제가 시작이다. 당분간 여기에 머물러라."

황해는 일방적으로 통보했다.

상욱은 이 노인네가 예나 지금이나 똑같다는 생각이 들었다. 어릴 적 기억에 천자문 몇 자를 툭 던져 놓고, 외우면 사탕을 주고 못 외우면 휭하니 자리를 떠 버렸던 기억이 떠올랐다.

어쨌건 상욱은 그 말을 따를 생각이 없었다.

"만형천관萬形天貫 역즉성단逆卽成丹을 봤습니다."

"……."

상욱의 말에 황해가 눈을 크게 뜨고 한동안 상욱을 봤다.

"어디까지 나갔더냐?"

"보정행공을 완성했습니다."

"허허허, 네가 나보다 낫구나. 네 맘대로 머물고 싶으면 머물고 가고 싶으면 가라. 다만."

"말씀하십시오."

"중위경근 정위조군重爲輕根 靜爲躁君. 가벼운 것이 무거운 것의 뿌리며 조용한 것은 조급한 것의 주인이라 했다. 근본은 알아야 할 것이다."

"겉 넘지 말라는 작은할아버지 도덕경의 말씀, 뼈에 새기겠습니다."

싫은 소리에 인상 쓸 만하건만 상욱이 앉은 자세로 다시 반절을 했다.

"허어, 요사한지고. 나랏밥 먹은 놈과 도덕경을 다 논하고."

황해는 상욱이 마음에 안 드는지 싸늘한 눈으로 봤다.

상욱은 폐부가 뚫린 느낌이 들었다.

'무슨 노인네가.'

쥐 수염에 깡말라 허리마저 구부정한 노인의 시선과 기세가 보통이 아니었다.

"크흠, 그만하시죠, 사숙."

보다 못한 오기남이 나섰다.

"허어, 이것들이 늙었다고 괄시네."

황해가 삐져 돌아앉았다.

"이보게, 사제, 저 아이와 한 말이 사실인가?"

황추가 황해를 돌려 앉혔다.

"제가 허투루 한 말이 아닙니다. 그러니 요사하다 할 수밖에요."

"진짜 화경을 넘어섰다는 말인가?"

"보정행공은 풍월로 읊을 말이 아닙니다. 게다가 어찌나 오만한지 저놈 기파가 어암서원을 꽉 누르고 있습니다."

"허어, 그러하이."

황추가 확인을 하곤 깜짝 놀랐다.

상욱이 기를 방사하는 것도 아닌데, 상욱을 중심으로 기가 들쑥날쑥했다. 그것이 너무 자연스러워 세밀히 확인하지 않고는 알 수가 없었다.

"난 그만 일어나련다. 서울 가기 전에 방산골에 들러라."

황해는 일방적이었다. 뭐가 불편한지 답도 안 듣고 먼저 자리를 털고 일어났다.

"흘흘, 별일이로세, 저 친구가 사람을 청하다니. 애야, 네 작은할아버지가 말은 그리했어도 너를 귀엽게 본 모양이구나."

황추는 기분이 풀렸는지 웃음을 보였다.

"스승님, 사숙 변덕이 하루 이틀입니까? 상욱아, 됐다. 이만 자리를 파하자. 네 어머니에게 가 봐라."

오기남이 상욱에게 말했다.

상욱은 오기남이 황추를 비롯해 주위 사람들과 나눌 말이 있어 보이자 강학당에서 나왔다.

그는 대청마루를 나와 신발을 찾았다.

─이놈아, 방산골이다. 허투루 한 말 아니다. 서울 가기 전에 들러.

신을 신는 상욱 귀로 벼락이 떨어졌다.

말로만 듣던 전음이다. 황해 목소리였다. 내공이 갑자는 돼야 할 공부였다. 갑자기 정신이 확 들었다.

그래도 상욱은 낯빛을 바꾸지 않고 신발을 신었다.

다음 날 새벽.

상욱은 어암서원 앞으로 흐르는 강으로 갔다.

두개의
심장을
가진자

새벽잠이 없기는 중인 덕치도 마찬가지였다. 둘은 훈몽제 앞 보를 건너 양지 볕이 들 강변으로 갔다.

　아직은 새벽이라 물안개가 여명을 더듬었다.

　그런데도 상욱은 갈대밭으로 들어갔다. 억센 갈대를 양발로 어긋나게 밟아 눕혔다. 목표는 축 늘어진 능수버들이다.

　몇 걸음 못 가서 발목까지 물에 잠겨 바지를 걷었다.

　다시 몇 걸음을 걸어 버드나무 아래 섰다. 그 줄기를 양손으로 잡아당겼다. 3미터가 넘는 줄기가 쭉 딸려 왔다.

　쫘―악.

　억세게 잡아당겨지자 능수버들이 제 살을 내놓았다.

　그렇게 상욱은 손날로 윗동을 쳐 내길 몇 번 반복했다.

　첨벙첨벙.

　버들가지를 한 아름 잘라 뭍으로 나왔다.

　그리고 물 없는 곳에서 갈대를 눕혀 놓고, 앉아 있던 덕치 옆으로 가 앉았다.

　"휘―이, 반중조홍감盤中早紅柿이구만. 홍시 대신 솥단지 어죽을 올릴랑갑네. 암, 보시 중에 입보시도 한몫한당께. 쩝쩝."

　입맛까지 다시는 덕치는 참 능글맞았다.

　노계 박인로가 한음 이덕형이 내놓은 홍시를 보며 부모를 향한 시조 한 구절 읊은 일을 빗대고는 입맛을 다셨다.

　"어죽에 수저 얹으려는 스님은 조계종 감찰 스님들이 안 잡아갑니까?"

상욱은 슬금슬금 그의 옆에서 은근히 챙기는 덕치가 싫지 않았다. 그래서 살짝 농을 던졌다.

"아따, 물괴기를 먹기나 했음사. 침 흘렸다고 설사 똥 갰다네. 흐-미이, 요사스럽네."

덕치가 고개를 흔들며 말대꾸를 해 줬다.

상욱은 말장난을 그만두고 열심을 손을 놀렸다. 하루 이틀 맞춰 본 솜씨가 아니었다.

주머니에서 낚싯줄과 바늘 그리고 주머니칼을 꺼내 들었다.

어제 쌍치 만물상에 들러 사 온 몇 가지 물건 중 일부였다. 주머니칼로 굵은 버들가지에서 잎을 쳐 냈다.

그러곤 낭창낭창한 가지를 둥글게 엮어 원형 틀을 만들었다.

"물괴기 주낙이구만이."

덕치가 아는 체를 했다.

"이것을 아십니까?"

상욱의 말에 덕치가 찔끔하더니 변명을 늘어놨다.

"아니, 나가 보기는 봤어도 그것을 맹글어 봤다는 것이 아니고."

말은 그리해도 덕치는 옆자리에 앉아 손을 거들었다.

잎이 붙은 버들가지를 원형 틀에 얼기설기 꼬아 둘렀다. 그 틀에 버들가지 열 개가 붙자 직경 1미터 나무판이 됐다.

10분 만에 만들어진 물고기를 유인할 그늘막이었다.

덕치는 여기서 손을 뗐다.

"왜 그럽니까?"

상욱이 덕치를 봤다.

"땡초라도 절간 도덕이 있는 법이여. 이 땡초가 괴기를 먹어도 손은 삼세판은 건너뛴당께."

"잡지 않고 죽이지 않으며 피를 보지 않는다. 이 말씀이죠?"

"흐흐흐. 척하면 딱이네이."

덕치가 상욱에게 괴이한 미소를 보냈다.

다음은 온전히 상욱에 몫이었다.

그늘막 테두리에 낚싯줄을 1미터 정도 늘어트려 끝에 낚싯바늘을 매달았다.

그렇게 물고기 그늘막 다섯 개를 만드니 해가 떴다.

"으으, 아ー."

새벽부터 습한 물가에 앉았다 일어난 두 사람은 누가 먼저랄 것 없이 기지개를 켰다.

"으응?"

온몸을 용트림하던 덕치가 멈칫했다.

좌측 돌산과 우측 높은 산 사이로 흐르는 하천에서 물안개가 피어올랐다.

이 물안개는 구름이 되어 양 산을 휘감았다. 이무기가 용이 되어 승천하는 모양새다. 게다가 떠오르는 태양은 여의주처럼 제 모습을 뽐냈다.

절로 나오는 탄성.

뒤돌아보니 넓은 평야가 보이고 붉은 여명이 하늘과 땅에서 일어났다.

자연이 상욱의 동공 안에 머물렀다.

상욱의 마음 한쪽이 근질거렸다. 만상의 이치가 밀려오는 듯했다.

"좋지."

틱.

덕치가 상욱의 등을 툭 건드렸다.

깨달음이 밀려왔다 사라지는 순간이었다.

상욱은 아쉬움이 남은 얼굴로 덕치를 봤다. 이 인사는 아무것도 모르고 양손을 쭉 뻗어 허리를 펴고 떠오르는 태양을 봤다.

"애고고, 뭐 하슈. 해 뜨고 그늘막 놓으면 물괴기가 나오나?"

덕치가 너스레로 상욱을 재촉했다.

"허어."

탄식이 절로 나왔지만 상욱은 옷과 함께 훌훌 벗었다.

팬티만 남은 상욱의 몸은 30대 중년이라 하기는 너무 매력적이었다. 190센티미터가 넘는 키, 벌크 업 된 가슴과 허리에서 목덜미를 따라 올라온 승모근, 어깨날개 같은 광배근과 밭고랑 같은 복근, 상체에서 폭발적인 힘이 느껴졌다.

팔과 다리도 이두와 삼두박근을 거쳐 오밀조밀한 근육이 달리는 말과 같아 탄력이 장난 아니었다.

"쪼까 볼만허구만이."

덕치가 곁눈질하며 말했다.

그러나 상욱은 말이 없었다. 노끈으로 그늘막을 연결하고 추錘가 될 봉돌을 달았다.

'기특한.'

덕치는 그도 모르게 뇌까렸다.

어머니에게 어죽을 먹일 생각에 상욱의 마음은 주낙에 있었다. 주낙을 들고 강 중앙으로 나갔다. 강물이 가슴까지 올라오자 버드나무로 엮은 그늘막을 하나씩 놓았다.

첫 번째 것에 묶여 추 역할을 하는 봉돌이 가라앉아 자리를 잡았다.

이것을 확인하고 물을 거슬러 오르며 그늘막을 차례로 떨구었다. 각 봉돌이 자리를 잡았다.

하지만 봉돌 길이에 비해 물 깊이가 제각각이라 어떤 그늘막은 가라앉아 있고, 어떤 것은 수면에서 축 늘어져 있었다.

봉돌 길이를 조정하고 몇 걸음 물러나 그늘막을 봤다. 강 중앙으로 수초 숲이 생겼다.

이 그늘막 아래로 낚싯바늘이 일곱 여덟 개씩 미끼를 달고 매달렸으니, 기다릴 일만 남았다.

　미끼는 돼지고기와 고등어 살을 끼워 놨다. 메기나 빠가사
리가 걸리길 기대했다.

　그날 점심.

　상욱은 어머니와 아버지에게 어죽을 쑤어 드렸다.

　자취만 10년에 군에서 천렵을 숱하게 해 왔던 상욱이다.
당골댁은 '제법이구나.'라며 아버지 동건에게 죽을 떠 입에
넣어 주었다.

　그러자 박동건은 수저를 넘겨받아 어죽을 떠먹었다. 그는
사리 분별을 못할 뿐이지 식사와 같은 반복된 일상과 단순
노동은 곧잘 했다.

　상욱은 말없이 그 모습을 보며 눈시울을 훔쳤다.

　어암서원 내당 훈몽제는 남향이라 햇살이 따갑다는 느낌
이 들었다.

　오후에 접어들자 상욱은 한가한 시간을 즐기러 강을 따라
산책을 나갔다.

　그사이 어암서원은 뜻밖의 손님을 맞고 있었다.

　탁-.

승용차 문이 닫히며 홍두영이 내렸다.

"제기랄."

다른 사람 귀에 들리지 않게 욕설을 내뱉었다. 어제에 이어 오늘도 이철로의 운전기사를 하고 있으니 그에게도 자격지심이 찾아왔다.

어제는 가승희의 차가 순창 쌍치에서 멈춰 배회하자 차를 돌려 곧장 서울로 올라왔다.

답이 나왔다.

박상욱이 충정회와 총지종에 이어 어암서원과도 연이 있는 것이다. 이철로는 어른들이 있는 곳이라 불쑥 방문할 수 없다며 배첩을 만들어야 한다고 상경을 종용했다.

별수 없이 오늘 다시 전북 순창까지 4시간을 달려왔으니 그의 짜증에도 이유가 있었다.

"가세."

뒤따라 내린 이철로가 재촉을 했다.

그의 손에는 선물 바구니가 들려 있었다. 두 사람은 몇 걸음 가지 않아 멈춰 섰다.

방문하는 사람이 누구든 격을 두지 않는 의미로 담이 없는 어암서원이다.

"경기 이씨의 노호께서 어인 일이신지?"

도강道講을 맡고 있는 노정환은 토방마루에 있다 이철로에게 급히 나섰다.

"어, 정환이! 오랜만일세."

이철로의 얼굴이 밝아졌다.

대한민국에서 쟁천은 넓으면서도 좁았다. 특히나 10문 10가의 교류의 폭은 넓고 빈번했다. 이철로와 노정환은 그 교류를 통해 서로를 인정한 바가 있었다.

그에 반해 2류 가문인 홍가는 비주류였다.

"반갑네, 그런데 옆에 분은 누구신가?"

"홍가로 이름은 두영입니다. 청주에 본가를 두고 있습니다."

홍두영이 불쑥 끼어들었다.

이철로는 옆에서 미간을 찌푸렸지만 달리 말을 하지 않았다. 여기까지 홍두영이 따라온 목적이 말 그대로 호가호위 내지 이런 상황에서의 인맥 쌓기라는 것을 알고 있었기 때문이었다.

"아, 홍 선생님, 훈몽제에서 도강을 맡고 있는 노정환입니다. 아무튼 반갑습니다. 일단 들어가시죠."

"네, 네, 그리고 여기."

홍두영은 노정환의 말에 얼굴이 밝아졌다.

노정환이 누구던가. 송연松然라 불리며 어암서원에서 중추와 같은 역할을 하며 제주 송토 오기남과 쌍벽을 이루는 사람이다.

그런 노정환의 말 속에 그가 어떤 사람인지 알고 있는 게

분명했다. 그럼에도 그를 손님으로 받아들이자 이철로의 엉덩이를 쫓아다닌 보람이 있었다.

방금 전까지의 불만이 싹 날아가 버렸다. 그래서 웃는 낯으로 이철로가 쓴 배첩을 노정환에게 공손하게 건넸다.

두 사람이 안내된 곳은 누마루 옆에 마련된 객청이었다.

단출하지만 정돈된 느낌이 드는 사랑방과 같았다.

치이이익. 폭폭. 탁. 탁.

전통 한옥과 어울리지 않게 커피포트에서 물 끓는 소리와 다구가 내려지는 소리가 실내에 울렸다.

"자, 차 한잔하고 계시게. 배첩이 올라갔으니 곧 사형이 나오실 걸세."

쪼로록.

노정환은 녹차를 우려 걸러 낸 다구에서 차를 따랐다.

"이곳은 참 조용하군."

이철로는 찻잔을 받으며 말했다.

"도량이 다 그렇지. 그나저나 예까지 무슨 일인가?"

노정환은 참았던 말을 물었다.

"내가 말일세, 근래에 한 사람과 같이 있었는데 말도 않고 사라져 버렸네. 수단을 부려 그를 쫓아왔더니 여길세."

"우리 어암서원에?"

노정환은 근래 들어 도를 얻으러 온 사람을 떠올렸다. 그는 고개를 흔들었다. 이철로와 인연이 될 만한 사람이 없었다.

"혹여 박상욱이라고 알고 있는가?"

이철로의 목소리가 은근해졌다.

"박상욱?"

노정환 머리에 의문부호가 떠올랐다.

덜컹.

그때 문이 열리고 오기남이 들어왔다.

"자네가 무진이를 어떻게 알고 왔나?"

"안녕하십니까?"

이철로가 엉거주춤 일어나 오기남을 맞았다. 그에 따라 홍두영도 일어났다.

"무진을 어찌 알고 있는지 물었네."

오기남이 묻는데 말에 날이 서 있었다.

"무진이라니요?"

"자네가 말한 박상욱 말일세. 그 아이가 무진이야."

"그 인간이 여기 있기는 하군요."

이철로의 입에 미소가 그려졌다.

"자네같이 가문에 숨겨진 칼 같은 존재가 그 아이를 찾을 이유가 무엇인가?"

한층 싸늘해진 오기남이다.

"어암서원이 대단하기는 한 것 같습니다. 박상욱 경감을 아이라 부를 정도니 말입니다."

이철로는 심사가 꼬였다.

박상욱이 사라졌을 때 병가라니 잠시 걱정이 들었다. 게다가 총지종과 어암서원이 엮여 있어 박상욱이 두 곳에 큰 죄를 짓지 않았나 우려도 되었다.

어제는 상욱과 연이 있는 충정회에 연락을 할까 생각도 했었다. 그러기에는 자존심이 허락지 않아 기껏 배첩을 만들어 어암서원에 왔더니, 오히려 감싸고도는 모양이라 약이 살짝 올랐다.

"뭐라?"

화를 내는 오기남의 기세가 달라졌다.

"사형."

노정환이 깜짝 놀라 오기남의 앞을 막아섰다.

평소 학과 같이 고고한 사형이라 화내는 모습을 보지 못했다. 대체적으로 이런 사람이 화를 내면 무서운 법이다.

"내가 보기에는 어암서원은 박상욱을 잘 모르는 것 같습니다."

다시 이철로의 언사가 꼬였다.

"모른다?"

오기남은 반문을 했다. 확실히 그는 상욱에 대해서 모르고 있었다.

"그렇습니다. 그 전에 먼저 박상욱이 여기서 어떤 존재인지 알고 싶습니다."

"이 사람, 노호, 무례가 아닌가?"

옆에서 지켜보던 노정환까지 나섰다. 그나마 이철로가 무진을 두둔하는 쪽에 가까워 언성이 낮았다.

"진짜 모르는가 보군. 화경이 뉘 집 애도 아니건만."

"화경이라 했는가?"

노정환이 놀란 목소리로 반문하곤 오기남을 보았다.

"으음."

오기남이 낮은 신음을 토했다.

굳이 거짓말할 이철로가 아니니 확실히 사숙 황해의 눈이 정확했다.

"사형, 알고 계셨습니까?"

"무진이가 화경이란 것은 짐작만 하고 있었을 뿐이야."

"하기는 덕치 같은 위인이 무진이를 따를 이유가 없지."

노정환이 중얼거렸다.

이철로는 뜬금없는 이름이 나오자 노정환을 봤다.

"그 작자가 왜 여기에 있지?"

정말 싫은 표정을 짓는 이철로다.

"이보게, 노호, 자네답지 않군. 일단 앉지. 이야기가 길어질 것 같으니까."

분위가 싸늘해지자 노정환이 말을 돌렸다.

"허흠."

머슥해진 이철로가 헛기침을 하곤 오기남이 자리에 앉자 따라 앉았다.

"자네가 먼저 말해 보게. 왜 무진이, 아니 상욱이를 찾는 지."

오기남이 앉기 무섭게 물었다.

"잠시만…… 이봐, 홍 씨, 자리를 비켜 주게."

이철로가 오기남에게 양해를 구하더니 홍두영을 봤다.

"그러죠."

홍두영은 미련 없이 일어났다.

들어서 좋은 말이 있고 들어서 나쁜 말이 있다. 딱 여기까 지였다. 그가 일어나자 노정환이 따라 일어났다.

탁.

문이 닫히자 이철로는 서일국 국회의장 커넥션을 비롯해 상욱과 연루되었던 당시 상황을 설명했다. 마지막에는 그의 아버지 북검 이세창으로부터 박상욱에게 꼭 붙어 있으라는 명령 아닌 명령을 받았다고 없는 살까지 붙였다.

그로서는 창피함을 동반한 일이었지만 어암서원에서의 박 상욱의 위치를 알기 위해 다 벗어젖혔다.

"그런 일이 있었군. 내 소상히 말은 못 하나 무진이를 찾 아왔다 하니 그 아이에 대해 몇 가지만 말하겠네. 정 궁금한 것은 직접 물어보고."

"알겠습니다."

"그의 아버지는 자네도 알고 있는 내 사제 박동건일세. 뜻 하지 않게 그 아이가 집을 나갔다 이제야 돌아왔네. 그 과정에서 그 아이 집안과 인연이 있는 총지종 원종 사형과 만났고. 그래서 덕치가 무진이를 따라왔네. 이건 개인적인 생각이네만 오늘은 날이 아닐세. 무진이를 만나지 않지 않는 것이 좋겠네. 서울에 가 있으면 그 아이가 올라갈 것일세."

"……."

이철로는 입을 다물고 잠시 고민했다.

오기남의 말이 타당했다. 지극히 개인사로 상욱은 휴가를 냈다. 얼굴을 봐야 붉힐 것이 당연했다.

"알겠습니다. 조용히 나가겠습니다. 좀 전에 나간 그자를 불러 주십시오."

"잘 생각했네."

둘은 자리에서 일어났다.

잠시 후.

이철로와 홍두영은 노정환의 배웅을 받으며 어암서원 마당을 가로질러 주차장으로 향하다 덜컥 멈춰 섰다.

멀리서 거구 사내 둘이 오는데 시끌벅적했다. 딱 봐도 우측 사내가 박상욱이었다.

이철로가 좌우를 둘러보는데 넓은 마당에 몸을 피할 곳이라고는 탁 트인 정자가 전부였다.

그래서 몸을 돌려 안으로 들어가는데 염장을 지르는 말이 들렸다.

"으이, 거그 수꿩 두 마리. 대구빡 다 보였당께. 우리 어린 사숙이 느그들 다 봤다고. 카카카."

덕치가 뭐가 좋은지 괴이한 웃음을 지었다.

어암서원 행랑채.

불만 가득한 얼굴인 이철로와 인상을 잔뜩 쓰고 있는 상
욱, 그리고 뭐가 좋은지 싱글벙글인 덕치 셋이 앉았다.

"여기는 또 어떻게 알고 찾아왔습니까?"

상욱은 이철로를 추궁했다.

"크흠, 여기저기 수소문했지. 그리고 사람이 어디 가면 간
다고 말을 해야지."

"제가 왜 이씨 아저씨에게 그런 말을 해야 합니까?"

"이씨? 허-. 자네는 존장도 없나?"

"아따, 존장 같은 소리하구 자빠졌구마이."

갑자기 덕치가 끼어들었다.

"이 땡중 놈이."

이철로가 발끈했다.

상욱은 생각지도 않은 이 상황에 둘을 번갈아 봤다.

"쫌팽이가."

"뭐라? 밖으로 나와라."

"나오라면 못 나갈까 봐?"

덕치가 소매를 걷어붙이며 엉덩이를 들썩거렸다.

"하-아."

상욱은 아이들처럼 주먹다짐할 두 사람을 보니 한숨부터
나왔다.

"두 분 아는 사이입니까?"

"저런 종자랑."

"하구메, 저런 놈이랑."

그는 묻자 둘이 똑같은 대답을 했다.

"누가 말씀하시겠습니까?"

"내가 하지. 그러고 보니 아는 얼굴이기는 하군. 총지종의
땡중. 근본도 없고, 항렬도 무시하는 종자."

"얼시구, 나이나 한 질라 반 토막이. 야 이 작자야, 드문드
문 먹은 짜장 그릇을 쌓아도 네놈 키만큼은 쌓았어."

"중놈이 짜장 같은 소리하고 자빠졌네."

"그만!"

결국 상욱이 고함을 질렀다.

두 사람이 찔끔하더니 상욱의 눈치를 봤다.

"말을 들어 보니 항렬과 나이 차이로 그럴 뿐 잘 아시는
사이가 맞네요."

상욱의 말에 둘은 서로를 외면하며 고개를 돌렸다.

"이 일은 그렇다 치고, 이씨 아저씨는 언제까지 저를 쫓아
다니실 것입니까?"

"날 하인처럼 부린다고 한 게 자네가 아닌가?"

이철로는 얼굴에 철판을 깔았다.

지난날 인천 북항에서 그는 상욱과 손을 섞으며 크게 성장할, 즉 화경의 단초를 발견했으니 그에게 상욱은 보물과 같았다.

"아따 우리 어린 사숙은 좋겠네, 늙은 종도 있고잉."

덕치가 빈정거렸다. 그러거나 말거나 상욱과 이철로 두 사람의 관심에서는 멀어져 있었다.

"속내를 말하십시오."

"휴―우."

상욱의 말에 이철로가 한숨을 쉬고는 잠시 말이 없었다. 그러더니 입을 열었다.

"자네는 풍뢰일검을 받아 봤으니 알 것이네. 한 호흡에 초식을 중첩할수록 위력을 더해 가는 사실 말일세. 내가 한 호흡에 풍뢰일검을 두 초식으로 펼쳤던 것을 기억할 것이네."

"그런데요?"

"그게 안 돼. 그때는 화경에 발을 담갔는데 시간이 지나서 확인을 하니 풍뢰일검 초식이 늘지를 않아."

"저와 무슨 상관입니까?"

"상관이 있지. 자네와 극한까지 부딪쳐 보면 내가 화경을 다시 볼 수 있으니까."

이기적인 말이지만 이철로는 그만큼 절실했다.

"저 그렇게 한가한 사람 아닙니다. 누굴 돌보고 그럴 생각은 추호도 없고요."

상욱이 딱 부러지게 말했다.

"당연하제. 우리 사숙이 쫌팽이랑 같이 다닐 이유가 뭐 당가. 이 부처님이라면 몰라도."

덕치가 이 틈에 속을 내비쳤다.

"어불성설語不成說. 왜 땡초가 끼어들어."

"이유가 어쨌든 둘 다 같이 다닐 수 없습니다."

상욱은 두 사람과 같이 있다가는 아무래도 코가 꿰일 것 같아 행랑채를 나와 버렸다.

그날 이철로는 홍두영을 서울로 올려 보내고 행랑채에 자리를 틀었다.

방산골은 상욱의 느린 걸음으로 20분 거리였다.

쫓아온다는 이철로와 덕치를 떨구고 오느라 출발은 저녁 먹고 한참이 지난 다음이었다.

목적지인 방산골, 황해의 거처는 유래가 남다른 곳이다.

하서 김인후 선생에게 사사를 받은 송강 정철 선생과 낙향 이후 훈몽제에서 후학을 양성하던 우암 송시열 선생의 숨결을 품은 낙성채落星砦는 다섯 칸 한옥으로 고즈넉한 풍광을 담았다.

"크흠."

상욱은 돌담 앞에서 헛기침을 했다.

"열려 있으니 들어오너라."

사실 싸리문이라 열고 닫고 의미가 없었다.

상욱이 안방으로 들어가자 황해뿐 아니라 50대 중년인 둘이 앉아 있었다. 그런데 두 중년인은 그 나이층에서 보기 힘든 쌍둥이였다.

"무진이 인사드립니다."

상욱이 황해 앞에 앉으며 절을 했다.

"왔느냐? 여기 둘에게도 인사해라. 네게는 사숙되는 사람들이다."

"무진입니다."

상욱이 앉은 채로 반절을 했다.

"송면일세. 자네는 모르지만 어려서 몇 번 봤던 기억이 있구먼."

"송만일세."

두 사숙이 맞은 절을 했다.

"죄송합니다, 기억이 없어서."

상욱이 미안한 표정을 지었다.

"인사는 그 정도면 됐고. 방이 차니 너희 둘은 나가서 군불 좀 때고 있거라."

황해가 송면 형제를 내쫓았다. 그리고 그는 사질이 나가자 다짜고짜 상욱의 손목을 잡았다.

송곳 같은 기운이 맥을 타고 들어왔지만, 불과 2, 3초 만에 바다에 빠진 바늘과 같았다.

"맞구나. 잊혔던 천둔갑이 확실해."

"……."

상욱은 침묵으로 부정을 하지 않았다.

"한참 전에 사라진 큰 도를 어디서 얻었느냐? 아니다. 말하지 않아도 된다. 다만 5일간 밤마다 이곳에 와야 한다. 알겠느냐?"

"네, 알겠습니다."

황해가 무리한 강요를 했지만 상욱은 승낙을 했다.

"토를 달지 않아 좋다. 한 가지만 물어보자. 무기에 대해서 알고 있느냐?"

"칼이나 검 그런 것 아닙니까?"

상욱은 황해의 질문에 원론적인 답을 했다.

"고래로부터 인간은 약한 존재였으나 도구를 사용함으로써 포식자가 되었다. 그게 바로 무기다. 즉, 나를 지키고 사냥하는 수단이었지."

상욱은 고개를 끄덕이며 수긍했다.

"이것이 인간의 탐욕에 의해 약탈과 전쟁의 필수품이 되었다. 현대에 이르러 과학이 그 자리를 차지했지만 바뀌지 않은 것이 있다. 그것이 무엇이겠느냐?"

"공격과 방어의 개념 같습니다."

"틀리지 않았다. 도구가 과학을 만나 적에게 더 멀리에서 강한 타격으로 공격하고, 적의 공격으로부터 더욱 촘촘한 방

두 개의
심장을
가진 자

어 체계를 구축했다. 심지어 경영학의 O.R론도 공격과 방어에서 왔다. 여담이다만 2차 세계대전 당시 독일군의 미사일을 방어하기 위한 영국의 체계인 O.R, operations research가 발전한 학문이 경영학의 O.R론이다."

"그렇습니까?"

상욱은 황해의 해박한 지식에 살짝 놀랐다.

"왜 이런 이야기까지 하는지 궁금하지?"

"네."

"도사가 칼질이나 하며 도를 찾는 것이 개소리 같다만, 도사가 칼은 드는 이유도 경영학의 O.R론과 같다."

"알 듯합니다만 표현이 어렵습니다."

"사람은 근본적으로 탐욕과 욕망의 화신이다. 도사는 검을 들고 사람을 베는 것이 아니라 탐욕과 욕망을 좇는 마음을 베는 것이다. 따라서 검을 휘두르며 심신을 수양하는 일은 도를 행하는 한 방편이다. 그리고 그 근본을 파고들다 보면 학문의 이치와 같은 깨달음이 있는 것이다."

"그럼 굳이 검이 아닌 다른 무기를 들 수도 있지 않습니까?"

상욱이 의혹을 제기했다.

계속된 의문에 짜증 낼 만도 하건만 황해는 다른 각도에서 설명했다.

"물론 막대나 손도끼가 무기의 출발이다. 발전해 도끼나

창이 되었고, 이런 여러 가지가 합쳐져 효율성이 극대화된 무기가 검이다. 달리 말하면 인간의 이성으로 만든 최고의 무기라 이거지. 그래서 검을 알면 인간이 추구한 끝을 알게 되지."

"그 말씀이 이해됩니다. 도에는 길이 없지만 스스로를 믿고 따라가다 보면 길이 보이는 이치가 아닙니까?"

"녹을 먹는 놈치고는 말귀가 빠르구나."

"그래도 제가 검을 배워야 할 이유를 모르겠습니다. 하물며 도인도 아닌 제가요."

"누가 검을 배운다고 했더냐?"

"그럼 지금까지 하신 말씀은 무엇입니까?"

"너는 어암서원을 수호하는 지킴이가 되어야 한다. 아니, 도를 깨닫고 큰 뜻을 펼치려는 이들을 지키는 것이 너의 본분이다."

"저는 이곳과 동떨어져 일하는 공무원에 지나지 않습니다."

"고래로부터 어암서원은 도를 깨닫고 세상의 악에 맞서 왔다. 그러나 명분은 악행을 제도하는 데 있다지만, 속을 파고들면 손발과 무기로 적을 살상하는 것과 다르지 않다."

"겉과 속이 다르지 않습니까?"

상욱이 따져 물었다.

"어떤 판단을 해도 궁지가 답인 상황이지. 도통道通의 목적

두개의
심장을
가진 자

은 자기 성찰도 있지만 궁극적으로는 중생의 구제에 있다. 중생 구제를 위해 불가피하게 칼을 들 때도 있기 마련이다."

"그래서 검을 들고, 도를 닦는 도사들을 대신해서 무기를 들라는 말입니까?"

"내가 그랬다."

뜻밖의 말을 하는 황해였다.

상욱은 말을 잃고 잠시 앞뒤를 쟀다. 지금 황해는 그를 후계자로 찍은 것이다.

"왜 접니까?"

"호랑 말코들은 악심이 없어. 뭘 죽이겠다는 마음 자체도 없을뿐더러 어려서부터 가르침을 받은 무술로 마음과 몸이 틀이 잡혀 버렸어. 특히나 내가 너에게 가르치려는 만상육절 萬象六絕은 말코들이 배움을 얻더라도 고정관념을 버리질 못해. 칼이나 검을 잡으면 이렇게 써야 한다고 몸이 먼저 초식에 반응해."

"저 역시 잡다한 무술을 배웠고, 천둔갑이라는 내공도 몸에 익어 고정관념이란 형식에서 벗어날 수 있을지요?"

"일기통천록 말이냐? 덕치에게 물으니 네가 손발을 자기보다 잘 쓴다 하더구나. 게다가 육체가 움직일 모든 경로를 알고 있으면서 특별히 무기를 쓰지 않는다고 들었다."

"무기를 쓰기는 합니다만."

"주로 사용하는 것은 아니지 않느냐?"

"그렇기는 합니다."

"그 정도면 무기술에 큰 편견이 없으니 오히려 천둔갑을 익히는 데도 도움이 되면 됐지 앞을 막지는 않을 게다. 주먹, 발질 얘기라면 예까지 하자. 천둔갑을 꿰뚫을 정도면 자질구레한 형식에 구애가 없는 경지야."

"……."

상욱은 할 말이 없었다. 이미 노회한 황해와의 언쟁은 상대를 이해시키려는 말다툼에 불과했다.

"굳이 네게 만상을 가르치고 지킴이로 만들려는 이유는, 어암서원의 풍파를 막을 바람막이가 되어 달라는 뜻이다."

"벅찬 말씀입니다."

"내 말귀를 못 알아들었구나. 네 손으로 어암서원을 쥐락펴락할 수 있다 여기느냐?"

"어찌 그러겠습니까."

"당연하다. 쟁천에서 어암서원은 총지종과 더불어 정점에 있다 해도 과언이 아니다. 그런데 어암서원에서 네 위치가 가볍지가 않아. 네 선조 박경덕 조사부터 어암서원에서 큰 줄기였다. 지금에야 넋이 빠져 있는 네 아비 동건이다만 지금 제주 오기남보다 네 아비를 위에 놓았던 제자들이 훨씬 많았다. 네가 돌아왔으니 네 아비를 따르는 자들 중에서 사회에서 널 구심으로 뭘 해 보겠다거나 디딤돌로 여길 놈도 나올게고."

"설마요."

"말이 길다. 그냥 들어라. 어쨌든 쟁천에서든 사회에서든 운명이란 놈이 너에게 크게 다가올 거다. 그러니 스스로 주도적인 역할을 맡아야 한다."

"가늠하기 힘든 말씀입니다."

"그럼 지금까지 구차한 말들에 마음을 어지럽히지 마라. 그냥 아버지 손 거든다 생각하거라. 만상은 덤이라 여기고."

"……."

상욱은 생각이 깊어져 잠시 말을 못 했다. 부모를 찾으니 주변이 복잡해졌다.

"번잡하더냐? 어른들이 이르면 그냥 따르면 된다. 그러다 보면 네 자리는 저절로 찾아질 것이다."

"알겠습니다."

상욱은 토를 달고 싶었지만 황해에게서 묻어나는 꼬장꼬장함에 입을 아꼈다.

백수白壽를 도에 바친 이 노인의 가치관이 어떨지 알 만했다.

일견 이것이 수긍으로 비쳤는지 황해는 말을 계속 이어 갔다.

"내 너에게 전수하려는 무기술인 만상육절萬象六絶은 살기가 강하고 살상을 목적으로 두고 있다. 어암서원과는 어울리지 않는 잡기다만 방패막이가 되기 위한 무공인 만큼 강력하다. 강한 만큼 익히기도 어렵다."

"얼마나 어렵기에?"

"난 작금에 이르러서야 깨달음이 있었다. 최선을 다해야 할 것이야."

"제가 제일 싫어하는 말이 최선입니다. 패자의 말이죠. 최고가 되겠습니다."

상욱은 만상육절을 배우기로 한 이상, 내 것이 제일이라는 자부심부터 가졌다.

"하하하, 근래에 들은 말 중 최고다. 기분 좋구나. 오늘은 여기까지 하자. 술 한잔을 하지 않을 수 없구나."

상욱은 이날도 새벽이 되어서야 행랑채로 들어갔다.

다음 날도 상욱은 아버지와 어머니랑 낮을 보내고 저녁이 되어서 방산골로 넘어갔다.

황해는 상욱이 앉기 무섭게 사족을 빼고 입을 열었다.

"만상육절의 시작과 끝은 균형에 있다. 처음에는 형形이 있어 손과 발을 쓰는 초식이 있으나, 네가 배운 일기통천록의 무술과 겹치는 부분이 있어 따로 가르치지는 않을 것이다."

"그럼 무기술만 배웁니까?"

"그러하다."

"살상이 목적이라면 어떻게 때리고 베고 찌르는 문제가 아닙니까? 그런데 말씀하시기를 만상의 시작과 끝이 균형이라는데 말의 이치와 맞지 않습니다."

두 개의
심장을
가진 자

"무기를 살상에 맞췄으니 그 효율성을 어디에 두겠느냐?"

"당연히 무기의 이점이 아니겠습니까."

"그렇다. 따라서 타격하는 무기는 무게중심이 끝에, 베는 무기는 안에, 찌르는 무기는 중앙에 있다. 예를 들어 보마. 도끼는 타격, 즉 때리는 도끼날 끝에 온 힘이 실리기 마련이다. 또한 칼의 경우는 베는 과정에 힘이 칼자루에 실리고, 찌르고 베는 검은 그 중심이 가운데 있다. 그래서 무기를 쓰는데 그 균형이 어디에 있는지 아는 것이 중요하다."

"확실히 그렇군요."

상욱은 무기 효용에 관해 수긍했다.

"이야기를 계속하마. 아까 말했듯 무기에 균형을 알았으니 다음은 그 무기를 잡는 형태가 중요하다. 물론 그 전에 쥐는 법과 양손을 쓰는 이치를 배워야 한다. 이것이 만상 6절의 기본이자, 어떤 자세에서든 무기를 사용하는 1절 전능대구력全能大九力이다. 요체는 361동작 아홉 개 순초식과 같은 역초식을 통해 신체를 완벽히 통제함으로써, 어떤 상황에서도 공격과 방어를 수발할 수 있는 것이다. 이는……."

"궁극적으로 일기통천록이 지향하는 바와 같습니다."

"허허허, 말귀가 빠르구나."

"그래서 무기술만 가르치신다 하셨군요."

"그렇다 해도 어찌 같기만 하겠느냐. 군부의 진체와 도가의 한 자락이 비교될까. 다만 몸으로 쓰는 무예로는 비교해 팔 할의 능력이 있다고 본다. 이래서 만상1절 전능대구력은 건너뛴다."

황해는 충정회의 무예를 치켜세웠지만 전능대구력에 대한 자부심 역시 대단했다.

하지만 상욱은 묵묵히 듣고만 있었다. 그는 일기통천록의 절기보다 이능력에 가까운 에블리스의 권능을 위에 놓았다.

황해는 이것을 불복으로 느꼈다.

그는 상욱의 내심을 오해하고는 그저 빙긋 웃으며 문밖을 보며 외쳤다.

"송면과 송남이 게 있느냐?"

"네-."

"예."

어제 상욱이 봤던 쌍둥이 중년인이 대답했다.

"들어와라."

털컹.

문이 열리고 송면, 송남 형제가 들어왔다.

"서로 소개는 했지만, 두 형제들은 네가 만상육절을 펼칠 무기가 든 만상궤萬象櫃를 짊어진 궤인櫃人이다. 내가 왜 이들을 불렀냐 하면, 크흠, 만상궤를 보여라."

황해는 송면과 송남을 재촉했다.

그러자 두 사람은 각각 짊어지고 있던 길이 1.5미터, 지름이 25센티미터에 달하는 원통 두 개를 내려놨다.

"무엇이옵니까?"

상욱은 궁금하지 않을 수 없었다.

시절이 어느 때인데 무기를 지키는 궤를 들고 다니는 사람이라니, 이해가 되지 않았고 그 무기들 하나하나가 어떤 것인지 의문이 들었다.

송면부터 원통을 열었다. 네 개로 나뉜 공간에서 도끼와 채찍 그리고 도와 검을 꺼냈다.

그 뒤를 따라 송만도 원통에서 창과 활 그리고 화살을 꺼냈다.

"검집이 없습니다."

무기라면 의당 있어야 할 검집 같은 것이 없어 상욱이 물었다.

"궤 자체가 무기들이 손상되지 않는 역할까지 한다. 일단 무기를 살펴보아라."

황해의 말에 자긍심이 심어져 있었다.

상욱은 날붙이가 있는 검부터 살폈다. 무게중심이 중앙에 있고 손잡이는 코등이부터 끝까지 30센티미터나 되어 일반 검보다 길었다.

무엇보다 그의 마음을 사로잡는 것이 이 손잡이였다. 어떤 부위를 잡고 있어도 무게중심이 흔들리지 않게 쥐이는 감각이 너무 좋았다.

그런데 검 자체가 모양에 비해 굉장히 무거웠다.

쉐―액.

가볍게 앞으로 찌른 검에서 나는 바람 소리가 매섭다. 그만한 예기를 지녔다는 뜻이다.

무협지의 한 장면처럼 머리카락 한 올을 뽑아 검 위에 올려놓으니 두 동강이 났다.

"정말 날카롭습니다."

"도와 도끼, 창 그리고 화살촉같이 날붙이가 있는 것은 그 날카롭기가 마찬가지다."

황해의 말에 상욱은 흡족한 표정을 지었다.

예기를 이 정도까지 갖고 있다는 것은 금속이 최고의 경도를 가졌다는 뜻이었다.

이어 채찍을 들었다. 이번에도 묵직한 무게가 느껴졌다.

"힘이 장사구나. 근 백 근이나 되는 무기들을 내공도 없이 젓가락 쥐듯 움직이니."

황해는 상욱에게 놀랐다.

백 근 역기는 성인이라면 열에 아홉은 든다. 그러나 막대 형태를 한 손으로, 그것도 한 점 떨림이 없이 수평을 유지하기는 결코 만만한 일이 아니다.

"그렇지 않아도 제법 무거워 무엇으로 만들었는지 물으려 했습니다."

"백금 찌꺼기로 만들었다."

"설마 오스뮴입니까?"

"별것을 다 아는구나."

"너무나 비싼 무기군요. 오스뮴이라니."

상욱은 혀를 내둘렀다.

백금을 왕수(진한 염산과 진한 질소 혼합물)를 넣어 녹이고 남은 잔존물이 오스뮴이다. 세계에서 제일 무겁고 단단하기까지 했다. 백금의 찌꺼기가 아니라 정수였다.

같은 무게의 금보다 열 배가 비싸니, 빌딩 수십 채가 만상궤 안에 들어 있는 셈이다.

"어암서원의 지킴이가 어떤 위치인지 알겠느냐?"

전능대구력에 이어 만상육절을 펼치는 무기가 이러할진대 그 절기는 어떻겠느냐는 황해의 시위였다.

"네."

상욱은 고개를 숙여 줬다. 그리고 그날은 여섯 개의 무기만 만지다 행랑채로 돌아왔다.

만상육절萬象六絶

만상1절 - 전능대구력. 361동작 9개 순초식과 같은 역초식을 통해 신체를 완벽한 통제 아래 두고, 정신과 균형을 이룬다.

만상2절 - 타격절, 때리는 무기를 사용하는 법문

만상3절 - 절단절, 베는 무기를 사용하는 법문

만상4절 - 관통절, 찌르는 무기를 사용하는 법문

만상5절 - 투사절, 쏘거나 던지는 무기를 사용하는 법문

만상6절 - 만병절, 만상궤의 여섯 가지 무기를 혼합해 사용
하는 법문

황해의 만상육절 법문 전수는 일주일에 걸쳐 이루어졌다.

상욱은 매일 밤 황해의 거처를 찾았다.

긴 겨울밤을 노소가 앉아서 말로 하는 무예 전수는 지루할
만도 하건만, 상욱은 황해가 전수하는 만상육절에 치열할 정
도로 파고들었다.

"……따라서 만병6절의 대표 무기 격인 도, 검, 부, 궁, 창
과 너와 혼연일체가 되어야 한다. 내가 너에게 들려줄 법문
은 여기까지다."

황해는 말을 끝으로 창을 봤다. 미명이 밝아 왔다.

"휴-우."

상욱은 긴 한숨부터 나왔다.

말로만 듣던 검과 활 그리고 창이다. 물론 도끼와 칼도 생
소하기는 마찬가지다. 공정통제사로서 적진이 침투해 길을
뚫거나 야생 적응을 위해 정글도나 도끼를 쓴 것이 전부였다.

몸으로 부딪쳐 보지 못한 무기들.

말로만 그 사용법을 전해 듣고 뭘 어쩌겠는가. 갈 길은 먼
데 황해가 정해 준 목적지는 진시황이 불로초를 찾기 위해
보냈다던 봉래도였다.

더구나 황해가 마지막에 잠시 보여 줬던 만상육절 만병절

은 저글링이라 해도 틀리지 않았다.

그나마 송면, 송남 형제들이 그를 따라와 수련에 도움을
준다는 것이 일말의 위안이었다.

상욱이 어암서원에 머문 지 일주일째 되는 날.

상욱은 덕치를 통해서 한두전이 대장 나한수에게 한 달 병
가를 통보한 사실을 전해 들었지만, 20일 가까이 쉬자 몸이
근지러워 슬슬 복귀를 준비했다.

그래서 오전에 어머니에게 이틀 후 서울에 올라간다고 말
했다.

오후에는 방산골을 찾아가 황해를 만났다.

"이제 상경하는 게냐?"

"네. 적어도 한 달에 한 번은 내려오려고 합니다."

"네 부모가 있으니 의당 그리해야겠지."

"달리 하실 말씀은 없으신지요?"

며칠 겪지 않았지만 황해는 그를 온전히 보낼 사람이 아니
었다.

"내가 간다니 어찌하겠느냐. 다만."

"다만요?"

황해가 말을 끊자 상욱이 되물었다.

"송면, 송만 형제가 너와 함께 상경할 것이다. 그들이 끊
임없이 너에게 만상육절의 초식을 가르쳐 줄 것이니 그것으

로 깨달음을 얻어야 한다."

"안 됩니다."

상욱이 놀라 반대했다. 그렇지 않아도 이철로와 덕치가 혹처럼 달라붙어 머리가 아픈데 군입을 더 늘릴 수 없는 일이었다.

"왜? 내가 알아보니 경기 이씨 놈하고 중놈이 따라붙는다는데, 그들은 되고 네 사숙들은 안 된다 이 말이냐?"

"그들이 막무가내로 한 결정이지 저와는 무관합니다."

"오호라, 내가 한 결정은 가볍고 그 두 놈이 한 결정은 무겁다 이거지. 내 오늘 어암서원에 내려가 봐야겠다. 간만에 네 어미 얼굴 좀 보고, 네가 백부라고 부르는 제주 한 놈과도 심도 있는 대화를 나눠야겠다."

"제 말은 그런 뜻이 아니지 않습니까?"

"아니고 밖이고 내 알 바 아니고."

황해가 일어나더니 두루마기를 주섬주섬 챙겼다.

"후—우. 알겠습니다. 셋째 할아버지 뜻대로 하겠습니다."

상욱은 어머니까지 들먹이자 포기를 했다.

"진즉에 그럴 것이지."

두루마기를 원래 자리에 건 황해는 자리에 앉았다. 그리고 축객령을 내렸다.

"갈 때 인사 올 것 없다. 모레 출발하는 것으로 알고 있으니 오늘 송면, 송만을 내려보내마. 그만 가 보거라."

"네."

상욱은 반절을 하곤 일어났다.

황해는 상욱이 나가자 벽장문을 열었다. 깊숙한 곳에서 윤이 나는 자단목 상자를 꺼내더니 열었다.

싸한 냄새가 방 안을 진동했다.

곽 안에는 잔털 하나 없이 10센티미터 몸통에 얼추 20센티미터가 넘는 긴 가지를 다섯 개 내린 삼이 있었다.

"실한 것."

그는 이틀 전 귀물을 가져온 이철로를 떠올렸다.

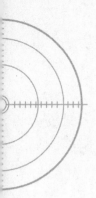

뜻하지 않은 여행

"그러니까 무진이랑 같이 있게 수를 내달라?"

"어찌 어르신께 그런 부탁을 하겠습니까. 제가 보니 박 경감이 며칠 내로 서울에 올라갑니다. 그때 송면과 송만 형을 같이 올려 보내시는 것이 좋지 않을까 싶습니다."

"내가 왜 그래야 하지?"

"그거야 어르신이 박 경감에게 만상육절을 가르쳤기 때문입니다. 박 경감이 아무리 천재라도 쟁천에서 가장 난해한 절기를 며칠 만에 익힐 수는 없었을 것입니다."

"여우 같은 놈."

황해는 이철로가 얄밉게 보였다.

"법문 정도 외우고 몇 번 따라한 형形이 전부가 아닙니까?"

"밉기가 제 아비 같은 놈일세."

"칭찬으로 듣겠습니다. 그리고 어차피 송면이나 송만 형 둘 중 한 분을 나중에 서울로 올려 보내 박 경감 옆에서 만상 육절의 형식을 완성시키실 일이 아닙니까."

"이놈이 점쟁이 고쟁이를 뒤집어썼나?"

"그럴 바에야 송면, 송만 형님 두 분 모두 박 경감과 같이 서울에 올라가 옆에서 신경을 써 주면 얼마나 좋습니까?"

"그럼 네놈이 얻는 것은 뭔데?"

"하하, 제가 얻는 것이 뭐가 있겠습니까. 여기."

이철로는 자단목으로 된 상자를 황해 앞으로 내밀고 뚜껑을 열었다.

"오구대추산삼五軀待秋山蔘이 아닌가?"

황해의 두 눈이 가늘어져 이철로를 봤다.

"천삼 중 으뜸이지요. 백 년이 넘은 산삼이 다리를 하나 더 내려고, 제 살(잔뿌리)을 다 태워 몸통에 영양분을 다 끌어 모았으니, 잔털 하나 없이 대추처럼 매끄럽습니다."

"이르다 뿐인가. 오구는커녕 사구도 보기 힘들지. 거기에 대추니 갑자甲子는 못 되도 너끈히 4, 50년 내공은 끌어올릴 수 있지. 죽일 놈."

"갑자기 왜 그러십니까?"

"네놈이 도사에게 망령을 심어 줬어."

황해가 짐짓 삐진 듯 무릎을 반쯤 틀어 돌아앉았다. 다 돌
아앉은 것도 아니고 안 돈 것도 아닌 상태.

"저 삼이면 우화등선이 지척인데……."

이철로의 말에 황해의 몸이 45도쯤 돌아앉았다.

"천관天貫하면 뭐 합니까? 환골탈태를 해야 닭갈비라도 뜯
죠."

"육시할 놈, 놓고 나가 봐."

황해는 그제 이철로에게 다른 말을 하지 않았다. 하지만
주는 것이 있으면 받는 것이 있는 법.

그 받은 것이 입으로 향했다.

이철로가 그제 저녁에 잠을 못 자고 뒤척이다 새벽까지 뜬
눈을 지새운 것은 어차피 모르는 남 일이었다.

상욱은 책을 책장 맨 아랫단에 집어넣으며 방 안 정리를
끝마쳤다. 접었던 허리를 펴고 베란다로 나갔다.

탁 트인 시야로 주택과 넓은 정원이 눈에 들어왔다. 마음
에 드는 집이다.

다만 아래층에서 들려오는 시끌벅적한 환경이 그다지 개
운치 않은 맛을 남겼다.

서울로 올라온 상욱은 이곳으로 이사를 오게 된 이틀 전을

떠올렸다.

그가 여기로 이사할 수밖에 없던 이유는 군입이 늘었기 때문이었다.

이철로와 덕치에 이어 송면과 송만 형제까지 그를 따라 상경을 했다.

네 사람 다 각자의 사정이 있었다.

상욱은 처음 이철로가 따라다닌다고 했을 때 거절하지 못한 것을 크게 후회하는 중이었다.

한번 물러나니 덕치에 이어 송면과 송만 형제까지 계속 양보를 해야 했다.

결국 상욱의 의사와 무관하게 이사가 결정되었다.

이철로가 먼저 상욱의 주거에 대해 의견을 내놓자 덕치와 송면과 송만 형제들이 합세해 뜻을 모았다.

전격적인 결정인 만큼이나 이사도 일사천리로 진행됐다.

어암서원에서 삼성동에 저택을 내놓았고, 경기 이씨에서 가구와 세간살이를 들여놨다. 그리고 총지종에서 사람을 두어 저택을 관리하기로 했다.

뜻하지 않은 이사를 하게 된 상욱은 귀찮은 일을 하나 얻고 하나를 덜었다.

얻은 것을 꼬리표처럼 따라다니는 네 사람이고, 덜은 것은 청소와 식사 등 자잘한 집안일들이었다.

어쨌든 이사를 하고 나니 넓은 방과 쾌적한 환경이 마음에

두 개의
심장을
가진 자

들었다. 그리고 지하의 넓은 체력 단련실도 만족스러웠다.

세수터洗隨攄라는 괴상한 명판이 붙은 이 반지하는 창문을 열면 쾌적한 공기가 휘돌아 나갔다. 언제든지 청정한 환경에서 수련을 할 수 있는 공간이었다.

송면 형제가 제일 먼저 안내한 곳으로 위기오형선圍碁五形仙의 명당이 발복한, 나름 자부할 만한 장소였다.

그렇기는 해도 덕치와 이철로 그리고 송면, 송만 형제는 상욱의 신경을 자극했다.

송면, 송만 형제는 만상육절을 상욱이 끊임없이 단련하기를 원했다. 또 이철로는 시도 때도 없이 실전에 가깝게 손을 섞으려 했다.

특히나 덕치가 문제였다. 운기조식 중이면 귀신같이 상욱 곁을 지켰다. 천관의 경지에 이른 상욱이라 주천 중 외부 충격에 이상이 없지만 기분 좋을 리 없었다.

꼭 화장실에서 큰 것을 보는데 옆에서 지켜보는 기분이었다.

그때 상욱의 생각이 끊겼다.

"아직도 정리가 끝나지 않았는가?"

노크도 없이 이철로가 불쑥 들어왔다.

"끝났습니다. 내려가시죠."

"그래, 내려가세. 오늘은 특별히 지하 환경에 적응할 겸 실하게 한판 붙어 보세."

"그건 안 되네. 무진 사질은 만상육절을 수련해야 하네."

계단을 통해 송만이 올라왔다.

"아따메, 어린 사숙이 겁나게 바빠 버리고만, 이사도 했으니께 운기조식을 함시롱 피로를 풀어야 하는디."

송만 뒤를 따라 덕치도 올라오며 한 소리를 더했다.

"하—아."

상욱은 한숨을 토하고 머리를 숙였다. 집이 쉴 곳이 아니었다.

상욱은 근 20일 만에 업무 복귀를 했다.

특수수사대장실.

"자네 같은 사람이 병가를 내면 특수대는 입원 병동이야. 병가도 거꾸로 내려오고, 무슨 일이 있었던 거야?"

나한수는 상욱을 보자마자 타박을 했다.

"몸이 안 좋았던 게 사실입니다."

상욱은 뒷말을 아꼈다. 그러자 나한수는 한동안 상욱을 바라보다 입맛을 다셨다.

"쩝, 윗것들이 데려다 쓰겠다는데 쫄따구가 무슨 말을 하겠나? 자."

나한수는 심기가 불편한 얼굴로 상욱에게 종이를 내밀었

다.

종이를 건네받은 상욱은 쭉 읽어 내려갔다.

　중국 공안부와 법죄 수사 분석 및 혈흔형태학 교류 세미나
참석 계획.

퍽이나 긴 공문 제목 밑으로 명단이 붙었는데, 하단에 특
수대 3팀 명단이 자리했다.

"이게 뭡니까?"

"오히려 내가 묻고 싶은 말인데?"

"저 이런 시간 낭비 싫어합니다."

"한 달짜리 국비 해외여행이라, 다들 자네가 신청했다고
알고 있네."

"제가 담당자와 통화를 해 보겠습니다."

"아니야, 됐어. 굳이 명단이 정해졌는데 전화해서 뭐 해.
그렇지 않아도 저번 국회의장 건으로 청장님이 흡족해하시
며 챙겨 주라 했는데 이걸로 퉁 치지."

"알겠습니다."

상욱은 인사를 하고 대장실을 나섰다. 곧 강력 팀 사무실
로 향했다. 사무실 안은 팀장들이 모여 회의 중이었다.

"어? 왔는가, 몸은 괜찮고?"

1팀장 여의광이 고개를 들어 물었다. 대장과 달리 그의 말

에는 진심이 담겨 있었다.

"중국 여행 가려면 요양을 단단히 해야지."

상욱이 말을 꺼내기도 전에 2팀장 강대수가 말을 내부쳤다.

"그렇지 않아도 세미나 끝나고 중국 쪽에서 각 성省을 돌며 관광 일정을 빵빵하게 잡아 놨답니다. 대장님도 업무 걱정 말라 하시니, 저희 팀은 원기 회복하고 오겠습니다. 2팀장님, 신경 써 주시니 고맙군요."

성욱은 무표정으로 성의 없이 대답했다.

"풋."

5팀장 주성로가 헛웃음을 터트렸다. 누가 봐도 조롱이었다.

"끙."

강대수는 본전도 못 찾고 된소리를 냈다. 화를 내기에는 말꼬리를 잡을 여지가 없었다.

상욱은 강대수를 뒤로하고 자리에 앉았다. 그러자 팀원들이 모여들었다.

"어디가 아프셨습니까?"

이영철이 대뜸 물었다.

"본의 아니게 걱정 시켰나?"

상욱은 미안한 감정이 들었다.

"그렇죠. 병가가 아니죠? 혹 특임대 지원 업무였습니까?"

"병가 맞아."

미간을 찌푸리며 상욱이 이영철을 올려다봤다.

두 개의
심장을
가진 자

"그렇지, 팀장이 그럴 사람이 아니지."

김관명이 상욱의 답에 묘한 미소를 지었다.

"뭡니까?"

상욱은 아팠다는데 미소를 짓는 김관명이나 인상을 쓰는 다른 팀원들을 보며 묻지 않을 수 없었다.

"별건 아니고."

김관명이 대답을 하고는 팀원들과 함께 우르르 나갔다.

상욱은 궁금해서 뱀파이어릭을 확장했다.

복도 끝 휴게실에서 3팀원들이 모였다.

"자, 만 원씩."

김관명이다.

"이건 무효, 무흡니다."

"맞아, 팀장이 구라 쳤는지도 모르잖아."

차동현에 이어 오영길의 목소리가 뒤따랐다.

"이 인간들이."

상욱은 그제야 팀원들이 그를 두고 내기를 걸었다는 것을 알았다. 그것이 그날 상욱의 복귀식이었다.

그날 오전.

상욱은 경찰청 경무부 교육 담당자로부터 전화를 받았다.

"네, 박상욱 맞습니다."

─이번 중국 세미나 참석 건 때문에 전화드렸습니다.

"그렇지 않아도 연락드리려 했습니다. 신청도 하지 않은 세미나에 저희 팀이 참석하게 된 이유를 좀 들어야겠습니다."

상욱의 불만 어린 목소리가 올라갔다.

그러자 그의 통화에 귀를 기울이고 있던 팀원들이 서로를 바라봤다. 원래 신청하지 않은 세미나를, 그것도 외국에서 열리는 세미나에 보내는 경우는 극히 드물었다.

─결론부터 말하자면 중국 공안부에서 원해서였습니다.

"공안부가 왜?"

─얼마 전 인천 작두파와 삼합회 마약 사건 취급하셨죠?

"네, 그런데요."

─중국 쪽에서 신총 마약 때문에 골치가 아픕니다. 그 일로 그쪽에서 삼합회 관련되어 범죄인 인도 요청도 들어온 상황이고. 아무튼 여러 상황이 겹쳐 특수대 3팀분들을 요청했습니다.

"이해가 안 되는군요. 마약은 본청 마약 전담 팀이 있고, 삼합회는 국제범죄 전담 부서가 있는데…… 두 곳이 세미나에 나가야죠. 저희 팀이 참석할 이유가 없습니다. 더구나 언어적 문제도 있지 않습니까?"

상욱은 이해가 되지 않는 부분을 꼬집어 물었다.

─언어 문제라면 그동안 경찰청과 중국 공안부는 계속 교류가 있었고 상대국에서 통역을 항상 제공했습니다. 그러니 그 문제는 걱정하지 않아도 됩니다.

"지금 통역 문제가 아니지 않습니까?"

상욱은 상대가 핵심을 빠져나가려 하자 언성이 높아졌다.

─이런 말씀드리기 뭐한데, 중국 공안부에서 삼합회 검거 과정을 언급하며 특수대 3팀을 꼭 집었습니다.

"……."

상욱은 잠시 생각에 빠졌다. 중국 쪽의 초청 의도를 가늠하지 못했다.

─여보세요?

"아, 실례했습니다."

─저희도 막무가내로 이러진 않습니다. 우선 박 팀장님에게 수차례 전화를 드렸지만 통화도 안 됐고…… 그리고 이쪽에서는 부장님이 특수대 대장님과 통화하셨다며 이미 공문을 기안한 상황입니다. 또 이미 중국 쪽에 통보해 버렸습니다.

"……."

상욱은 대장 나한수의 말과 행동이 다른 것에 잠시 어이없어 입이 떨어지지 않았다.

─그러지 말고 그냥 가십시오. 세미나가 그리 긴 시간도 아니고, 갔다 온 직원 말로는 그쪽에서 대접도 괜찮다고 들었습니다.

담당자는 가고 싶어도 못 가는 사람이 태반이라는 어투다.

"알겠습니다. 신경 써 주셔서 고맙습니다."

상욱은 전화를 끊었다.

그러자 이영철이 뽀르르 다가왔다.

"가시는 거죠?"

"왜?"

"돈 안 드는 단체 관광 아닙니까?"

"아까는 내 병가로 내기하더니…… 이제 보니 내 출근을 반기는 것도 세미나 때문이었구만."

"헤, 귀도 밝으셔. 갑니까?"

이영철은 아예 얼굴에 철판을 깔았다.

"가고 안 가고는 내 손을 떠난 것 아닌가? 이미 공문으로 하달된 사항을 어떻게 뒤집어."

"그렇긴 하죠."

이영철은 상욱의 대답을 확인하고는 돌아섰다. 그러자 3팀원들이 하나둘 따라 일어났다.

"어디 가는 겁니까?"

상욱이 마지막으로 나가는 김관명에게 물었다.

"여권 만든다고……."

"하아─ 졌습니다."

상욱은 고개를 숙여 버렸다.

중국 세미나 참석이 결정이 된 이후로 상욱의 행사 일정은 빠르게 진행됐다.

이틀 후 특수대 3팀은 경찰청에 방문해 세미나 참석 사전 회의에 참석했다. 참석 인원은 3팀을 포함해 열 명이나 됐으나 한 달에 걸친 일정이라 일방적인 통보에 가까웠다.

중국에서 세미나 일정과 주의 사항 몇 가지를 들었다. 여권과 비자 문제가 해결되자 출국일이 코앞이었다.

상욱은 집에서 세미나를 준비하며 송면, 송만 형제를 부르지 않을 수 없었다. 퇴근 이후에는 그들에게 만상육절을 배우고 있는 중이라 중국 여행을 고지할 수밖에 없었다.

그러자 얼마 후 덕치가 들어와 꼬치꼬치 캐물었다.

"어린 사숙, 어디 간다메?"

"중국에 세미나가 있어 갑니다."

상욱은 있는 그대로 말했다.

"하이구미, 시상 좋아졌당께. 경찰이 외국도 가고, 참말로 이."

"일의 연장일 뿐입니다."

상욱은 대수롭지 않게 지나쳤다.

그리고 저녁 식사를 마치고 차 한잔 마시는데 이철로가 방으로 들어왔다.

"중국에 간다는 말이 사실인가?"

"네."

"내가 이 사실을 왜 제일 늦게 알아야 하지?"

상욱은 이철로의 말에 실소가 터졌다. 애들도 아니고 네 사람 사이에 미묘한 알력이 느껴지는 대목이었다.

"여행도 아닌데 말에 순서가 중요합니까?"

"그럼. 나한테는 중요해. 오늘 일도 있으니 대련은 나부터

야. 지하에서 기다리고 있지."

이철로는 상욱에게 일방적인 통보를 하고 나가 버렸다.

상욱은 방문을 한참 보더니 중얼거렸다.

"죽었어."

중국의 공안은 한국의 경찰과 국경수비대 그리고 검찰의 중간 역할을 하는 행정기관이자 권력기관이다.

그 직제는 국무위 소속 공안부와 각 성의 공안청, 현縣과 시市에 공안국 그 하부에 공안파출소로 편제되어 있다.

세미나 초청은 중국 공안 중 최고 기관인 공안부 단위로 제법 큰 행사였다.

상욱이 북경에 도착한 것은 늦은 오후였다.

베이징 우두 공항에서 공안부 국제범죄 협력단 부부장 공명후 일행의 환대를 받으며 숙소로 이동했다.

리무진 버스를 탄 일행은 베이징 호텔로 향했다. 북경 시내는 뿌연 스모그로 덮였지만 북경 시내를 오가는 사람들은 개의치 않는 모습이었다.

호텔에 도착하자마자 여장을 풀고 저녁 식사 모임이 있어 로비에 나간 상욱은 황당한 표정을 지었다.

"여긴 어떻게들 오신 것입니까?"

그는 이철로와 덕치 그리고 송면 형제들을 보며 물었다.

"어찌게 왔긴, 따라왔지."

덕치가 씨익 웃는데 상욱은 어이가 없을 뿐이었다.

"누구신데요?"

일찍 로비에 나와 있던 이영철은 상욱이 스님과 도인을 포함한 중년인 넷과 말을 나누고 있자 다가왔다.

"아는 분들을 우연히 만나서 말이야."

상욱은 부득불 그를 따라온 쟁천의 네 사람과 이영철을 번갈아 보며 얼버무렸다.

"아는? 앞에 잘이 빠졌당께. 어린 사숙."

"하아ー."

상욱은 꼬리표가 되어 버린 네 사람을 어쩔 수 없다는 표정으로 봤다.

"일일이 소개드리기는 그렇고, 쟁천분들이다."

"예? 쟁천요? 아, 알겠습니다. 저는 관명이 형님에게 가 보겠습니다."

이영철이 얼굴색을 바꾸더니 급히 몸을 돌렸다.

"잠깐, 자네 거기 서 봐."

뒤쪽에서 뒷짐을 지고 있던 이철로가 앞으로 나섰다.

"어르신?"

이영철이 미심쩍은 얼굴이 곧 난감한 얼굴로 바뀌었다.

"이게 누군가? 뫼한마루 장세형의 제자가 아닌가?"

"네, 맞습니다."

"그런데 네가 왜 여기 있느냐?"

이철로는 그와 절친인 뫼한마루의 총관장 장세형의 장령 제자인 이영철을 보고 의혹을 드러냈다. 그는 이영철을 10여 년 만에 봤다.

"뜻이 있어 경찰에 입문했습니다. 지금은 팀장님과 같은 특수수사대에 소속되어 있고요."

"잘됐다. 잠깐 나 좀 보자."

이철로는 이영철을 잡았다.

"하실 말씀이라도."

이영철 얼굴이 떨떠름해졌다.

"따라와 봐."

이철로는 아랑곳하지 않고 이영철을 끌고 로비 옆 커피숍으로 들어갔다.

질질 끌려가는 이영철은 상욱에게 연신 SOS를 날렸지만 상욱은 무시로 일관했다.

"미안하다. 혹 하나 떼는데 뭔들 못 하겠냐."

상욱은 덕치들이 눈치 못 채게 고개를 좌우로 흔들었다. 그러곤 남은 덕치 일행을 봤다.

"숙소를 잡기나 했습니까?"

"여행사가 좋아서 그라지 한 달 투어 일정을 잡아 주드란 게."

덕치가 느물거리며 말했다.

"아마도 저와 일정이 똑같겠죠."

"참말로 귀신이 따로 없당께."

"휴—우, 알았습니다. 대신 여기는 우리나라도 아니니 소란이 있어서는 안 됩니다."

"그거야 당연하지. 하지만 사질, 스승님 말씀은 금쪽같은 것일세."

송면이 나섰다.

"그야 그렇죠."

상욱은 미지근하게 답했다.

'중국에서도 계속 단련하게 생겼군.'

그는 속내가 어떻든 이렇게 되니 서로 가시권에서 통제하는 꼴이라 쓴웃음이 나왔다.

한편 이철로에게 끌려간 이영철은 커피 한 잔을 앞에 두고 협박을 당하는 중이었다.

그는 전날 이철로가 상욱과 싸울 때부터 불안 불안했다.

철없을 때 스승의 손님으로 들렀었던 이철로가 어떤 사람인지 당시에는 몰랐다. 그러다 경기 이씨란 사실을 인천 북항에서 상욱과 이철로가 싸우는 과정에서 알았다.

그때는 대검찰청에 사건을 몰아가 버려 다행히 이철로와 마주칠 시간이 없었다. 하지만 인과관계란 미묘한 생물이라 시시각각 변해 팀장과 이철로가 엮이더니 이영철까지 제대로 걸렸다.

이영철은 올 것이 왔구나, 그런 표정을 지었다.

"네가 네 스승 얼굴에 먹칠하는 것은 알고 있느냐?"

"먹칠까지는 아닌데요."

"허, 이 녀석 봐라. 머리가 굵어졌다고 말에 토를 달고."

"어르신, 변명을 하려는 것이 아니라······."

이영철은 말을 끝맺지 못하고, 이때부터 이철로에게 잔소리를 들어야 했다.

"네 사문이 어떤 곳이냐? 제황상유인첩題黃裳幽人帖을 승계해 무위자연, 자족하며 은자隱者의 삶을 지탱하지 않더냐. 그런데 관직에 나가 녹과 공명을 탐하다니······."

이영철은 입을 꼭 닫고 들었다.

이철로가 공맹을 찾는데 사족을 달았다가는 쓸데없는 잔소리가 늘어날 것이 분명했다.

같은 레파토리가 2절을 넘어가서야 이철로는 본론을 꺼냈다.

"네 팀장과 근무한 지 얼마나 됐느냐?"

"그것은 왜 물으세요?"

"크흠, 어른이 말하는데."

이철로는 궁색한 답변을 했다.

그가 이렇게 상욱에게 집착하는 데는 이유가 있었다. 열망 때문이었다.

두개의
삼장을
가진자

태어나 살아오면서 모든 것이 갖춰진 그의 인생이었다. 그런데 잡초 같은 인생을 산 상욱이 그를 능가했다.

그래서 이철로는 그냥 상욱의 옆에 있고 싶었다.

그래야 팽이처럼 돌아가는 머리 씀씀이도 보며 화경도 쉽게 될 것 같았다. 또 틀리지 않은 게, 그는 인천 북항에서 화경에 가까이 갈 단초를 얻기도 했다.

"이제 반년 됐습니다."

"좋구나. 팀이 깨져도 앞으로 1년은 있어야 한단 말이지."

"별일이 없으면 그럴 겁니다."

"앞으로 너희 팀장이 뭘 하는지 잘 지켜보고 있다가 나에게 말해야 한다."

"네―에?"

"이놈아, 네놈 팀장 옆에 있다 보면 내가 왜 그러는지 자연스럽게 알게 돼. 밥 먹어야 된다며, 빨리 가 봐."

"네."

고개를 갸웃거리며 일어나는 이영철은 이때까지 이철로에게 코가 꿰인 줄 몰랐다.

세미나를 이끄는 인솔자인 경찰청 외사국장 오현화 총경은 중국 국제범죄 협력 수사부 부부장 공명후와 같이 로비로 내려왔다.

호텔 식당과 휴게실 입구에 둘로 나뉜 일행이 눈에 들어왔다. 그는 먼저 휴게실 입구로 향했다.

중국 측에서 세미나 참석을 요청한 특수대 3팀이 그쪽에 있었고, 마침 그 제안을 한 공명후가 그와 함께 있었다.

오현화는 자연스럽게 둘을 소개시키려 했다.

그가 특별히 상욱을 마음에 들어해서는 아니었다. 오히려 반감에 축이 기울어 있었다.

이번 세미나가 한중 정례 행사지만 특수대 3팀을 초청하기 위한 빌미로 느껴져 국제범죄를 담당하는 외사국의 자존심에 상처가 났다.

감정이 이런데 상욱에게 다른 일행이 합류해 여행 온 느낌이 확 들었다.

'이 인간이 가족 여행이라도 왔나?'

그러기에는 복색이 또 이상했다. 중과 도사들 그리고 신사 이렇게 넷이었다.

아무튼 그는 속내를 감추고 웃으며 중년인들과 대화를 나누는 상욱에게 다가갔다.

"박 팀장, 일찍 내려왔군."

"아, 국장님."

상욱은 잠시 멈칫했다. 세미나 일정 동안 어차피 덕치 일행과 오현화가 마주칠 일이 잦을 것 같아 소개하기로 했다.

"잠시만요."

덕치 일행에게 양해를 구하고는 오현화에게 다시 고개를

돌렸다.

"국장님, 여기 이분들은 평소 저를 도와주시는 분들입니다. 다들 중국 여행을 좋아하셔서 자주 나오십니다. 그렇죠?"

"응? 그래, 그래. 중국 좋지."

누가 봐도 눈치챌 어수룩한 거짓말에 송면이 고개까지 끄덕이며 긍정을 표했다.

"그렇군요."

오현화의 입에 웃음이 돌며 상욱에게 가졌던 불만이 송면의 모습으로 인해 일시에 풀어졌다.

도사 복장을 한 이 사내의 인상이 너무나 좋았다.

"그만 가 보셔야 하지 않나요?"

얼굴이 붉어진 상욱이 오현화를 등지고 돌아서 입 모양으로 '가세요.'를 연발했다.

"응? 응. 우리는 가 보겠네. 수고하시오."

송면이 오현화를 보며 얼렁뚱땅 인사를 하고 일행을 끌고 사라졌다.

"가족 여행은 아닌 것 같고, 누군가?"

오현화가 상욱에게 다시 물었다.

"말씀드린 대로입니다. 다만 저를 쫓아왔을 뿐입니다."

상욱은 쓰게 웃으며 답해야 했다.

"개인적인 일은 알아서 할 것이라 믿네. 공항에서 인사했지? 정식으로 인사드리게. 이분이 특수대 3팀을 초대한 공명후 공안부 국제범죄 수사 협력부 부부장이네. 這是球隊的領袖朴相旭(이쪽이 박상욱 팀장입니다)."

"認識你很高興(만나서 반갑소)."

공명후가 손을 내밀었다.

"我也是(저 역시)."

상욱이 공명후와 손을 잡고 악수를 나누었다.

"在談到中國的(중국 말을 잘하는군)."

"只有簡單的對話(일상적인 회화 정도입니다)."

"나보다 낫군."

상욱과 공명후의 대화를 들으며 오현화가 끼어들었다.

"대화는 식사하며 나누자고. 讓我們去(가시죠)."

오현화가 상욱과 공명후를 대동하고 식당으로 향했다. 중국에서의 첫날은 그렇게 지나갔다.

북경 중앙군군사위원회 총참모장 사무실.

창밖으로 천안문이 멀리 내려다보였다. 반백의 중년인은 뒷짐을 지고 천안문 주변으로 하나둘 켜지는 가로등을 바라보았다.

가로등 불빛이 켜지며 천안문은 세계 최대 광장의 위용을 드러냈다.

중년인은 특별한 일이 없으면 해가 진 후 이 광경을 지켜보고는 했다. 암울한 역사를 걷어 낸 지금 중국의 위상과 같다고 여겼다.

천안문 주변이 불야성이 되자 중년인은 탁자로 가 의자에 앉았다.

탁자 위의 명패에는 그의 직책과 이름이 새겨져 있었다.

중앙군군사위원회 총참모장 종규

대머리에 호랑이 흰 눈썹을 가진 중년인은 레포칼레가 부활을 준비하는 지하 동굴에 있던 여덟 사람 중 한 명이었다.

자리에 앉은 그는 오른손 검지로 탁자를 툭툭 두드렸다.

바둑을 두며 수를 계산하던 습관이 굳어져 고민거리가 있으면 버릇이 되어 나왔다.

똑. 똑.

그의 사색을 깨는 노크 소리가 들렸다.

"들어와."

기다렸던 노크라 곧장 방문자를 불러들였다.

종규 나이대의 중년인이 들어왔다.

"사제, 그자는 어떻던가?"

종규는 대뜸 용건부터 물었다.

"거한이기는 합니다만 풍기는 분위기만으로는 알 수가 없었습니다. 다만 주변에 범상치 않은 인물이 다섯이나 맴돌더군요."

"주변에? 따로 사람을 대동한다는 뜻인데."

"맞습니다. 일행 중 형사 한 명의 내공이 단단해 보이고, 다른 비행기로 고수로 보이는 자들 넷이 입국을 했습니다."

"고수 넷이라?"

종규는 미간에 주름을 잡았다.

항산절검이라는 사제 공명후는 자존심이 보통이 아니었다. 절정 끝에 이르러 그보다 못한 사람을 고수라 칭하질 않았다.

"일을 하는데 나타난 뜻하지 않은 구더기들일 뿐입니다."

"그렇기는 하지."

"그보다는 그가 형님이 모시는 존재가 찾는 사람인지 아닌지 판단이 안 섭니다."

"그럼 능력을 확인하면 될 것이 아닌가."

"어떻게 말입니까?"

"며칠 전 서장에 있던 천산 원숭이가 굴러 들어왔다. 몸이 날래고 손이 좋은데 겉 넘은 면이 있기는 하지. 그놈을 부려 박상욱이라는 자의 능력을 시험해 봐."

"하지만 사형, 그 건은 조직 자금 조달을 위해 몇 달 전부터 계획한 일입니다. 게다가 큰 물건도 많이 빠진 것으로 알고 있습니다만."

"물건은 엊그제 채웠다. 계획이야 원래 세웠었고 시간만 당기는 것이니 실행하도록 해. 뒤도 조심하고. 특히 일이 끝나면 천산 원숭이는 미국으로 날려 버리고."

"네, 알겠습니다, 사형."

사내, 공명후는 대답을 하고 나섰지만 내일 벌어질 사건을 생각하자 머리가 지끈거렸다.

중국이 부를 축적하면서 가장 큰 소비재가 된 것 중 하나가 보석이다. 그들의 보석 사랑은 유별난 데가 있다.

다이아몬드 소비의 60%, 백금의 소비율 세계 1위인 중국이다. 돈으로 환산했을 때 한 해 16조 원에 해당하는 거래를 했다.

베이징의 중심가 중 호동胡同거리는 이런 중국 보석 시장의 선봉에 있었다. 그리고 베이징 보석 박람회가 중국보옥석협회 주관으로 개최되고 있어 그 화려함을 한껏 뽐냈다.

그곳도 자정이 되자 불야성이 사라지고 여느 곳과 같이 어둠이 내려앉았다.

곳곳에 경비들이 순찰을 돌고 보안등과 방범 카메라가 설치되어 보안이 철통같았다.

시간은 새벽으로 향했다.

베이징과 역사를 같이해 온 경항 운하에서 올라온 안개가 베이징을 감쌌다.

그 어둠과 안개를 뚫고 두 개의 그림자가 보석 박람회장으로 스며들었다.

이들은 정해진 구간을 순찰하는 경비들의 동선을 꿰뚫었다. 그리고 순식간에 주차장을 가로질러 박람회 건물 물통받이를 타고 거미처럼 건물을 한 번의 움직임에 2미터씩을 올라탔다.

온통 검정색 일색의 상의와 타이즈 차림의 그림자를 따라 회색의 평범한 일상복을 걸친 장년 사내가 2층 발코니에 섰다.

넓은 어깨와 굵은 팔다리를 가진 검정 일색의 옷에서 처음 올라온 자 역시 남자라는 것을 알 수 있었다.

그런데 두 사람은 복장에서 극명한 대조를 이루었다. 검정 복면부터 발끝까지 온몸을 가린 사내 그리고 동네 한 바퀴 돌려고 산책 나온 차림새의 30대 초반의 평범한 사내.

그것이 불만인 복면인은 뒤돌아섰다.

─다음부터는 너와 일을 하지 않겠다.

복면인의 굵은 목소리가 장년인의 귀에 파고들었다. 온전하지는 않았지만 전음입밀이 틀림없었다.

"그러든지 말든지."

다른 사내는 퉁명하게 말했다.

─조심성이 없는 건가, 도둑으로서 예의가 없는 건가?

다시 복면인의 목소리가 장년인에게 전달됐다. 분노와 함께.

"아, 그런 건 모르겠고, 빨리 갑시다."

장년인의 말이 복면인의 분노를 더 키웠지만 말을 아꼈다. 언쟁을 할 시간도 없을뿐더러 이제 와 다른 사람과 손발을 맞출 수도 없었다.

단지 이 일을 지시한 향주에게 모든 정황을 보고하며 따지는 것이 전부였다.

애초에 짝을 맞춘 놈이 소속도 다르거니와 하기 싫은 일이다 보니 짜증만 늘었다.

분노를 삼키며 허리에 찬 작은 백에서 유리칼과 손바닥 크기의 압축기와 스프레이를 꺼내 들었다.

끼이익.

유리칼이 원형 모형을 그리며 창문에 금이 그려졌다.

뽁.

복면인은 손을 유리에 대고 잡아당겼다. 그의 손에 압축기가 들려 있었다.

유리가 뜯기자 복면인은 창문에 스프레이의 꼭지만 집어넣고 연결된 고리를 잡아당겼다.

피이익.

스프레이에서 회색 가루가 분사되어 창 옆에 자외선 경보 센서를 덮었다.

복면인은 구멍 난 유리를 통해 들어가더니 허리의 백에서 고글을 꺼내 썼다.

그의 시선에는 붉은 레이져 빔이 박람회장 곳곳을 비추는

게 보였다.

특히나 진열대를 중심으로는 방사형 레이져 빔이 분사되어 일정 범위를 경비했다. 그뿐만 아니라 사각지대에는 CCTV가 설치되어 있어 빈틈이 없어 보였다.

"제법."

복면인은 경비 시설을 천천히 살폈다. 그때 장년인이 그의 손에 든 스프레이를 낚아챘다.

"이봐, 뭘 하려……."

복면인이 놀라 물어보려는데 장년인이 그대로 뛰었다.

어느새 고글을 낀 장년인은 폴짝폴짝 뛰거나 바닥을 기며 적외선 감지 센서에서 방사된 붉은 빔을 피하더니 방사형 적외선 센서 아래로 가 스프레이를 뿌려 댔다.

그리고 진열대 아래로 들어가 손칼로 진열장 바닥을 자두 크기로 도려냈다.

그 후로도 장년인의 행동은 거침이 없었다.

손목에 감긴 철사 형태의 관절경을 풀었다. 그 끝에는 까마귀 발톱과 유사한 갈고리가 달려 있었다.

이 관절경을 구멍을 통해 구부려 집어넣고 보석을 꺼내 쓸어 담았다.

복면인은 말없이 장년인을 지켜봤다.

보석 박람회에 오기 전에 작업을 나눠서 하기로 했고, 침입구와 퇴로 확보는 그가, 보석을 쓸어 담는 일은 장년인이

하기로 되어 있었다.

　의당 그러기로 했으니 말없이 지켜보고는 있으나 복면인은 장년인의 태도가 못마땅했다. 조심성이 전혀 없었다. 지금도 사각을 비추는 CCTV를 무시하고 작업을 했다.

　도둑으로서의 태생이 다른 터라 어쩔 수 없다지만 커지는 불만 역시 어쩔 수 없었다. 다만 상부에서 정한 작업이라 내키지 않는 일이기도 했다.

　복면인은 고개를 흔들었다.

　이번 일을 끝으로 이제 조직을 떠나 은퇴를 고려했다.

　그의 생각은 곧 끊어졌다. 장년인이 30분도 되지 않아 2층 진열장의 보석을 싹 쓸어 담았다. 더블 백에 나뉜 보석 두 자루가 담겼다. 불안해 보여도 일만큼은 확실한 장년인이었다.

　두 사람은 창문을 통해 빠져나와 베이징 거리로 사라졌다.

　다음 날 아침.

　상욱은 6시에 일어나 만상육절로 아침을 열었다.

　가볍게 그 형을 잡고 무거움과 느림으로 초식을 전개했다.

　어찌 보면 태극권처럼 무기술이 늘어져 보이지만 초식의 의미와 이치를 깨닫기에 이보다 좋은 방법이 없었다.

　습관처럼 굳어 버린 수련을 끝내고, 아침 식사를 마친 후 중국에서 세미나 일정이 시작됐다.

혈흔형태학를 주제로 한 세미나에 참석하기 위해 호텔 컨
벤션 룸으로 향했다.

　　웅성웅성.

　　룸 앞에 도착했는데 분위기가 소란스러웠다. 분명 세미나
에 지장을 줄 만한 일이 터진 것이 분명했다.

　　상욱은 회의장 분위기가 심상치 않아 팀원들부터 찾았다.

　　입구를 메운 사람들 사이에서 팀원들이 모여 대화를 나누
고 있었다. 그는 팀원들에게 갔다.

　　"밥 먹을 때까지는 조용했는데 무슨 일입니까?"

　　상욱이 물었다.

　　"세미나 일정이 일방적으로 취소가 됐습니다."

　　이영철이 전후 사정없이 이야기했다.

　　"무슨 이유로?"

　　"베이징 보석 박람회장에 진열된 보석이 전부 털렸답니
다. 시가로 300억 원대라는데……."

　　"천문학적이군."

　　"그래서 세미나에 참석할 공안부와 베이징 직할시 공안청
형사들이 현장으로 다 나가 있다는데요."

　　"그래도 저 정도 인원이면 세미나는 진행할 수 있겠구만."

　　차동현이 이영철의 말을 받았다.

　　아직도 컨벤션 룸 앞을 메우고 또 세미나 참석차 올라오는
중국 측 사람들이 많았다.

"저 사람들, 세미나 때문에 온 사람들이 아니야."

상욱이 단정했다.

"네?"

이영철이 왜 그러냔 표정이었다.

"내가 중국인들에 대해 잘 모르지만 저 사람들 대부분 공안이 아니야. 법학자들이거나 행사에 초청받은 사업가들이지."

상욱의 말에 팀원들이 그를 봤다. 설명이 필요한 눈빛이었다.

"옷과 신발을 보면 알지."

"그렇군."

김관명이 먼저 수긍을 했다.

형사들 복장이 아니었다. 구김이 가는 양복과 넥타이 그리고 광이 나는 딱딱한 구두는 뛰기에 너무나도 불편해 보였다.

그리고 무엇보다 얼굴에 낀 기름기와 뚝 튀어나온 배들은 잘 먹고 앉아서 일하는 사람들의 전형적인 모습이었다.

결국 세미나는 무산되어 버렸다.

많은 것을 준비했던 오현화 총경과 외사부 직원은 실망감이 대단했다.

그와 반대로 오전 일정이 물 건너가자 특수대 3팀은 오히려 희색을 띠었다.

국내 보안 수사 연수소에서 끝없이 피드백을 받는 수사 기법을 외국에서 더 들을 일이 없기 때문이다.

게다가 수사 기법만 따지고 보면 미국 등 선진국에 비해 꿀릴 것 없는 대한민국 경찰이다 보니 이 세미나는 기술 전수 형태에 지나지 않았다. 그래도 약간은 허망한 발걸음으로 숙소로 돌아온 상욱이었다.

　　침대에 몸을 던져 천장을 보고 있자니 보석 박람회장에 대한 궁금증이 일어났지만 곧바로 접었다.

　　남의 나라에서 무임금으로 노력 봉사하고 싶은 마음은 추호도 없었다. 그렇다고 대놓고 관광을 하자니 찜찜했다.

　　상욱은 이런 생각을 애써 무시하고 관광 책자에서 봐 뒀던 용경협龍慶峽 고당거古礑居를 떠올렸다.

　　차로 1시간 거리였다. 옛 중국인 선조들이 화강암 바위산에 147개 동혈을 뚫어 놓고 기거했다는 곳이다.

　　에블리스의 기억을 각인당하고 역즉성단을 이룬 이후로 여유를 갖지 못한 상욱이었다.

　　잠시나마 이곳에 짱 박혀 망중한을 즐겨 볼까 했다.

　　상욱은 결정을 한 후 휴대폰을 들고 일어났다. 호텔 방문을 나서는데 벨이 울렸다.

　　띠리링. 띠리링.

　　액정에 오현화 총경이란 글자가 떠올랐다.

　　상욱은 미간의 골이 절로 잡혔다.

　　받지 않을 수 없는 전화였다.

　　"네, 박상욱입니다."

-빨리 받는군. 어디 나가려던 것은 아니지?

"이쪽 시국이 이런데 분위기를 봐야죠."

-역시 뛰어난 형사는 감도 좋군.

'감 같은 소리 하네.'

상욱은 귀에서 휴대폰을 떼었다. 오현화의 말에서 일거리를 직감했다.

-중국 쪽에서 말일세. 세미나 대신 보석 박람회 건 수사 회의에 참석해 달라는 요청이 왔네만.

"참 독특하군요. 자국에서 일어난 일이라 감추기 급급할 텐데."

-나 역시 그렇게 생각했네만…… 지금 TV를 틀어 보게.

상욱은 침대로 가 리모콘을 집어 들었다.

삑-. 띠리링.

화면이 켜지자 광고가 나왔는데 화면 하단에 붉은 띠로 속보라며 긴 자막이 따라붙었다. 다른 채널을 돌리자 여기는 더 심했다. 폴리스 라인이 쳐진 보석 박람회장이 보였다.

몇 곳을 더 돌렸지만 별반 다르지 않았다.

"도배 수준이군요."

-그렇지. 지금 저들은 고사리손이라도 빌리고 싶을 걸세.

"어떻게 됩니까, 일정이?"

-특수수사대 3팀과 외사부에서는 한 명만 갈 걸세.

"설마 그 한 명이 부장님은 아니시겠죠?"

—허허허, 이 사람이…… 눈치가 100단일세.

"썰렁하군요."

상욱은 농담을 진담으로 받아 줬다.

—아무튼 지금 팀원들과 같이 호텔 로비로 내려오게.

"알겠습니다."

상욱은 전화를 끊고 방을 나섰다. 옆방에 묵고 있는 팀원들을 찾아갔다.

1시간 후.

상욱은 베이징 공안청 대회의실에 앉아 있었다. 좌측 앞줄에 마련된 자리는 졸기에도 불편했다.

"그나저나 대륙은 대륙인가 봅니다. 저 어마 무시한 인구수를 보십시오."

차동현이 상욱의 옆에서 뒤돌아보며 말했다.

그에 따라 상욱도 뒤를 돌아봤다.

대학 대강당을 방불케 하는 구조와 배치였다. 영화관과 비슷한 구조의 좌석, 5백 석은 될 자리가 빽빽이 찼다. 그 뒤로도 서 있는 사람이 기백은 되어 보였다.

하기는, 앞에 보이는 단상만 해도 운동장이었다.

시간이 지나면서 대강당이 조용해졌다.

"형님, 여기서 괜한 시간 낭비하고 있는 것 아시죠?"

오영길이 김관명에게 속삭였다.

하지만 원체 조용한 강당이라 그 소리가 차동현과 이영철,

두 사람 건너 상욱에게까지 들렸다.

고개를 옆으로 돌린 상욱이 오른손 검지를 세워 입에 댔다.

그러자 오영길이 입 모양으로 말했다.

'중국 말도 못 알아듣는데 어쩌라고.'

"풋."

상욱이 헛웃음을 터트렸다. 틀린 말이 아니다.

그나마 상욱은 악마의 이름으로 벨제뷰트가 세계 곳곳에서 악행을 행한 기억이 남아 있어 만국의 언어가 가능했다. 그중에는 중국 말도 들어 있으니 그만은 예외였다.

"브리핑을 할 모양입니다. 설명 들을 생각 말고 현장 사진에 집중하시고…… 영철이."

상욱이 팀원들에게 나직이 말하고는 이영철을 봤다.

"네, 팀장님."

"표시 나지 않게 현장 사진 나오면 촬영해 놔."

"여기 중국입니다."

"공짜 밥이 한 달이다. 나중에 관광도 시켜 준다잖아. 혹시 알아? 범인 잡는 데 일조하면 5성급 호텔에서 계속 묵게 될지."

상욱이 농담을 툭 던졌다.

"맞아, 호텔과 여관의 차이는 크지."

오영길이 끼어들어 상욱의 편을 들었다.

"너무 속 보이는 것 아닙니까?"

"그럼 너는 속 보이지 말고 여관서 자든가."

"자, 이제 집중하자고."

상욱은 이영철과 오영길의 대화를 끊었다.

대강당 단상 위로 베이징 공안청 수뇌부와 사건 지휘부가 올라서는 것을 봤기 때문이었다.

"起立(일어서)."

단상 중앙으로 양복을 입은 사내가 서자 사회자가 전체를 지휘했다.

상욱 등도 얼떨결에 따라 일어났다.

"청장님께 경례."

"충─성."

대강당이 떠나갈 듯한 목소리와 경례. 군기가 꽉 잡혀 있었다. 공안이 아니라 군대로 착각할 정도였다.

단상 중앙에 선 공안청장은 경례를 받고 마이크를 잡았다.

"모든 격식은 생략하고, 형사국 부직은 현장에 나갔던 형사, 경찰을 지휘해 현장 상황을 설명하도록."

공안청장은 사회자를 향해 명령을 내리고 자리로 가 앉았다.

상욱은 공안청장의 말을 듣고 다시 뒤를 돌아봤다.

5백 명이 넘는 인원이 베이징성 공안청에 소속된 형사라는 뜻이다.

'대륙은 대륙이네.'

한국의 경우 이런 대형 절도 사건이 발생해도 가용 형사 인원이 여기 형사들의 10분의 1에 해당하는 50명이 붙을까 말까 하니, 인구 면에서는 부러울 따름이었다.

잠시 생각하는 사이 대강당의 불이 꺼지고 스크린이 내려왔다.

단상 밑에서 스포츠머리에 상욱만큼이나 큰 키에 덩치를 가진 사내가 올라왔다.

그는 공안청장에게 거수경례를 하고 사회자 자리로 가 마이크를 넘겨받았다.

"형사부 부직 이급 경독 등청량입니다. 간단하게 발생 개요와 피해 금품 그리고 현장 사진과 CCTV에 포착된 범인 영상을 공개하겠습니다."

등청량은 스크린을 향해 리모콘을 눌렀다.

흰 스크린에 발생 시간과 피해품 목록이 일목요연하게 나왔고, 다음 화면으로 넘어가며 귀금속과 보석 들 사진이 나왔다.

"이 물품표는 중국보옥석협회에서 넘겨받은 자료로 도난되기 전에 물품 보증서 작성을 위해 촬영된 현품의 사진입니다. 베이징 공안청 산하 각 공안국으로 하달될 예정이니 장물 거래 파악에 주력을 당부드립니다. 다음은."

등장한 화면은 범인이 출입한 출입구와 퇴로 그리고 침입해 보석을 훔쳐 간 손상된 진열장의 사진들이 한참 동안 스크린에 나타났다 사라지기를 반복했다.

"여기까지가 범인들이 사용한 범죄 수법입니다. 정교한 유리칼을 사용한 점, 침입구와 퇴로가 같은 점, 진열장의 취약한 부분을 잘 알고 있다는 사실을 유추할 수 있습니다. 동종 전과자 유형 파악에 사용할 예정입니다. 다음은 보석 박람회장 실내에 설치된 CCTV 영상입니다."

스크린에 복면을 한 사내와 평범한 얼굴의 사내가 등장했다.

상욱은 영상을 보며 미간을 찌푸렸다.

보안에 심각한 문제가 박람회장 여기저기에서 도출되어 있었다. 보석 박람회장 전체를 비추는 영상은 출입구에서 안쪽으로 한 개가 다였다. 나머지 삼십여 개는 취약 지점과 직원 출입구 그리고 화장실을 비추고 있었다.

의도적으로 내부자, 즉 직원을 감시할 용도로 영상이 촬영되어 있었다.

도둑은 염두에 두지 않고 직원들 단속에 신경을 썼다는 뜻이다.

'여기도 불륜 공화국인가? 하기는, 돈 많은 놈들이 무슨 짓을 못 할까.'

상욱의 이런 생각에는 이유가 있다. 녹화 영상 장치가 박람회장이 아닌 실내 취약 지점만 비췄다는 것은 손님이 싫어하기 때문이었다.

그 뜻이 무엇이겠는가, 같이 와서는 안 될 사람과 같이 왔으니 증거를 남기지 않겠다는 것이다.

상욱은 신경을 돌려 계속 재생되고 있는 화면으로 옮겼다.

박람회장 전체가 보이는 화면에 복면을 쓰지 않은 사내가 특수 안경을 쓰고 뛰었다 쪼그렸다가를 반복했다. 때때로 텀블링을 하더니 벽에 붙은 적외선 감지기에 스프레이를 뿌려댔다.

박람회장 진열대 밑으로 들어가 작업하는 모습은 예행연습을 한 듯 능숙하기 그지없었다.

참 기괴한 화면들도 간간이 실내 취약 지점의 녹화기에 걸렸다. 복면을 쓰지 않은 사내는 이 장소를 지나갈 때면 볼을 부풀리거나 입을 홀쭉하게 오므려 얼굴 윤곽을 알아볼 수 없게 만들었다.

작업 시간 30분이 지나자 도둑들은 가방을 메고 들어왔던 곳으로 유유히 사라졌다.

녹화 영상이 재차 재생되자 상욱은 눈을 감고 공간지각 인지능력을 재구성하기 시작했다.

보석 박람회장의 도면, 현장 사진과 범인 둘이 오간 출입구와 퇴로 그리고 마지막 사각지대에 설치된 CCTV의 위치와 간간이 비친 범인의 괴이한 움직임과 표정 등이 하나로 연결되었다.

"팀장."

옆에 앉은 김관명이 상욱을 부르며 옆구리를 살짝 찔렀다.

재구성된 박람회장과 복면을 쓰지 않은 절도범의 얼굴이 산산이 조각났다.

그러며 상욱은 현실로 돌아왔다.

수사 회의는 등청량의 보고를 끝으로 마무리되었다.

베이징 공안청 청장은 실무진급 회의를 통해 조속한 절도범 검거를 당부하고 자리를 떴다.

그러자 사회자는 베이징 공안청 형사 부서 책임자 연석회의 장소를 공지했다.

그리고 특수대 3팀과 오현화 총경 역시 공안청 7층 소회의실로 참석 요청을 받았다.

상욱 등은 곧바로 소회의장으로 이동했다. 말이 소회의실이지, 백 명은 족히 앉을 원형 테이블이 마련된 회의실이었다.

따로 좌석을 배정받은 상욱 등은 원형 테이블 뒤로 마련된 참모진 옆으로 안내됐다.

수사 회의는 베이징성省과 예하 현懸 단위의 형사 부서 책임자 삼십여 명이 참석했고, 등청량 주재로 진행이 되었다.

일방적 지시로 일관된 회의는 형사 업무 분장에 불과했다.

보석 박람회장 주변 CCTV 확인, 동종 전과자 행적 파악, 장물 추적 그리고 현장 조사를 기초로 한 막고 뽑는 단순 수사 기법으로, 삼십여 명의 형사 부서 책임자들의 업무 분담이 전부였다.

그 지루한 작업을 상욱과 팀원들은 지켜봤다.

회의가 끝나갈 때쯤 회의석 상석에 있던 공명후가 수첩을 들었다.

"공안부 국제범죄 협력 수사부 부부장 일등경감 공명후요."

"네, 말씀하십시오, 부부장님."

등청량이 공손하게 말했지만 일순 굳어졌다 펴지는 얼굴색은 어쩔 수 없었다. 그는 이미 한국 측 형사들을 대동하고 회의에 참석하는 걸 통보받았다.

"국제범죄 협력 수사부에서는 금번에 범죄 수법과 혈흔형 태학 세미나를 개최했소. 여기에 형사 부서 책임자들 대부분이 참석 예정이었던 것으로 알고 있소. 그리고 한국에서 온 형사들은 최고 팀으로, 제안컨대 그들의 의견을 듣고 싶소."

공명후는 들고 있던 수첩을 내리며 말을 마쳤다.

웅성웅성-.

소회의실이 갑자기 소란스러워졌다.

형사 책임자 중 일부는 상욱 등을 손가락으로 가리키며 대화를 했다. 수사 회의에 외국인의 참석과 의견 개진에 설왕설래가 오갔다.

탕. 탕. 탕.

상석 중앙에 있던 베이징성 공안청 형사국급 정직 일등경독(한국의 지방경찰청 형사과장) 유진성이 탁자를 두드렸다.

"조용. 손님을 초청까지 해 놓고 실례다. 일단 의견을 들어 보고 싶군."

"경감님, 하지만 저들은 외국인으로……."

"그만."

등청량이 반대 의사를 표시했지만 유진성에게 무시당했다. 마이크가 상욱에게 넘어갔다.

"한국에서 온 특수수사대 3팀장 박상욱입니다."

다음 권으로 이어집니다

제 글을 읽는 모든 분들에게 행운과 행복이 깃들길……
전북 순창 회문산 한 자락에서 德珉 올림

해신

송치현 판타지 장편소설

『검마왕』『불멸자』를 이을 **송치현**의 대박 신작!
태풍 『**해신**』, 난무하는 현대물들을 휩쓸다!

적국의 오러 마스터에게 사지가 잘린 채
조롱당하며 죽은 정령기사 카론 윈터
38년을 거슬러 성인식 전으로 회귀하다!

이제 정령술만 판다! 나중에 두고 보자!

오러를 버리고 정령술에 올인한 카론
군단장이자 공작이었던 과거의 기억을 이용해
미래의 인재와 부를 싹쓸이해 영지를 키우는데……

그동안 목 빠지게 기다려 왔던 정통 판타지!
정령술사 카론의 항해에 동참하라!